太阳鸟文学年选

2022 中国小小说精选

主　编　　阎晶明

分卷主编　　王彦艳

尘世疆界

辽宁人民出版社

© 王彦艳　2023

图书在版编目（CIP）数据

尘世疆界：2022中国小小说精选 / 王彦艳分卷主编 . —沈阳：辽宁人民出版社，2023.1
（太阳鸟文学年选 / 阎晶明主编）
ISBN 978-7-205-10669-0

Ⅰ . ①尘… Ⅱ . ①王… Ⅲ . ①小小说—小说集—中国—当代 Ⅳ . ①I247.82

中国版本图书馆CIP数据核字（2022）第224854号

出版发行：辽宁人民出版社
　　　　　地址：沈阳市和平区十一纬路25号　邮编：110003
　　　　　电话：024-23284321（邮　购）　024-23284324（发行部）
　　　　　传真：024-23284191（发行部）　024-23284304（办公室）
　　　　　http://www.lnpph.com.cn
印　　刷：辽宁新华印务有限公司
幅面尺寸：145mm×210mm
印　　张：9.875
字　　数：213千字
出版时间：2023年1月第1版
印刷时间：2023年1月第1次印刷
责任编辑：祁雪芬
装帧设计：丁末末
责任校对：耿　珺
书　　号：ISBN 978-7-205-10669-0
定　　价：58.00元

让文学闪烁出更加多彩的光泽

◎ 阎晶明

辽宁人民出版社的"太阳鸟"文学年选丛书又要跟读者见面了。我视今年的出版为老品牌加新面貌的呈现。犹记得两年前，"太阳鸟"丛书已出版过十年精选，称其为老品牌亦不过分。而这一次，又是以新组成的编委会完成选编任务，无论类别划分还是选编趣味与原则，都理当具有新的面貌，令人期待。

以体裁划分类别，以年度为选编范围，为正在发生的文学进行优中选优的筛选，这是一件读者需要、文学界人士热心为之的工作。各类年选纷纷推出。它们绝不属于选题重复的原因是，当下中国，每一年发表和出版的文学作品不计其数，只有"海量"一词可以作为"定量"描述。即使再热心的读者，哪怕是专业的文学工作者，要从中立刻识别出优与劣，筛选出有价值、可称上乘的作品，也绝非易事，特别是那些散见于文学刊物及报纸副刊的作品，很多人恐怕连接触的时间和机会都没有，文学的年度选本于是应运而生。从众多报刊中选出若干作品，提供给为工作而忙碌、为生活而奔波，却又愿意为文学腾出一点时间、从文学中享受阅读快乐的人们，就是这种年选工作的目的。通过集中阅读与欣赏，读者又可由此打开一个更大的界面，去阅读、欣赏更广泛的文学作品。辽宁人民出版社坚持做这项工作已逾十年，在读者中建立起了良好的信誉。继续做好这一工作，努力做到优中选优，为读者负责，是编委会的共同责任。

新出版的"太阳鸟"文学年选，分散文、杂文、短篇小说、小小说、随笔共五卷。承担每一卷编选工作的编委，都是从事文学创作、评论、编辑工作的专业人士。他们具有广阔的阅读视野，是文学动态的及时追踪者，对所选门类的创作有较多介入和较深理解。当然，即使如此，要完成好这一任务也非轻而易举。编选者必须对本年度文学创作全局具有广泛了解和全面掌握，同时还必须具有专业眼光，从大量的作品中寻找出确实能够代表本年度创作水准的作品来。他还应具有公正的态度，处理好个人审美趣味与兼顾不同艺术风格的关系，能够在一个选本里多侧面地呈现和反映过去一年中国文学发生的变化及其多样性。出版社也是基于这些考虑而聘请并组成编委会的。我们希望这些选本能够为读者喜欢和认可，让这些浓缩的精华可以最大程度地展现出中国作家取得的最新创作实践，最大程度展现文学创作的新风貌。

我们正处在一个急剧变化的时代，生活总是展现着新的、更新的一面。经济社会在发展，人们的生活方式在变化。中国与世界的联系越来越紧密，同时也出现许多新的复杂现象和问题。科学技术的迅猛发展极大地改变着我们的生活。全面、深入地了解时代，反映现实，饱满地、准确地描摹生活中的变与不变，绝非易事。但我们仍然要相信，文学是最能够形象生动反映时代生活的艺术。作家是时代脉搏最敏感的感应者，是时代生活的生动记录者。作家从广泛的素材积累中凝练题材主题，通过个人的情感过滤来抒怀，从个人的思想出发对所描写的人与事作出评价，表达态度。这一切的过程中，又无不烙印着时代的痕迹，刻写着社会发展的趋势。从小中总会看出大，小我总是交融于大我之中。党的二十大报告指出，文学艺术要"坚持以人民为中心的创作导向，推出更多增强人民精神力量的优秀作品"。"增强人民精神力量"，就成为对优秀文艺作品的本质要求。文学总是作用于人们精神的，根本上应该是积极的、向上的，满怀着理想和执着信念，给人以力量的。在作家创作与读者需求之间，如何便捷地、快速地嫁接起这种沟通的桥梁，让作家的表达和读者的心声形成呼应，产生精神上的共振，编辑在其中发挥着重要的、不可替代的作用。而我们这些从已发表的作品当中再进行筛选的编选者，同样承担着重要职责。我们希望自己的工作能够体现出这样的真诚，能够让读者感受到这种责任意识。当然，我们更希望的是，读者从这些选本中读到一个特定时期中国当代文学的优秀作品，从中看到一个广阔、丰富的人生世界和情感世界，获得广博的知识和信息，得到美好的艺术享受。

太阳鸟在阳光照耀下展现着精美而多彩的羽毛。愿我们的文学闪烁出更加多彩的光泽！

是为序。

2022 年 10 月 18 日

小小说走到2022年

◎ 王彦艳

　　早在1958年，老舍就倡导作家多写小小说。他在《多写小小说》一文中指出："小小说是最短的短篇小说，比如说每篇至多不超过两千字。""写短了有好处……知道的多而写的少，易于控制。善于控制是艺术本领。"第一句话明确了小小说的内在本质和外在形制。最短的短篇小说，是在说小小说的小说性。在小小说文体发展的过程中，小说性一直是它锚定的方向。不超过两千字，是当下小小说的常规体量，并可预见，将来也是如此。后一句把人生的真意纳入小小说的创作，是肺腑之言，也道出了小小说在一开始被赋予的精英写作的底色。《多写小小说》载于1958年《新港》二、三月合刊号上。日后被小小说业界推为小小说文体核心倡导刊物的《百花园》，最早在1958年第2期刊发小小说作品，并在同年第5期上呼吁作者"继续多写这种短小精悍生动活泼的小小说"。因为读者爱读，《百花园》上刊发的小小说篇目逐月增加。在1960年，《百花园》的月发行量稳定在1.6万册。1950年代后期至1960年代初期，是小小说的第一波潮起，这波浪潮回落于1964年。

时间到了1982年，《百花园》在第10期推出"小小说专号"被业界解读为小小说文体的发轫。1985年，《小小说选刊》创刊，标志着小小说文体进入高速发展期。《百花园》《小小说选刊》合力举办小小说笔会、创作研讨会、理论研讨会等近百场，培养作者，倡导、规范文体。随后，《天池小小说》《微型小说选刊》《小小说月刊》等小小说类刊物相继创刊，多家报纸开设小小说专栏。作家、评论家、文学报刊共同努力，积极推动小小说文体的发展。2010年，新修定的《鲁迅文学奖评奖条例》中，小小说被纳入评奖序列。

在这个过程中，《百花园》《小小说选刊》原总编辑杨晓敏的《小小说是平民艺术》一文提出，小小说是在精英文学与通俗文学之间打开的一条大众文学的通道。此文是海内外小小说研究者的必读篇目，它明确了小小说的平民性。这与老舍最初赋予小小说的精英底色不同。这个不同，来自他在几十年的文体倡导实践中对小小说的独特认识和深邃思考。他的理论代表了小小说人的一种愿望。我们得承认，艺术与生活之间或多或少是有对抗性的，小小说人希望在一定程度上把这种对抗变为一种腾挪，即把艺术的因子更大可能地腾挪进现实生活中去。小小说的平民性，广泛的作者基础、读者基础，易读易写易传播让这种"更大可能"有了坚实的基础条件。随着我国的城市化进程、新媒体的发展，小小说对构建城市文化市民阶层必将起到深远的作用，而文化市民阶层的形成，定会助推文艺创作由高原向高峰迈进。

几十年的倡导与规范，小小说已成为成熟的独立于长、中、短篇小说之外的文体，成为小说家族的四根柱子之一。在这个过程中，近千名小小说作者创作活跃，每年有逾万篇小小说作品发表。这就像少年的成长，充满生命力，也有危险。有一阶段，小小说的危险在于，海量的小小说作品中不乏完成度极高的精品佳作，但也有作品老套、僵化、模式化。2017年左右，小小说再次悄然发生变化。变化依然从《百花园》起，它明确提出"小小说要由文体自觉向文学自觉转变"，提倡用更为广阔的文化视野、更为深广的思维来创作小小说。这是时代的要求，是读者阅读审美的要求，也是作者自我蜕变的结果。

小小说走到了2022年。

"太阳鸟文学年选"所选小小说作品，注重诚意之作、雄心之作。

诚意之作。所选作品规避了模式化、套路化的小小说，注重对笔下人物、情感的诚意，对一种理念的认真思考，对一种信念的执着坚守。近年来，新中国成立70周年、建党百年、抗疫、扶贫等宏大题材对"文学轻骑兵"小小说提出了新的要求，小小说对主旋律题材的书写有了和以往不同的新面目，这种面目体现在2022年的小小说创作中，就是主旋律与高艺术品质的较完美结合。聂鑫森的《方位》、喻永军的《宾至》、蔡楠的《十八岁的李响》、何君华的《格桑梅朵》等就是如此。另外，军旅作家的主旋律小小说秉持了它们一贯的清澈、坚定的气质形象，石钟山的《老赵和小李》、胥得意的《洒在雪地上的泪珠》都在情感的内敛之中焕发出太阳般的能量。安石榴的《兄弟》和陈毓的《玉兰探照》，用的是小小说的经典写法，即"小小说是结尾的艺术"，但它们在结尾用的都是水流样的顺势之力，而非刻意的堆砌之功。深切地理解他们的作品，就能很好地理解我们国人情感的真挚与性格的坚韧。

雄心之作的雄心可能并不存于创作者的心里，而是在编选者的眼里。有这份雄心的作者多是在小小说文体发轫之初即投入小小说创作，始终坚守小小说阵地，是小小说作者队伍的中坚力量。他们创造的同时，思考这个文体的发展，并以创作实践引领这个文体的发展，在小小说发展史上留下不可磨灭的履迹。以侯德云、于德北、刘国芳、岑燮钧、汪菊珍、蒋冬梅等为代表，他们的小小说创作在当下都表现出惊人相似的态势，就是心沉静，笔从容。侯德云早年的以《二姑给过咱一袋面》《冬天的葬礼》为代表的作品，笔触直抵人性与历史。到了以《大饹饸》为代表的他的当下小小说，和以往有了明显不同。他着意在小小说中追求叙述上的悠闲和细节中的精细。这种转变很有代表性，也很有意味。小小说由当年的"一波三折""抖包袱"转入当下的"悠闲"与"精细"。在悠闲的叙述中，《大饹饸》里的刽子手如在眼前，读者似乎可以感受到他衣服上透出的浑浊热气。在这浑浊的热气里，人们看明一个清末刽子手的生命真相，揣度这个人和古帝国命运之间互为隐喻的关系。悠闲、精细里自有厚重、沉实的力道，赋予小小说以大气和分量。

还有一类小小说作品，以一种超然于小小说文体意识的态度被创作出来，贾平凹的《秦岭记》、张望朝的《家长》、洪兆惠的《去看林老师》、石舒清的《转机》、扎西才让的《油画中的护灯者》、碎碎的《无意义感》、大正的《我是如何对福克纳失去兴趣的》、卢旭的《配得上鱼》等就是如此，它们更加钟情于描画人物的精神图谱，笔触收放自如，将人物的精神世界在短小的篇幅内确立下来。其中碎碎、大正、卢旭等年轻作者的作品中多书写当代城市生活，展现人们在庸常生活中所经历的世态人情和面对的精神困境。他们对城市生活的书写不尖利、不怪异、不情绪化，和一些多年以乡村题材为主的小小说作者转型写城市题材的作品有较大不同。这类作品打破了文体边界，丰富了小小说的叙述方式，给读者带来崭新的阅读体验。

2022 年 10 月

目录

洒在雪地上的泪珠

◎ 胥得意

冷静这辈子最讨厌的事是被人逼迫着做不愿意做的事。

6岁那年，她第一次到乡下的爷爷家过年。去爷爷家的路上，她已经想好了，见了爷爷奶奶要问好，她要给他们敬一个标准的少先队队礼，或者拿出画的画给他们看一看。

结果到了爷爷家，冷静刚刚笑着和爷爷奶奶打过招呼，妈妈的手就按在了她的头上，妈妈一边说着快给爷爷奶奶鞠躬，一边把她的头往下按了一下。冷静把头倔强地挺了起来，转过身有些愠怒地看着妈妈。妈妈的脸色顿时有些不太好看，给爷爷奶奶解释说，孩子小，不太懂事。

吃饭的时候，冷静给爷爷倒酒，给奶奶夹菜，爷爷奶奶叫得亲热又甜蜜，爸爸和妈妈觉得冷静挺懂事，脸上的笑也自然多了。

冷静读初三那年，参加了学校举办的才艺比赛。为了取得好成绩，班里的老师特意请了一位在文化宫工作的家长来辅导参加比赛的学生。冷静参赛的节目是独唱，歌名是《我和我的祖国》。每一次歌唱之时，她都觉得自己和歌曲所表达的意境完全融合在了一起。尤其是唱到结尾之时，每一次她都觉得眼泪在眼眶里含着，歌曲唱完，她总要短暂地沉浸在情感抒发后的感动之中。她静静地站着，仰着头，目光注视着斜上方，她似乎能够看到那里飘着一面鲜艳的国旗，而她的心和那面国旗正一起舞动着。她觉得自己以这样的姿势结束比赛感觉很好，但是辅导老师却要求她在唱完之后，要深深地给评委鞠躬，等掌声差不多结束的时候再挺起腰来。

冷静不喜欢这样的安排。她认为，比赛就是比赛，她可以用尊重的目光注视评委，把最好的状态展示出来，但她不想用鞠躬的方式赢得评委们的印象分。比赛那天，冷静就用凝视的方式完成了舞台的造型。那次比赛，她获得了第一名。

冷静太有个性了，妈妈早就发现了，也曾试图让她有所改变。但是冷静有自己的认知，她反驳妈妈：我认为发自心底的尊敬才是最真诚的尊敬，只有主动地去做，才是最好的。妈妈看着已经大学毕业的冷静，觉得她说得没有错。

28岁那年，冷静结婚了。两年之后，冷静有了自己的儿子。从儿子懂事起，冷静就教育儿子，人活着要懂得感恩。感恩并不是形式，不是给爷爷磕头有多响，也不是给姥爷鞠躬有多弯，而是真心在心里装着他们。

那年元旦放假，冷静到北京出差。这是她第一次到北京，她想到向往了多年的天安门广场看一看，但结果忙了一天，直到晚上十点多她才有点儿空闲。想到第二天就要返程，她还是决定去广场看一看。然而让她没有想到的是，刚一出门，天上便飘起了雪花。纷纷扬扬，好大好大的雪。

冷静到达天安门广场时，长安街上已经没有多少行人和车辆，广场上的灯亮着，只有个别游客还在空旷的广场上，亮晶晶的雪花在空中飞舞着。

刚走进广场，冷静一眼就看见多次梦到的国旗台。国旗早已降落，只有那高大的旗杆矗立在广场上。而她的眼里，似乎看到旗杆顶上还飘着那面旗帜。

　　雪似乎覆盖了整个世界，城市进入了香甜的梦境。多么静谧的夜晚呀，冷静的耳边响起了自己最喜欢的《我和我的祖国》这首歌。当她在心中刚刚哼起旋律时，却看到旗杆下的雕像轻微地动了一下，定睛一看，原来那是站立的哨兵。哨兵像是雕塑一样静止在那里，身姿挺拔，像是青松在那里静静地守着。一瞬间，冷静停住了，她感觉自己的呼吸一下子变得不够通畅，刚刚涌出来的泪水在眼缝中结成了冰碴，扎得眼皮有些疼。

　　冷静用手轻轻地拭掉了泪珠，调匀了呼吸，把身子挺直，对着那看不清面孔的哨兵，深深地把腰弯了下去。当她的腰躬到最深处时，几滴泪水又从眼里涌了出来，在雪地上砸出了一串深坑。

　　她听到了心脏剧烈跳动的声音。

宾 至

◎ 喻永军

　　宾至是一座小城，北边是一条叫蟒岭的山脉。

　　跟许多秦岭山区的小城一样，宾至是盆地地形，四周崇山峻岭。这里是鄂、豫、陕三省交界处，在1927年至1937年间，经常有红军队伍经过。据统计，跟随部队参加红军的宾至人有400多名。著名的"中原突围"后，中原军区的核心领导人由豫入陕，隐蔽在宾至，后来安全回到延安。我说这些的意思是，这是有红色基因的地方。那时候，宾至城由国民党统治，但仍有中共的秘密基层政权存在，还有训练有素的武装游击队。

　　周子兴受伤被俘的时候39岁，他是山南游击支队的一个副队长。周子兴是个孤儿，后来成了一名出色的战士，令国民党宾至县政府的军警闻风丧胆。他和他的部下有极强的行动能力，有坚定不移的执行力。传言说他有一身武功，徒手搏击比使用枪械更厉害。历史需要一个真实的面貌。为此，我查过《宾至县志》和《上洛市志》。宾至属上洛市。两者说法一致：他小时候既没有机会读书，也未曾拜师学艺，但有一副超乎常人的健壮体魄。《宾至县志》记载，他第一次从地方联保处夺枪的时候，一人干倒了两个持枪的保丁。

　　周子兴被子弹射中了小腿。地点在蟒岭一个叫广东坪的山顶，那里偏僻荒凉。他藏身的那户人家养蚕，当时草房子里有成百上千条的蚕蛹正在结茧，窗台、地上、悬挂着的芦席上全是茧壳，一片雪白。房子四周是水桶粗的柏树，树皮开裂出的纹路像青涩的云朵，树叶子湿漉漉的。大致是农历八月末，周子兴被几个人用担架抬着下山。山顶是一片松树林子，透过松枝错杂的间隙，能看到湛蓝发亮的天空。为了防止周子兴逃跑，他的整个身子被捆在担架上。

山路两边是密密的霸王箭草，坚韧无比，中间抽出棉絮一样的芯子。担架一直在这样的草丛间颠簸穿行，没有人说话，周子兴的脸上毫无表情。走过一段山路之后，他将身子尽量抬起来，脖颈挺直，沉默庄严。他头发有些长，头上的汗水把头发湿成一绺一绺的，没刮胡子，面容有点儿疲惫，但那双天生的豹眼依旧眼神犀利。

关于周子兴的样貌，人们都是听周全说的。周全当时是"国军"长坪警备司令部的士兵，驻防宾至城。为了配合"剿共"，警备司令部派出了一个排的兵力，周全就在这个排的二班。他觉着自己一生最倒霉的事情是参加了对周子兴的围攻，而且最后自己成了周子兴的死刑执行人。周全那时22岁，他是周子兴的邻村人，两人认识。

对周子兴的审讯，没有任何结果。

这个结果在国民党宾至县政府和长坪警备司令部的预料之中，县长拿出十根金条给警备司令，密谋之后，上报省府，除报告"匪首"冥顽不化外，主要是提醒省府关押周子兴需要承担巨大风险。

秘密行刑是在宾至城外的一个小学校里进行的。这里现在已被开发成一处景区——蟒山公园，紧挨着宾至烈士陵园，景色优美，经常能听到画眉鸟在树枝间婉转地歌唱。当时，在破旧的土房子里，周子兴戴着铁链，看见周全提着枪进来，他知道最后的时刻到了，努力站直了身子，睥睨周全。周全畏畏缩缩。周子兴用方言骂了几声，然后大喊："来呀！你杀死的是一个龙潭男人！"龙潭是周子兴和周全的家乡。周全慌乱得找不到中正枪的扳机，他不敢正视周子兴的眼睛。周全把脸贴在冰冷的枪托上，嘴里毫无意义地"吧唧"了一声，端平枪，闭起一只眼睛，瞄准了周子兴。

关于周全行刑还有两个细节需要补充。当时，四个备选的行刑军人畏惧这位威名赫赫的人中豪杰，决定用捏草棍的方式选出行刑者。周全担心得咬烂了嘴唇，尝到了咸咸的血腥味。周全捏到了最短的那根草棍。为了给自己壮胆，周全喝了半瓶白酒。但当他走进那间房子时，他已经忘记了嘴里的酒味。

行刑过程很糟糕，周全紧张得浑身颤抖，第一枪没有打准，子弹射在了周子兴的胳膊上，打断了一根动脉血管。周全走出房间歇了几秒钟，回身进去又开了两枪，一枪打中了周子兴的肩膀，另一枪从左肋穿过。

周子兴是被一名上士用短枪近距离补枪射杀的。

在此后的二十多年间，周全东躲西藏。他先是在警备司令部开了一个小卖部，维持生活。上士为了灭口，曾经追杀过他，为此他逃到太原。后来，他自毁容貌，在宾至城边的一个小村隐藏，一直到自首，最终被处决。岁月给周全留下了一副狰狞的面孔。

2017年我陪同友人老李走访丹江，在宾至停留了一天，专门去了周子兴的墓地。大概因为他是这个烈士陵园中军衔最高的一位，所以陵墓位置居中。墓碑后，迎春花枝条上正鼓着一粒粒金色的骨朵。

我俩下山的时候，县城塔楼顶端的报时钟敲响，沉郁昂扬，荡漾进心间，在头颅中共鸣，让人莫名地感动。

我俩的眼里含满了泪水。

宾至县城就在山下，江水依依。

老李说："宾至是个美丽的地方！"

格桑梅朵

◎ 何君华

　　我叫泽仁多吉，是川藏线上的一名邮车驾驶员，也是一名押运员。这种驾押合一的模式，在川藏线上是家常便饭。我总是这样一个人开着车来回跑。茫茫的青藏高原之上，白云朵朵的蓝天之下，几百公里范围内通常只有我一人。

　　那个时候，我们甘孜州全州共有邮车27辆，驾驶员27名，押运员却只有8名，平均每天在途邮车是18辆，因此大部分邮车只能驾押合一。也就是说，许多时候，我除了要开车，还要当押运员。你一定觉得不可思议吧，但我们就是这么过来的。

　　我负责押运的邮件和机要文件，大部分发往西藏昌都。在我们那个年代，地球上所有发往西藏昌都的邮件，都要经过成都、雅安、康定、甘孜、德格五地中转。从成都到昌都，海拔从500米升到5000米，要途经二郎山、折多山、橡皮山、罗锅梁子、雀儿山等许多令过往司机胆寒的地方。

　　现在，许多事情我都记不清了，但我仍然记得一个数字——5050。准确地说，是5050米。岂止是记得，应该说从来不曾忘记。这是一个海拔高度，但它不是一座山的海拔，而是一段公路的海拔。这段公路就是雀儿山山顶的那段路。

　　雀儿山藏名叫"措拉"，意思是大鸟的羽翼。"爬上雀儿山，鞭子打着天。"每一名从此路过的驾驶员大概都熟悉这句谚语。那时候，我每个月都要翻越雀儿山十遍不止。

每次出行前，妻子洛绒卓玛都会为我准备几沓龙达。龙达是我们藏传佛教祭祀神灵的纸制品，上面印有六字真言，顺风撒放，可以保佑我们平安吉祥。

每当抵达雀儿山垭口时，我就会将这些龙达高高地撒向天空，同时高喊着祭神的祷语："哈索，哈索!"做完了这些，我才感觉我可以平安翻越雀儿山了。尽管我对这里再熟悉不过，但为了在家中等我的洛绒卓玛，我总是这样一遍一遍虔诚地祈祷。

除了险峻的公路，雀儿山另一个响亮的名号是拥有漫山遍野的格桑梅朵。格桑梅朵，就是格桑花。生长在5000米高海拔地区的格桑花，其实是青藏高原上最普通的一种花。它在雪域高原简直太普通了，一到花季满山都是。但雀儿山的格桑梅朵却不普通。在我们藏区有一个美丽的传说：无论是谁，只要找到八片花瓣的格桑花就会找到幸福。我就是在雀儿山找到了八瓣的格桑梅朵，并用它将美丽的洛绒卓玛变成了我的妻子。

我太喜欢这片美丽的格桑梅朵了，每次行经这里总是难免流连一番，一定要找到一朵八瓣的格桑梅朵才肯罢休。我将花连根刨出带给洛绒卓玛，她就将它们种在阳台上。我们的阳台简直要成为一片格桑梅朵的花海了。

常年穿行在川藏线上，危险时时会来。我们时常遇见狼，有时是孤狼，有时是群狼。比狼更可怕的，是劫匪。那个日子我一生都不会忘记。那是个冬天，我们的邮车行至雀儿山时，突然发现公路上有乱石码起的路障。邮车还没停稳，枪声就响了。

事后我才知道，原来，是四名劫匪埋伏在山坡上，用改装的半自动步枪疯狂地向我们的邮车开火。我的左眼被车窗玻璃碎片击中了。好在这回车上有一名押运员次仁（那几年我们州局好不容易增加了押运员编制），我俩在一起有个照应，算是不幸中的万幸了。让我们感到意外的是，歹徒抢了次仁身上的几百块钱后就逃走了，目标似乎不是车上的邮件，尤其是机要邮件。那也不能大意，我捂着汩汩流血的左眼眶让次仁赶快去报警，我在车上守着邮件。等救护车来时，我早已经晕过去了，眼眶里流出的血凝结成了冰块，但我对此浑然不觉。

昏迷整整十天后，我醒了。我问身边的人："机要文件还在吗？"身边的人告诉我："都在。"这我就放心了，只要机要文件安全，我受点伤就无所谓了。

我们所有邮车押运员和驾驶员都知道，在每一车邮件中都有一个特别的邮袋，里面装的是机要邮件。"大件不离人，小件不离身。"这是对机要邮件的管理规定，那是比自己的生命还要珍贵的东西。

我捡回一条命，但我的左眼眶变得像藏区公路一样空荡荡了。更加残酷的是，我的右眼球下也有玻璃碎片。因紧邻大脑无法手术，视神经不断萎缩，我右眼的视力也慢慢消失了，我成了废人一个。

怎么说呢，我现在连牙膏都不会挤了，有时挤在手上，有时掉在地上。可我曾是一名优秀的神枪手啊！我可以毫不谦虚地说，退伍成为邮车驾驶员之前，我是我们连队最优秀的狙击手，射击几百米远的目标从来不会浪费第二颗子弹，射击项目大比武我年年都是第一名，但是现在，一支小小的牙膏我都不能准确地把它挤到牙刷上。我还有什么用呢？这天，我万分沮丧，将牙膏狠狠地摔在地上。

洛绒卓玛听到动静，轻轻走进来，拍了拍我的肩膀。她什么也没说，我知道她在流泪。

第二天，我在卧室里闻到了熟悉的格桑花香。我摸索着，摸到了一盆盛放的格桑梅朵。我用手指数了数花瓣，是八瓣。

我感觉我空荡荡的眼眶里有泪水涌出来。我哭了，像高原呜咽的北风一样失声痛哭。

我报名参加了盲人按摩培训班，在成都开了一家小小的按摩店，店的名字叫格桑梅朵。

我跟洛绒卓玛说，等我攒够了钱，我们再去一趟雀儿山，去漫山遍野的花海中寻找八瓣的格桑梅朵。只要我们仔细找，就一定能找到。

秦岭记

◎ 贾平凹

星罗峡

黄柏岔的王卯生在星罗峡打猎，被一头麝抵落崖下。而在西津渡开饭馆的梁双泉要扩大店面，去上游十五里的星罗峡砍竹子，砍了竹子才结好排，发现草窝里的王卯生。王卯生昏迷不醒，一条腿折了，骨头白花花戳出来。梁双泉去试了试口鼻，还能出气，说："我咋摊上这事！"把王卯生背上竹排。王卯生苏醒了，睁开眼来，有鹰似乎就站在空中，两边沟壑巉岩大起大落，全往后去，而自己躺在竹排上，四围的水波汹涌，像是翻搅了无数的刀刃。王卯生看着梁双泉，说："哥，我好像认识你。"梁双泉说："咱没见过面。"竹排下行到西津渡，梁双泉把王卯生再背回饭馆，又请来同村的郎中洪同中接骨疗伤。王卯生在饭馆里歇养，梁双泉给好吃好喝，从不问王卯生的来路出处。洪同中每三天来换药一次，医术好，话也多，还要喝酒。他一喝便醉，醉了就说佛论道，讲《易经》和《黄帝内经》。王卯生和梁双泉都佩服他有鬼才，他真的是鬼，一醉显了形。如此这般，过了一个月，王卯生返回黄柏岔，但三人已成了朋友，从此相互往来不绝。

有了这次经历，王卯生感叹真的是爱恨存于无常，生与死只在呼吸之间。要不是被梁双泉抢救，洪同中疗伤，他就在昏迷中死在了星罗峡里，而他和梁双泉、洪同中前世是什么关系呀，今生竟有如此缘分。

受洪同中影响，王卯生收拾了刀枪，不再打猎，人与万物都沉浮于生长之门，岩羊的肉鲜美，狐狸有好皮毛，羚牛和麝有牛黄和麝香，人就可以去杀害它们吗？梁双泉随后也不开饭馆，灶前摔勺敲碗都惹灶神不安，在人口舌上做克扣生意怎么能有福报呢？有油水的地方最滑，而你用一颗钉子钉墙的时候，锤子也正在砸你。

一年后，梁双泉的母亲病逝，王卯生和洪同中前去帮忙，在梁家的祖坟地新掘墓穴。梁家的祖坟在半山坡上，大大小小几十座坟茔，梁双泉指点着这座坟茔里埋的是谁，那座坟茔里埋的又是谁。王卯生奇怪的是梁双泉四个伯父和四个伯母都去世了，四个伯母的坟茔都在，而四个伯父的坟茔却只有三个。梁双泉解释三伯父在云南当兵，十年前去世后就埋在了当地。洪同中说："生有时，死有地啊。其实人是一股气从地里冒出来的，从哪儿冒出来最后又从哪儿回去。"王卯生说："照你这说法，这三伯父是这里的人却是云南的气，四个伯母都是外地人而气是从这里出来的？"洪同中说："是的。"

王卯生很长时间里纠结自己是从哪儿的地里冒出的一股气呢。是气，就有气味，他皱起鼻子在梁双泉身上闻，也皱了鼻子在洪同中身上闻，要闻出他们是不是同一个地方冒出来的同一种气味。梁双泉和洪同中问他："你是狗呀，要干什么？"王卯生不说明，他也没闻出个香甜酸臭。

在那个漫长的冬夜，围着的火塘里火烧得通红，烤着土豆，吊罐里炖着蘑菇，而壶里的酒已经温热了，他们一宿都说着一个话题，这是不想说却不得不说的，那就是爱与恨、生与死，三人都被悲哀激动。最后王卯生陪不过洪同中的酒量，最后一句话还含在嘴里，他就睡着了。

再后来，王卯生在某一天突然好奇一个问题：他打了几十年猎，跑遍了星罗峡方圆百里所有的沟岔，怎么就从来没有见过自然死亡的野兽尸体呢，包括那些黑熊、花豹、野猪、羚牛，也包括那些刺猬、黄鼠狼和山兔，甚至任何一只鸟。他用心地再去寻找过一年，到底还是没有。

飞猪寨

飞猪寨里人姓杂，赵钱孙李周吴郑王的都有，先是叫杂寨，后因这里养的猪有了故事，才改了名。

养猪的人叫孙全本，人瘦小，身上毛长，又不安生，村里人都把他唤作猴子，他也不生气，说："唤我时要加上姓，我是孙大圣。"孙大圣便也把猪叫八戒，再叫二师兄。猪通人性猪就可爱，人有了猪性，人却贪婪。到了2010年，他就不再只养一头猪了，要做饲养专业户，垒起了大圈，一下子养了百十头猪。

猪是见不得猪的，大圈里，经常相互内斗，嘶叫声不断。孙大圣一走进猪圈，叫一句："二师兄们！"所有的猪都安静了，他就在每一个猪脊梁上按按，试养膘的薄厚，训斥着谁在偷懒。然后在槽里添食。为了吃，猪又咬起来，他就拿搅料棍敲那强势猪的脑门，大声说："不许霸槽！"

猪无聊的时候，或者各自用嘴拱圈土，在里边寻着菜根和蚯蚓，或者逗弄落在圈棚上的乌鸦，嘲笑乌鸦长得黑。再就是前蹄搭在圈棚墙头上，一边吧唧吧唧着嘴，一边拿眼睛看着巷道的这头和那头，看着斜对面主人家的篱笆。篱笆进去就是上房，两个门扇上贴着秦琼敬德。它们看着那不是纸，是活的，院里没人了，门扇是合着的，两个门神就打架，而孙大圣和他老婆回来了，门扇推开，两个门神又都肃然而立。它们觉得有趣，但守了秘密，不给孙大圣说。

孙大圣在县城参加了饲养专业户培训班，有了新观念，回来把寨子后的一座山包承包了，扎上了铁丝网，让猪群在山林里散跑。散跑的猪多长瘦肉，销售得特别好，赚了好多钱。孙大圣就张狂了，做了件绸衫子穿上，迟早不系纽扣。早晨把猪赶上山林，晚上再把猪吆回大圈，风把绸衫子吹起来，呼呼啦啦响。有人忌妒了，说："你这是要上天呀！"他说："上呀！嫦娥吃了药就飞到月亮上了，你给我药不？"猪听到了，就抬头往天上看，天高，天上树梢一直往高处，高处有麻雀，有斑鸠，有鹞子和鹰，还正过一架飞机。

孙大圣开始喜欢招呼人来家里喝酒。来的人都是和他对劲儿的，恭维他了不起呀，养猪养成了村里的首富。他嘿嘿着："生我孙大圣，必有花果山！"

他到外地养猪场参观，回来给老婆谈他的一个设想：捉些野猪和家猪一块养，野猪能带动家猪多跑，而且互相交配了，产下的崽一定长得快，肉也好吃。他老婆心想：给猪配野种呀！是不是他有钱了也生了花花肠子？坚决不同意，而且此后处处防备，凡是在外边看到孙大圣和别的女人说话，就大声咳嗽，脸上愤然作色，回到家再哭得嗨唠嗨唠的。

孙大圣不再实施捉野猪的事，却从县城买回了好多新的饲料，给老婆说这种饲料像药一样的，能给猪催长，吃上六个月可以长到二百斤。于是在大圈里安放了长木食槽，每天猪进山林道，都先饱吃一顿。猪当然又听到了孙大圣说给老婆的话，在吃新的饲料时，就议论这饲料是药，那和嫦娥一样了，吃了药就飞月亮上去？饲料的味道并不好吃，它们每次都在抢食。

猪们越来越大，越来越肥，但没有能飞起来，而铁丝网内的山林里，蒲公英在飞；栗子树上的栗子熟了炸着壳，栗子在飞；松鼠把尾巴长得长嘟嘟的从崖上往下飞；还有一种蛇，从这棵树上往那棵树上飞。猪们恨自己没有翅膀，恨不能生了火，变为烟，烟能飞到天上。

它们再被赶进山林，就不再低着头寻吃野果子、竹笋、蕨根，全卧下来往天上看。其中有头小猪，它嫌树枝把天分割得支离破碎，某一天就从铁丝网里硬挤出来，跑到草坪上看天，天实在是高啊，便大声地召唤鸟。鸟是一只秃头雕，扇动着几尺长的翅膀，像一块黑布一样落下来就把它抓起来。孙大圣闻声跑过来撵，没撵上，秃头雕抓着小猪已经飞到了空中。这件事传到别的村寨，都不说猪是被秃头雕抓走的，而说那是一只会飞的猪。杂寨从此就叫作飞猪寨。

老赵和小李

◎ 石钟山

    老赵是他们处室的头儿，样子和蔼得很，总是笑眯眯的。老赵这几年多了一个爱好，就是讲段子。他的段子很丰富，也很接地气，从隔壁老王讲到跳广场舞的大嫂，从公交车上的小偷到世纪大盗，总之，逮到什么讲什么。老赵讲段子时，不时地加进自己的注解，像网络视频中不时跳出的"弹幕"，效果总是出人意料。

    老赵以前爱看报纸，处室订了几种报纸，只要他有时间，报缝中的一则广告他也舍不得落下。这几年报业萎缩了，他就打开手机，把字号调到最大，端着手机如同当年端正地捧着报纸。老赵每天都会有几个时间段讲段子。老赵是领导，一个人一间办公室，他就显得很孤独。起初，老赵会叫路过他门口的同事进门，还要给同事用一次性杯子倒上一杯水，然后就开始讲段子。同事便笑得前仰后合，酣畅淋漓。久了，处室的人总是在不忙时聚到老赵办公室里，有的坐在椅子上，有的倚在墙壁上，还有的一脚门里一脚门外地站在门口，听老赵讲段子。老赵讲到关键点上，大家都要笑。男人的笑，放肆直接；女人总会用手掩了嘴，意味深长地笑。不论同事们怎么笑，总是很开心的样子。老赵见同事们笑，自己就很满足，将带着笑意的目光依次在同事们脸上掠过。同事们就用开心的目光回敬他。老赵就一副很有成就的样子。

这一年，处室分来一个研究生，姓李。小李似乎总是"离群索居"，每天上班，走进办公室和大家伙儿点头打过招呼，便坐到自己位置上，打开电脑开始忙手头工作。闲暇时，小李会走到窗子旁，透过窗子向外面看。其实外面也没什么好看的，除了车流人流，还有马路对面的高楼大厦，并没有什么新鲜景致。人们理解，小李这是发呆呢。人总有发呆的时候，可现在的人，发呆的时候越来越少，能发会儿呆也显得弥足珍贵。

小李是处室唯一一个不听老赵讲段子的人。每当人们聚在老赵办公室时，小李就望着窗外发呆。对门不时地传来欢声笑语，似乎和小李无关，他完全沉浸在自己的世界里。

老赵每次讲完段子，仍然会将幸福的目光依次在每位同事脸上扫过。可当扫到最后一个人时，老赵的目光变成了逗号，脸上一副意犹未尽的样子，然后他把自己的目光从众人身上扯开，越过人们的头顶望向对面办公室窗前小李发呆的背影，目光就跳了跳。人们就转过头，齐齐地把目光冲向小李。小李背对着大家，浑然不觉的样子。

一日，又到了老赵讲段子的时间。办公室的马大姐就招呼小李道："小李，听赵头儿讲段子吧，可好玩儿了。"他们都亲切地把老赵称为赵头儿。小李摇摇头，头也不抬地说："我对那些段子不感兴趣，你们听你们的。"然后又走到窗前，固执地把后背留给大家，任由身后的笑声一浪高过一浪地传来。

久了，小李在众人心里就异样起来，人们望着他的目光就虚虚的，成分复杂，只可意会不可言传的样子。马大姐是个热心肠的人，小李刚报到时她就知道小李没有女朋友，曾热心地为小李介绍过两三个女孩儿，不知什么原因，都无果而终。这一日，马大姐来到小李面前，拉过一把椅子坐在他对面道："小李，你这性格得改改，太不合群了。"小李满脸问号地望着马大姐。马大姐单刀直入地又说道："比如你不爱听赵头儿讲段子，总是一个人发呆。"小李似乎有所悟，说道："咱们赵头儿很孤独，离开办公室一定连个说话的人都没有。"马大姐把手拍在大腿上，发出响亮的声音，众人都把吃惊的目光望在小李的脸上。马大姐说："小李，你是不是会算命呀？怎么说得这么准？老赵前些年老伴儿患癌去世了，儿子在加拿大读书，后来就留在了国外，老赵孤单着生活有些年头儿了。"小李淡淡地笑一笑道："有你们当听众就够了，也不差我一个。"众人的目光从小李脸上扯开，一时不知如何安放的样子。

马大姐劝不动小李，小李依然我行我素。众人去听老赵讲段子，小李独自发呆。井水不犯河水，大家彼此相安无事。某天，处室来了上级通知，要抽调一人去乡下扶贫。老赵把大家叫到一起，把通知说了，然后目光又依次从众人脸上扫过。这一次众人没有把笑意充盈到目光中迎合老赵，而是避开了老赵的目光。大家伙儿都知道，下乡扶贫并不是好差事，年纪大的有一家老小，年轻一点儿的，还要谈恋爱，张罗结婚什么的。老赵最后把目光定在小李脸上，小李的目光没有逃避，而是迎着老赵的目光望过去。老赵先避开目光，望着某个物件说："我琢磨了，咱们处室，只有小李合适。"老赵说完，目光终于坚定地望向小李。小李似乎不假思考地说："我服从安排。"老赵离开后，马大姐走到小李身旁小声地说："小李，你傻呀！怎么这么快就答应了？你还没找对象，去乡下一待就得两年，好多事都耽误了。"小李淡然一笑道："谢谢马姐，我没事。在这城市里我就一个人，我去正合适。"人们都知道，小李是大学毕业考进机关的，他家是外省的。小李这么说完，众人都醒悟过来，纷纷冲小李投来友好又亲切的目光。

小李走后没多久，处室新来了一位领导。老赵快退休了，便从领导职位上退下来，连同他单独的办公室都交给了新来的领导，搬到了大办公室。新来的领导不苟言笑，自己工作认真不说，还不时地到大办公室抽查大家的工作进度，所有的人都会真真假假地做忙碌状。

因新领导的到来，老赵都没机会讲段子了，每到以前讲段子的时间，他都会拿着保温杯走到饮水机前去接水，然后把目光望向大家。众人避实就虚地把目光移开，投向对面办公室。新来的头儿伏在案前，一丝不苟地忙工作。老赵只能又落寞地走回到自己桌前，把椅子弄出些声响。

两年很快就过去了，小李完成了扶贫工作。这时的小李似乎变了样，比以前成熟了许多。小李回来不久，就向大家宣布了一条好消息，自己要在这个五一劳动节完婚。人们这才知道，小李这次扶贫下乡，交上了一位女大学生村官做自己的女朋友。众人都真心祝贺小李。马大姐拍手打掌地说："小李呀，你这是塞翁失马呀！"小李不说什么，很幸福地笑。

小李结婚不久，老赵被宣布退休了。老赵离开处室时，怀着不尽的留恋和不舍跟众人道别。

老赵退休后无事可干，转来转去总是会出现在单位门口。退休了，交回了出入证，老赵只能停留在门口，向工作了大半辈子的机关张望，不舍和失落溢于言表。

有一日，工间操时间，马大姐透过窗子意外地看见老赵和小李正坐在机关门口的长椅上。两人似乎在下棋，不时地还有说有笑。小李是以取快递的借口出门的，半晌之后，才见他抱着快递回来。从那以后，每当老赵出现在大门前，小李总会站起身冲大家说："谁有快递？我帮着去拿。"众人拿起手机把快递通知信息转发到小李的手机上。小李就乐颠颠地外出取快递，到了门前，总是会和老赵说上一会儿话，才带着包裹回来。

马大姐不解地来到小李桌前："小李，以前老赵讲段子，你听都不听，现在怎么又和老赵打得火热？他都退休了。"小李眨着眼睛，真诚地说："老赵退休了，一个人太寂寞了，他每天来，就是想找人说说话，讲讲段子。"众人把目光齐聚在小李脸上，脸上都是不解的神情。

小李清澈的目光望着大家，众人躲闪着收回自己的目光，无处安放的样子。

十八岁的李响

◎ 蔡　楠

　　说实话，我比较讨厌李响。我这些天很忙，正忙一件大事。我越忙，他越来添乱，冷不丁就会出现在我的办公室，还一直蹦来跳去的。他耳不聋眼不花，就是说话含混不清。我就讨厌他这一点，有话就说，说完就走不好吗？还有，我怕他蹦来跳去的，他要是摔坏了，我可没时间送他去医院。李直也没时间。李直比我更讨厌他。

　　于是我想赶他走。我泡上一杯茶给他端过去，他却轻飘飘地躲开我，像个气球一样飘到了窗户前。我赶紧关严了窗户，我真怕他飘出去。

　　我把茶水送到了他的嘴边，说："喝点儿茶吧，喝了茶哪里来的你就回哪里去，我明天还要出门呢！"

　　李响就把一杯茶喝光了。喝完茶，他不蹦不跳了，稳稳当当地站在了那里。

　　我知道，茶水冲掉了这些年堵在他喉咙里的东西，他的声道开始通畅了。我拿出一把宜兴紫砂陶壶，又拿出一罐好茶，一并递给他，说："你可以走了。"

　　李响却没有要走的意思，他把东西扒拉到一边，说："我不是来要东西的，我想跟你出门，一起去南泥湾！"

我吃了一惊，他怎么会知道我要去南泥湾！我赶紧去扶他，我怕他说胡话犯病啥的。我把座椅搬了出来，放到他的屁股底下。他却不坐，腰板挺直了盯着我，大声说："李游，你说，到底带不带我去？"

"我去是有项目做，你去干什么？"

"我给你当向导，我熟悉那里，我在那里打过仗！"李响一字一顿地说。

"快别说你打仗的事了，你当年是瞒着父母偷着跑出去的，连新婚十天的媳妇都瞒着。知道李直为什么讨厌你吗？就是因为当年你偷着离开家。"

"我那不是偷着跑出去，而是当兵抗日去了。贺龙在冀中打了齐会战斗，大获全胜，部队需要补充兵员，我就跟上队伍走了。"李响争辩着。

"那你打仗了吗？"

"打了，不过……"

李响这回坐下了，他的眼神有些黯淡。他缓缓地说："我跟上队伍走的第三天，就在石家庄附近的陈庄和鬼子打了一仗。可还没冲锋，我的腿就中了一枪，后来腿瘸了，我就当了炊事员。"

我扑哧一声笑了，刚喝进去的一口茶差点儿喷出来，问："那后来呢？"

"后来我参加了百团大战，跟着部队去了晋西北，再后来就去了延安。"说到这儿，李响的眼神突然有了光芒，慢慢地说："我是跟着部队一瘸一拐地来到延安的。那时候，我和战友们都觉得这回可有仗要打了，我们得保卫延安啊！可是……上级让我们去南泥湾种地了。"

"你是说，你去南泥湾开过荒？怎么这些年没听你说过呢？"我觉得李响的话有点儿离谱。

"这有什么好炫耀的，我在老家又不是没种过地！再说了，你和李直哪里关心过我啊，啥时候耐心地听我说过话啊？"

李响说得对，我和李直确实不大关心他。他十八岁就扔下媳妇偷着跑了，李直出生的时候都不知道他爹是谁。李直和他娘在动乱的时光里能熬过来就不错了，哪里还会关心他！

李响叹了口气，接着说："你们不关心我，可我惦记你们！原来我想打完鬼子就回来，后来我又想等南泥湾的地种好了再回来，可南泥湾很难缠啊……"

"你就别找理由了，你根本没想过要回来！"我对李响喊道。

"别……别瞎说，我李响不是那种人。那时候的南泥湾确实难缠，天寒地冻，荒无人烟。部队开拔到那里，啥都没有，我当炊事员还不知道吗？红米饭、南瓜汤，那是后来才有的。挖野菜也当粮，可是大冬天的到哪里去挖野菜啊？反正，炊事班里也没饭可做，我就拿起做饭的铁铲，穿着单衣，去开荒了……"

听到这儿，我不说话了。听李直讲过，他两岁的时候，县上的干部把李响的包裹送回来时，里面确实有一把铁铲，不过铲子只剩了个破片片。

见我不说话，李响来劲儿了，说："你相信我说的是真的吧，那就带我去吧！"

我凑近李响，把他抱住了。他的身体很轻，我知道我抱住的不单是李响，还有李响的故事。我决定带李响走，不乘飞机了，我要亲自开车去南泥湾。

李响跟着我来到了南泥湾镇，却蒙了。他怎么也找不到当年开过荒的地方在哪里了。他不吭声了，任由我给他当向导。

我开着导航，带他去了三五九旅旅部旧址、南泥湾垦区政府旧址、党徽广场、稻香门广场，还带他去了南泥湾风景区，参观了南泥湾特有的民宿……

看，我就是在这里开过荒，还在这里住过！李响在一个被改造成农家院的窑洞前站住了，大呼小叫起来。

我知道，我应该办我的大事了。

我走进窑洞，一群人早已等在那里了。这些人是南泥湾开发区的领导，我从电脑包里拿了一份签好字的合同，说："这是我们公司引进的石墨烯技术，现在我把它无偿献给南泥湾，用上这种材料，不仅窑洞加热快，而且也非常环保。再有，我的集团公司想捐赠一批环保充电车，方便南泥湾的旅游，第一批已经在路上了……"

办完这件大事，我回头再找李响，却看不见他的踪影了。

这下我可急坏了，弄丢了李响，我没法向我的父亲李直交代，他正在家辛苦地帮我带孩子。

我猜到李响可能去了哪里。我急匆匆赶到九龙泉烈士纪念碑前，果然看到李响一动不动地站在那里。确切地说，是他的名字嵌在了纪念碑里。

这时，我听到了导游的讲解：李响，河北雄安人，曾经创造一天开荒四亩的纪录，他用铁铲和镢头连续开荒一个月，最后累倒在了地里，那年他只有十八岁……

　　我的眼泪急速地涌了出来，我大声喊道："爷爷，你的孙子来
看你了！"

方　位

◎ 聂鑫森

又冷又饿又渴的方位，真的不明白此刻身处云阳山的哪个方位哪个地段，他迷路了。

黑沉沉的冬夜，刮着小北风，飘着细雪花，山路上结了薄冰。他看看腕上的瑞士夜光表，已经九点了。他想起老辈人的传说，是不是碰上岔路神了，让他在走夜路时绕来绕去到不了目的地？路边有棵老松树，他疲惫地坐到树根边的一块石头上，放下背着的笨重旅行袋，歇口气。手机没电了，呼天天不应，喊地地不灵。

下午四点离开那个羊蹄村时，热心的村民告诉他，十里外便是丰登镇。本应该六点左右到达，可不知在哪个地方走岔了道，丰登镇成了梦里的远方。这一大片湘、赣交界地区，井冈山脉连着云阳山脉，山也险，林也密。虽说如今交通方便了，公路将市、县、镇都联结了起来，可在一些偏僻的村落，要搭乘长途汽车还得步行到镇上去。

寒冬腊月，四十岁的方位从省城长沙跑到这里来干什么？就为拍雪景。这里是高寒山区，下雪早，风景这边独好。更重要的是他想出了一个拍组照的好题材，叫《白雪红路标》——专拍红军时代遗存在大山里的房屋、战壕、哨口、墓地等，既是风景照，又有思想内涵，参加明年全国的红色旅游影展，不可能不入选。他是一家旅游报的摄影记者，已有些名声了，为中国摄影家协会会员，还是省摄影家协会的理事。明年省摄影家协会换届选举，他得拿出好作品，争取选上个副主席啊。

方位从长沙坐火车先到井冈山市，然后搭乘去各个风景点的旅游大巴，在湘、赣两地采访、拍照，一晃就过去了半个多月。属于湖南省茶陵县丰登镇的羊蹄村，有一处无名红军烈士墓地，村民们几代守护，现在已列入建设陵园的计划。方位闻说后，不能不去拍照。他是下午到达羊蹄村的，计划先在村民的小旅馆住下来，好好吃顿饭，安心睡个觉，明日再去拍摄。不料省摄影家协会的负责人打来电话，让他赶回长沙，因明日下午三点有个理事座谈会，主题是：深入火热生活，创作优秀作品。方位顶风冒雪下基层，得好好介绍经验，方位不能不去！在手机上查了查，他只能先步行到丰登镇，宿一晚；赶明日早班长途汽车去茶陵县，花两个半小时；再坐中午的火车去长沙，又要两个小时，到站后再打的去会场。必须环环紧扣，出不得半点儿差错。

方位忍不住长叹了一口气，然后站起来，撒了一泡尿。

就在站起的这一刻，方位的耳朵支棱起来，一阵风送来隐隐约约的锣鼓声。他的精神猛地一振——有锣鼓声处必有人，有人就可以讨口水喝讨口饭吃。他赶忙背起旅行袋，迎着锣鼓声而去。

跌跌撞撞走了好久，前面出现一块平地，搭着一个灵棚，灵棚后面是村子的屋影。是村民办丧事，灵棚正面上方挂着一排纸做的白绣球花。方位从旅行袋里找出一个没写字的白信封，往里面放进两百元的奠仪，然后一步一步地朝灵棚走去。

这时从灵棚里走出一位中年人，急急地迎上前，说："这么晚都来，辛苦了。我是村主任，叫王子明。"

"不……辛……苦。应该的。"

方位随王主任走进灵棚，守灵的和锣鼓班子的人有十来个，都礼貌地站起来和他打招呼。

方位放下旅行包，走向正前方的灵案。灵案上放着一个盖着红绸布的骨灰盒，盒子后面立着带镜框的遗像。逝者的样子很年轻，不过三十岁左右。灵案两边放着一个一个的花圈，庄严肃穆。灵案上方挂着白布黑字的横额，上写"怀念我们的好书记贡力同志"，两边分挂着挽联的上下联："从城中来，挂职不怕苦；做村里事，舍命为脱贫。"方位马上明白了，贡力是城里来挂职当村支书的，为这个村脱贫致富献出了年轻的生命，令人敬佩。

方位肃立在灵案前，然后恭恭敬敬地鞠了三个躬。

王主任说："请你来签个到。"

方桌上摆着翻开的签到簿和圆珠笔。方位签上名字，掏出奠仪递过去。

"对不起，不能收啊！贡力的父母一再交代，谁的奠仪也不能收。方先生，你从哪里来？与贡书记是什么关系呢？"

"我是省城的记者，从羊蹄村拍完照去丰登镇，因为走错了路，才到了这里。我不认识贡书记，但一看挽联，就知道他深受村民爱戴。"

"你走反了方向，进入炎陵县了，不过，还在湖南哩。从羊蹄村到这里，四十里远，一定饿坏了。快去烤烤火，我安排人给你煮碗面条来！"

"打扰了，麻烦了。"

"你是读书人，懂礼数，一来就去给贡书记鞠躬，让我们感动。"

方位坐到一大盆木炭火边，顿感周身暖和。火盆里舞动着金黄色的火舌，不时地发出噼啪的爆响。方位说："各位在这里为贡书记守灵，唱夜歌子，可见你们和他情深意长。"

坐在火边的人点着头，眼里涌出了泪水。

"是啊，是啊！贡书记才二十八岁，还没成家哩。他来这里三年了，起早贪黑，建立农村合作社，搞多种经营，硬是让村民脱了贫。他住在一个孤老头儿家，帮老人做饭、洗衣、种菜，不但掏钱交伙食费，还为主家修理房屋，陪老人去看病，比儿孙还孝顺。"

"贡书记做人低调。村里要选个代表去县里开会，他力推王主任去。"

"方记者，你帮个忙，好好写写贡书记，我们全村人都感谢你。"

一杯热茶端上来了，一大碗香喷喷的面条也端上来了。

王主任说："方记者，你慢慢吃。"

"谢谢。我边吃边听你们说话，好不好？我想问，贡书记是怎么去世的？"

王主任说："这地方的冬萝卜、冬笋、木炭、竹炭很有名，订货的很多。前几天来了几辆大货车，因山路才修到一半，弯道多，又刮风又下雪，空车进来还可以，载了货走起来就难。贡书记口吹哨子，手握小红旗在车前步行引路，让人看了心疼。离山下还有一段路时，贡书记也许是太冷了太累了，脚一滑，人摔出路外，跌下了几十米高的悬崖……呜呜——"

王主任再也说不下去了，放声大哭起来。

方位觉得心里堵得慌，放下筷子，再不想吃什么了。

"我想听你们多说说贡书记，对我也是个教育。明天，我再去采访村民，再去贡书记常去的合作社和那个悬崖边拍照。这样的好书记，应该让大家学习。"

"好啊！"

"对头！"

在这一刻，方位忘记要去长沙开会的事了。

铜盆里的木炭火烧得旺旺的，像一盆怒放的红莲花。

家 长

◎ 张望朝

"三棋王"他爸

胡小平棋下得好，象棋军棋围棋样样精通，下遍全校师生无敌手，人送外号"三棋王"。然而除了下棋，该男生别无所长，学习更是一塌糊涂，他爸爸经常为此发愁。他爸爸是局长，市教育局局长，胡局长。

中考将至，胡局长厚着脸皮来到我们学校，通过校长见到班主任，请班主任找同学帮胡小平补课。班主任说："找几个老师帮他补，不是更好吗？"胡局长说："还是请同学比较合适，我毕竟是教育局局长，请老师来家给孩子补课，传出去影响不好。"

班主任找了三个男生——王立冬、邢志国、我，分头为胡小平补数学、英语和语文。老师把我们三个叫到办公室，说明情况，征求意见，并一再声明，一定要自愿，如不愿意，绝不勉强。班主任出面，怎么好不愿意？胡小平虽说有个当局长的爸爸，却没有"官二代"的架子，见谁都嘻嘻哈哈的，学习不好，人缘不错。再说帮别人补课也是一种复习，甚至是一种更好的复习，不会有什么损失。更主要的是，我们这些平民子弟都很好奇，都想看看局长家什么样子。那时候在我们这座小城，局长就算高干了。

局长家就是不一样，房间宽敞明亮，家具精致考究，客厅里还摆着一部黑色的电话机，看上去既神气又神秘。那时候只有达到一定级别的领导干部家里才能安电话，普通百姓家里是没有电话的。胡局长待人亲切，没有官架子，他要我们叫他胡伯伯，不许叫胡局长。他说："你们现在是胡小平的老师。按旧礼，一日为师，终身为父，你们跟我是平辈，让你们叫我伯伯已经委屈你们了，以后咱们就是一家人，家里只有亲人没有局长。"说得我们很感动，心里特别温暖。胡小平有个妹妹，叫胡小玫，比胡小平小一岁，非常漂亮。每次去给胡小平补课，胡小玫见到我，都主动打招呼，说"张哥哥好"，之后便回到她自己的房间，再也不见出来，想必对王立冬和邢志国也是一样。我和王立冬、邢志国私下里很激动地聊起过胡小玫，都说没想到胡小平还有这么漂亮的一个妹妹，真是太漂亮了，简直胜过电影明星。作为刚刚进入青春期的男生，我们三个都在暗暗地想，要是能给胡小玫补课，那该多好。

补课结束后的一个晚上，胡伯伯请我们去他家吃了一顿大餐。算上胡小平和胡小玫，桌上一共六个人。六个人围一张圆桌吃大餐，像是一家人吃年夜饭。我们跟胡伯伯已经混得很熟，都不再拘束，大家热热闹闹地说了很多话。说到家事，胡伯伯显得非常伤感，他说："小平的妈妈患了绝症，早早去世了，临终前嘱咐我照顾好两个孩子。为了这两个孩子，我也算是用尽了心思，我怕对不起他们死去的妈妈。"这时我看见胡小玫一双美丽的大眼睛闪着泪光，接着就有晶莹的泪水流过白皙的面颊，我真想伸手替她把眼泪擦干。

吃完饭，天已黑，路灯亮了。胡伯伯亲自送我们出门，胡小平和胡小玫跟在胡伯伯身后。胡伯伯和胡小玫停下了脚步，胡小平又单独送了我们一程。分手的时候，胡小平同我们三个一一拥抱，他说："我知道你们都能考上一中（我们市唯一的省级重点高中），我是考不上啊！以后你们可别忘了我，咱们永远都是好哥们儿，对不对？"我说："放心吧，苟富贵，毋相忘。"胡小平本来就没什么城府，加上喝了点儿啤酒，就对我们说了实话："其实你们不是给我补课，是给我妹妹补课。你们在外屋讲，她在里屋听。她今年也中考，和咱们一块儿上考场。"我们三个马上怒视胡小平，都有一种被人耍了的感觉。胡小平连忙解释："这也是没办法，因为老有男生骚扰我妹妹，我爸爸不敢让她单独接触男生，就想出了这么个法子，嘿嘿……"胡小平不好意思地笑了。王立冬说："怪不得你下棋下得么好，你在棋盘上使的那些损招儿，都是你爸爸教的吧？"邢志国用英语告诉胡小平："Your father is an old fox（你爸爸是个老狐狸）！"

打那以后，只要提起胡小平他爸，我们就叫他老狐狸。

若干年过去，我也有了一个漂亮女儿，再提起胡小平他爸，我不再叫他老狐狸，还是叫他胡伯伯。

魏三儿他爸

记得他姓魏，在家里行三，都叫他魏三儿。大名叫什么，如今实在是想不起来了。念初中时，我俩同年级，但不同班。魏三儿是坏学生，坏得出格，打架、骚扰女生、扎老师的自行车胎、偷学校的东西，什么都干。学校有个图书资料室，图书一天天见少，大家都怀疑魏三儿，后来才知道，就是他干的。一次偷书，他被学校保卫人员当场捉拿，之后就被送进了派出所。警察问魏三儿："你又不爱学习，偷书做什么？"魏三儿说："卖钱。"其实也没都卖钱，有的送给了同学，比如《钢铁是怎样炼成的》《青春之歌》《牛虻》《罪与罚》《西游记》等，都送给了我。也不是白送，他让我以后替他写检讨。他知道我作文写得不错，在同学里小有名气。

　　毕竟魏三儿年龄还小，警察把他批评教育了一顿，这件事也就算了。有家长要求学校开除魏三儿，说："学校里有他这样的坏学生，我们的孩子没有安全感。"校长和班主任一起家访，见到了魏三儿他爸。他爸是个酒鬼，他妈因为受不了他爸天天喝醉酒，带着他的两个哥哥跟别的男人跑了，家里只剩下他们父子二人。他妈之所以把魏三儿扔给他爸，是因为看不出他比他爸强，认为他早晚会长成一个和他爸一样的无赖。班主任把魏三儿偷书的事从头到尾说了一遍。他爸瞪着两只喝得通红的眼睛问老师："他偷过老师的东西没有？"老师说："没有。"他爸又问："他偷过同学的东西没有？"老师说："也没有。"他爸说："没偷老师，没偷同学，我就放心了，偷学校怕什么？公家的东西，不偷白不偷，白偷谁不偷？我还经常偷厂里的东西呢！"

　　遇上这样的家长，校长和老师都头疼，都无奈。老师只能让魏三儿再写份检讨。魏三儿写过多少份检讨，他自己都记不清。

与往次不同，这一次，老师明确告诉魏三儿："检讨必须深刻，必须感人，必须打动所有同学，让大家觉得你的悔过是发自内心的，觉得你以后绝对不会再干坏事了，否则，你有被学校开除的可能。"那天上午，做完课间操，魏三儿站在操场主席台上，通过高音喇叭向全校师生宣读了他的检讨。这次检讨言辞恳切，他念得声情并茂，大家听了都很感动，都觉得魏三儿一定能改好。事情到了这一步，本该结束，不想，放学以后，班主任又把魏三儿留下了。老师问魏三儿："检讨书是你自己写的吗？"魏三儿说："是。"老师说："你写的检讨什么样，我会不知道吗？你要是有那么好的文采，语文考试至于回回不及格吗？说实话，谁替你写的？"不管老师怎么问，魏三儿就死死咬定是他自己写的。老师急了，抬手抽了魏三儿一个响亮的大嘴巴，啪！

无论当时还是现在，老师打学生都不是一件小事。老师打完就后悔了，放走魏三儿之后就去报告了校长。校长很恼火，说："你打谁不好偏打他，他爸什么样你不知道吗？"为防止魏三儿他爸来学校闹事，当晚校长和班主任又去了魏三儿家，向魏三儿他爸说明了情况并做出了解释。老师说完，魏三儿他爸瞪起两只喝得通红的眼睛问魏三儿："老师打你，还手了没有？"魏三儿说："没有。"他爸说："为什么不还手？你平常打架那本事哪儿去了？"魏三儿说："我不敢。"他爸说："不敢就对了。记着，师徒如父子，老师打你就是你爹打你，那叫恨铁不成钢。只能感恩，不能记仇。你要是敢还手，我他妈敢打死你，信不？"魏三儿说："信信信，我信。"他爸又说："虽说师徒如父子，可朋友是手足，不是手足人家能替你写检讨吗？你要是敢出卖朋友，我他妈照样敢打死你，信不？"魏三儿看了看校长和老师，这回他不知道该说信还是该说不信。

李永彬他妈

迄今为止，我没遇到过比李永彬更聪明的人。当年他从初二跳级到高一，从高一直接参加高考，考上的是清华。那时候高考恢复没有多久，考大学很难，我们这一代大学生在社会上被人们称为天之骄子。出了这样一个天之骄子，全市都很震动，市长亲自部署有关部门做好宣传，新闻单位严格落实领导指示，迅速派记者采访有关人员，收集宣传素材。李永彬身边的人，包括他的老师、同学和家长，都是采访对象。当时流行一种观念，认为完美的英雄才是英雄，没有缺点的杰出人物才值得大家敬仰和学习，大家对此心领神会，接受采访的时候都知道该怎么说。谁都没想到的是，记者采访到李永彬他妈那里，竟然遇上了麻烦，而且是不小的麻烦。

记者认为，如此聪明的一个孩子，必定有一个非常机灵的母亲，所以事先也没进行必要的沟通，直接对李永彬他妈进行了采访。记者问到家庭状况，他妈说她有一个儿子和两个女儿，两个女儿一个念高中一个念初中；丈夫受了工伤不能劳动，只能按月从厂里领取一点儿抚恤金，一家人基本上靠她一个人养活；她也没有正式工作，天天摆地摊儿卖咸菜，挣钱不多，日子很苦。记者听了很兴奋，说这就叫寒门出贵子，这就叫家贫出孝子。记者问他妈："李永彬一定非常孝顺吧？"他妈说："孝顺什么呀，回家就知道看书写作业，什么都不帮我干，我说他一句他能顶我十句。"记者拧紧了眉头，又问："李永彬对他的两个妹妹应该很好吧？是不是经常辅导她们做功课？"他妈说："他要是那样倒好了，他只顾他自己，根本就不管他那两个妹妹。两个妹妹天天帮他洗衣做饭，可要是问他点儿什么，他马上就烦，烦得不得了。没良心的狗东西，他爸要不是瘫痪在床，早揍他了！"记者让工作人员把摄影机、录音机什么的先关掉，开始做李永彬他妈的思想工作。记者说："大姐啊，您不能这么说，这么说等于破坏李永彬的光辉形象，那还了得？您得……这么说才行。"他妈说："那你们就直接说吧，找我干吗？"记者说："这些话就得您说，您是他妈。"李永彬他妈说："你们要是让我说，我就只能实话实说，没准星子的话我不能说，没脊梁骨的事我不能做。"

李永彬他妈拒不配合，采访被迫停止。记者回单位向领导汇报了情况，领导说："你们也是死心眼儿，他妈不行还有他爸嘛，你们不会采访李永彬他爸吗？"记者一拍脑门儿，说："对呀，还是领导英明。"有了采访他妈的教训，记者不再犯傻，没有直接去找他爸，而是先找到他爸所在工厂的领导，请求厂领导出面做李永彬他爸的思想工作，教会他爸该说什么不该说什么。厂领导说："别费劲儿了，没有用，老李（指李永彬他爸）更倔，更不会配合你们。"厂领导告诉记者，有一年工厂车间失火，大家都往外跑，老李往外跑的时候，被一根烧断的横梁砸折了脊梁骨，事后厂里想把老李打造成救火英雄，说老李受伤是因为奋不顾身冲进火海抢救国家财产。老李要是配合的话，绝对名利双收，他自己成为救火英雄不说，家里有什么困难，厂里完全可以帮他解决。

厂里解决不了的，还有政府，还有社会，可他说什么也不配合。他说："我要是配合你们做这种事，我可真就没了脊梁骨了。"厂领导说："这种人，指望他配合你们，可能吗？"

市长接到新闻单位打来的情况报告，沉吟了半晌，最后做了八个字的批示：实事求是，如实报道。没过几天，我们市有史以来第一次宣传了一个不完美的英雄，一个有缺点的杰出人物。社会上对此议论纷纷，但议论最多的，不是李永彬值不值得别人敬仰，能否成为青少年学习的榜样，而是这样一个天才少年为什么会有那么愚钝那么固执的父母。有人说："李永彬是亲生的吗？八成是捡来的吧？"有人说："老实人有福报，李永彬就是上天给他爸他妈的福报。"还有人说："诚实是一种大智慧，有大智慧的人才能生出有大智慧的儿子。"

说什么的都有。

"王第一"他妈

王迪在乡下读书时，回回考第一，转学到我们校，第一次期末考试，排名第三十七。

王迪接受不了，王迪他妈更接受不了。开家长会，王迪他妈跟班主任吵了起来。他妈说："我儿子原来回回考第一，老师同学都管他叫'王第一'，怎么到了你这儿第一就变成了第三十七了？"班主任是个男老师，脾气不算好，面对这个虚荣而颟顸的乡下女人，还是耐住了性子，解释说："城里中学不比乡下中学，兔子跟乌龟赛跑，当然回回第一，现在是跟猫赛跑，如果还想考第一，只有继续努力，没别的办法。"王迪他妈说："你说我们乡下人是乌龟？你什么意思？"班主任说："我没别的意思，我是打个比方。"此后，不管王迪考第几，我们都叫他"王第一"。

王迪他妈虚荣心过强，逼着王迪考第一。王迪学习很拼，刻苦程度超过一般人的想象。课间十分钟休息时间，我们在操场上忙着打闹，王迪却还坐在教室里背英语单词。王迪晚上睡觉不脱衣服，一学期只理一次发，只洗一次澡，那副蓬头垢面的样子、那身不洗澡的气味，很招人烦。班主任不止一次地给他讲"八减一大于八"的道理，意思是如果从八小时的学习时间里抽出一小时用于休息或者运动，学习效果会大于用满八小时。班主任告诉王迪："不会休息就不会工作。这不是我说，是列宁说的，列宁的话会错吗？"王迪该怎么用功还怎么用功，他只听他妈的，不听老师的，也不听列宁的。从第三十七到第一，中间毕竟隔着千山万水，王迪拼出大半条命也没能抵达。初中最后一次期末考试，王迪考了第二十七，进步已经不小，班主任在家长会上点名表扬了王迪，王迪他妈却没有表现出丝毫的兴奋，不过这次她没跟老师吵架，只是回家大骂了王迪一顿。他妈说："如今我也不指望你考第一了，可眼看中考了，以你现在的成绩，能考上一中吗？考不上一中就考不上大学，考不上大学你这辈子就完了，连你爸那点儿出息都没有，你爸不管怎么样还会修鞋，你会什么？你爸就是废物，你将来比你爸还废物！"王迪他妈骂了好多难听的话，王迪一直不说话。等他妈骂累了，喘着粗气坐下来，王迪只说了一句话："中考要是考不好，我就不回来了。"他妈马上吼道："你爱回来不回来！你以为我没有你不能活吗？有本事找你那个死爹去，牡丹江又没盖着盖儿!"

王迪他爸是个修鞋匠,挣钱很少,因为欠债还不上,一时想不开,投牡丹江自尽了。中考考完最后一科之后,王迪没有回家,约上我和另外两个同学去了江边。我和另外两个同学只是想陪他散散心,不想到了江边,王迪脱了脏兮兮的衣服,晃了晃乱蓬蓬的头发,一头扎进了波涛汹涌的江水,几下便游到了江心。当时我们都没想到王迪有这么好的水性,都看傻了。王迪到了江心,远远地向我们挥了挥手,算是告别,然后顺流而下,一去不回,最后消失得无影无踪。

出事以后,王迪他妈急了,先是跟我和另外两个同学理论,说:"你们为什么带他去江边?"我们说:"不是我们带他去的,是他带我们去的。我们不去,他非要去。"他妈找班主任吵闹,班主任说:"你儿子已经初中毕业,不再是我们学校的学生,我们完全可以不管,但我们不会那么无情无义,一定全力帮你找到儿子。"当地派出所接到报案后也表示,人命关天,人民警察全力以赴。那些日子,老师、民警、记者、同学,甚至还有好多同学的家长,能用上的人都用上了,能想到的办法也都想到了,最后还是没能找到王迪。王迪他妈坐在江边号啕大哭了一个晚上,哭完就疯了,见人就说:"我儿子是王第一,我儿子是王第一。"

中考发榜,王迪居然考上一中了,虽说刚刚搭上一中的分数线,可那也是考上一中了。社会对王迪是负责的,新闻媒体马上发布消息呼唤王迪,说:"王迪啊王迪,你考上一中了,快回来吧,你妈都疯了。"不管电台、电视台、报纸如何千呼万唤,王迪就是没有音信,直到今天也没人知道他顺着江水去了哪里,也没人知道他是死是活。

很多人都说他死了。

我一直认为他还活着。

油画中的护灯者

◎ 扎西才让

苏奴站在嘉措的身后，看后者即将完成的一幅油画：

作坊不足15平方米，一条笨拙的褐色长条藏柜正对着店门。柜面上，摆着六七双高高低低的藏式靴子——皮面的，装饰简单，看起来挺结实；布面的，缝着氆氇毯子上才有的花纹。在摇曳的灯光下，仍然能看清楚它们或气派或华丽的样子。

作为长期生活在桑多镇的人，苏奴太熟悉这种藏靴作坊了。店门是松木做成的，双扇，但显然已经经受了岁月的洗礼。若在白天观察，定能看清那些斑驳脱落的油漆和遍布刮痕的板面。而在夜里，即使在月光的照耀下，也只能看到那灰扑扑的气色全无的样子。藏柜靠左的位置，肯定安装了单扇木门。门后，就是卧室，后窗之下，是土炕，铺着一面黑色的牦牛毡，其上，是一个原色松木的炕桌。

事实正如画中画的那样：桌子两面，一面是个约莫七岁的男孩，上身挺直跪立着。或许因为寒冷或许因为瘦弱，他的瘦短的双腿看起来像在发抖，但脸上却是欢乐的神情。桌子另一面，是个老人，头发灰白，胡须也灰白，看年岁，已年届六旬。老人盘腿坐着，一手拿锥，一手持靴，靴底搁在膝盖上。此时，老人的注意力显然不在靴子的制作上，其兴趣，显然在于和男孩的有一句没一句地聊天。

苏奴注意到，桌面上是盏做工粗糙的煤油灯，头小腹大的玻璃瓶内，只剩很少的煤油了，这使得玻璃瓶脖颈上的用铁皮盖子撑起的铜皮包裹的灯芯显得瘦弱不堪。

此时，画中的一切仿佛动了起来：破烂的窗户里漏进一丝冷风，将灯火吹得摇摇摆摆的，眼看就要熄灭了。男孩慌忙竖起一只手掌，遮住了固执后倾的灯火。他笼手护灯的侧影恍若一尊雕塑，在灯光中呈现温暖而光亮的红色，手势如祈祷一般。灯芯燃烧产生了一点儿烟，这并不影响老人凝视孩子的眼神。放下手中的靴子时，老人的脸上浮现起明显的苦涩的笑意。

"这老人是谁?"苏奴问嘉措。

"西沧镇上的一个老鞋匠。"嘉措说。

"谁呀?"

"你不知道。他的独生子死于打架斗殴，后来，儿媳也死于黄病，好端端的一个家，只剩下他和这个孩子了。"

"那这孩子是谁?"

"他的孙子。"

苏奴觉得，嘉措确实是个有思想的画家，他画出了心里想画的东西：在煤油灯的照耀下，这爷孙二人已经构成了一个几近完整的世界。他想，即使灯火熄灭，即使老人和孩子瞬间就淹没于黑暗，但陷入昏暗中的眼睛也会适应夜色，静静地找到那久违的亮色。毋庸置疑，正是这个七岁的男孩，给老人带来了全世界的光。

"这画叫啥名字?"苏奴又问。

"《护灯者》。"嘉措说。

"这名字起得好。我这个写诗的，也起不了这么好的画名。"苏奴感慨地说。

"你是个懂画的人。"嘉措说。

"艺术是相通的。"苏奴说。

"你先到沙发那边坐会儿吧，茶几上有青稞酒，自己倒上。我把画画完，然后我俩去吃午饭。"嘉措说。

"好，我等你。"苏奴说。

苏奴给自己倒了一大杯青稞酒，一边慢慢地品，一边看嘉措作画。他有点儿佩服这个朋友，不仅善于观察生活，还会表达脑子里的奇思妙想，这《护灯者》，确实令人浮想联翩！

喝了一阵，苏奴突然替画中的老人有了一种担心：七岁是个门槛，一到七岁，男孩就得上学了，一个崭新的世界将向他敞开。那时候，或许他会越走越远，只身逃离，不再回来，毕竟，对陌生世界的向往和追求，几乎就是人类的天性。

"你画的是啥时候的事？"

"40年前的。"

"那这老人和孩子还在吗？"

"老人早就去世了。这孩子，在金城经营一家鞋城。"

"哦，我明白了。这画，是他让你画的？"

"算是吧，两三年之前他找过我，我当时没答应。"

"那为啥现在答应了？"

"现在，我明白了他的心境。"嘉措说。

嘉措的回答，让苏奴想起了自家的往事，他忽然有了写作的冲动，便找来纸笔，写下一篇带有自传色彩的散文诗草稿：

我出门上学的时候，他们的争吵还在继续。一路上，我经过磨坊、油坊和染衣坊；我经过的田野里，到处是油菜花的刺鼻的芳香。我的老师已年迈了，他再也不能把悬挂在歪脖柳树上的铁钟敲得山响，他讲过的真理尚未被事实证明，他教给我的汉字尚未给我带来奇迹。

我放学回家的时候，他们的争吵还在继续。我自己做好了午饭，削好了铅笔。我写了一行文字，院子里的那些罂粟就想流出白色的乳汁，那些卧在红砖青瓦上的阳光就想背对着我悄悄地挪动身子。

我决定逃学的时候，他们的争吵还在继续。我度过了童年，又在少年的背叛情结里走向异域……最后，我还是回来了，但他们中的一个，已经死去。

在慢慢到来的醉意里，苏奴觉得，这复杂而多变的人间，也许正因为有诸多遗憾，才会令人珍惜。

去看林老师

◎ 洪兆惠

　　大学时的最后一个暑假，我去看林老师。

　　上学前，我们都在苍石中学临时代课。上班的第一天，我没有办公桌，只有一把椅子，领导说，随便坐哪儿。她喊我，坐这儿，起身收拾办公桌。办公桌有两个抽屉，右侧抽屉下有一个小柜，我们叫它"一头沉"。她用抽屉，我用小柜。

　　我们教一个年级的语文，她一、二班，我三、四班。一备课才发现，她的语文可以教我。备《卖炭翁》，她嘟嘟囔囔，吟诵起《长恨歌》《琵琶行》，我惊呆，她淡笑。她不吝啬，备完课，就把教案递来，我说，我现学现卖。她说，再瞎说，不让你看了。有次问她，你咋叫林吾妹，她说"吾妹"音近"寤寐"，随之又嘟囔，"窈窕淑女，寤寐求之"。我不懂，她还是淡笑。闲时，她手里总捧着书，有时也借我。我好奇，问她父母，她像没有听见，一会儿起身，在我耳边低声说，别问，拿起书本上课去了。

　　恢复高考那年，我们都报了名。谁也不怀疑，她文学底子厚，又写一手好文，中文系，非她莫属，可是，她考理科，只报一个志愿，林校。高考后，有老师去市里上分，回来说，林老师在老高三的分数段，高分。当年，人家高三，她才初一。

　　我读中文，她上林校，都是学生，我依然叫她"林老师"。让我感动的是，1981年开学一回校，见到她的信，信里夹着五元钱，她说工作了，拿到第一个月的工资，我们一起分享喜悦。还说，她结婚了。

她去了辽东天湖林区，在虫情测报点做测报员。

我不明白，谁都想进城，她却去了大山深处。特别想见她，想知道个究竟。

天湖林区，地处深山腹心，去那里，坐火车，倒汽车，非常不便。我夜里出发，到天湖林场不到九点。从林场到测报点，还有二十里羊肠小道，小道沿着深沟在林间延伸。林老师在信中说，林区远离人烟，又封闭管理，除了林场作业，外人无法进入。放假前，我从系里开了介绍信，证明我去测报点做社会调查。

林场安排小冬陪我。小冬看上去还是个孩子，可摩托骑得溜，在逼仄的小道上，腾越而又平稳。他说，测报点除了测报员老何和林老师，还有他，他负责后勤，沟里沟外来回跑。说起老何和林老师，小冬口吻亲切：他俩，小时候是邻居，林校时，一个老师，一个学生，是老师跟着学生进山做虫报，妇唱夫随。我说，林老师曾经是我的同事，小冬高兴地叫起来："她是我姐，比亲姐还亲！"

非常遗憾，这几天老何不在，他到东北林学院查资料去了。

穿过一片白桦林，白干绿叶，疏密有致，我说停一下。我下了摩托，仰望树梢，深深呼吸白桦间的清新。树叶微微抖动着阳光，泛着鲜绿。我说，真绿。

"明年五月来，那才是鲜绿。"

林老师站在前头林中，正笑着看我。我疑惑，她说，我在等小冬。

林中零落着红松树桩，磨盘大小，久经剥蚀，树脂灰暗。我蹲下抚摸。她说，这里原来是一片红松林，日本侵略时，砍倒，运回国，百姓恨得不行，一把火给烧了，后来长出这片白桦林，很神奇。出了白桦林，便是一块平地，两间小房，土墙，石棉瓦顶，房前黄瓜豆角，屋后韭菜小葱。小溪从平地前面流过。在房前回身一望，白桦林如景如画，我想象着当年那片红松。她指着沟里说，转过那个山头，就是原始森林区，那里还有一片红松林。

她问，先去林里转，我当然乐意。她把一个布袋给小冬，说："这是三个混合面馒头，还有几根黄瓜，中午垫吧一口。"又拿起一个木杆，一头是套网，正是我们小时套蜻蜓的玩具。她又放下，说："今天不采标本了，光领你看。"

小冬走在前，用一根长棍，不时拍打路边青棵。青棵被仔细割过，小路清晰，窄而弯曲。她前我后，她说："前两年还在林校，我就在这里踏查，加上今年这四个多月，采集2000多种昆虫标本，这些虫子属6目59科112种，鳞翅目鞘翅目最多——我要摸清虫子的分布。俺家老何与东北林学院合作，按标准样地的调查，做室内药剂筛选，选出浓度合理又省钱的化学药剂。"

我似懂非懂。她笑了："我们多有诗意呀！"我会意。她拍拍身边一棵核桃树，说："这些树有灵性，我们是它们的保健医，它们和我们亲着呢！每天一进林子，就听树叶树枝哗哗响，感觉它们在打招呼，那个热情劲儿！"

小冬腿快，说话工夫，他消失在前面的树丛中。她大声喊，让他瞅点儿脚下。他答应，在远处。

拐过山头，里面开阔，云杉、冷杉、樟子松，密密麻麻，根根树干笔直无杈，朝着头上阳光，挣着上拔。我听到了树的招呼声。她说，到这儿我才明白，东北人的性子像东北的树，直。她又说，看，让我说中了，它多得意，故意挺挺腰板。说着，她轻拍树身，指掌间透着爱意。

爬上山脊，见到了红松林。松林里，松针铺地，软软的，干净，树间通透，看出很远。微风流动，流到脸上身上，拂去八月伏天的窒息。她说："这里红松是细皮的，俺家老何就喜欢这种红松，它天生有股劲儿，向上长。"

还不见小冬，她又喊他。远处传来小冬的回声，她解释说，小冬上榆树顶呢，就在前头，那儿和二顶子的防火瞭望塔遥遥相望。

她说："你上去看看。"这时，一只似蜂似蝇的小东西头上绕着，她一喜，说："宝贝，你又来了。"我说："蜜蜂"。她说："不，悬浮蝇，蚜虫天敌。"她掏出《新华字典》那样的小本，记着，那本一半写满字。

走出几步，我突然回头，问："你会离开吗？"

她愣了一下，淡笑，轻声说："一辈子在这儿。"

我顺着山脊往高处走去，此时，我感受到一种从未有过的充实。

第七天

◎ 丛　棣

　　大姜打来电话，开门见山道："喝点儿啊？"也没问我有没有空、方不方便。恍惚间，我竟稀里糊涂地答应了。我们是文友，很多年没走动了。年轻时他写诗，我也写诗，水平差不多，劲头儿差不多……

　　嗯，酒量也差不多。

　　喝多了，大姜会乱打电话。当时很羡慕他，有那么多女友，全都善解人意，乐于听他的胡言乱语。直到有次我发现，他的诺基亚根本就没开机。他那时写了很多情诗，献给他的"小霞""叶子""娜娜"……

　　没想到，农机学校对面的那家饭馆还在，状若遗址，牌匾斑驳。

　　农机学校如今已并入一所大学，曾经的校区也改成了水果批发市场。远远看见大姜站在饭馆门口，怔怔地望向马路对面，见我来了也只是点点头。我认识他时，他还是农机学校的老师，教体育，住单身宿舍，喜欢弹琴、写诗，常到马路这边喝酒，喝到通宵达旦、手机没电……

　　"进去吧。"大姜的话将我拽回现实。

　　我问："你腿怎么了？"

他好像没听见，一瘸一拐地去点菜，冷不丁回头对我说："我记得你最爱吃他家的'杂拌鱼'……"

大姜穿得很休闲，相较之下，我的外套显得有些刻意。他替我感慨了两句天气，我一边挂衣服一边想，我俩好像哪里搞反了。

上次碰面还是几年前，我去找他办点儿事，他一身正装，步履匆匆，说是要去开个什么会，直接堵住了我的嘴。从那以后我再没找过他，他也没主动联系我，至于一起喝酒更是想都不要想。自从他离开农机学校后我俩就渐行渐远了，究其原因是他考上了公务员，从此不再写诗，改写材料了，据说笔杆子很硬，受领导们器重。写着写着，他把自己也写成了领导，由小到大……

也许是距离太近，我发现大姜面色晦暗，眼袋低垂，一举一动尽显疲态。这不，在干掉一大杯啤酒后，他长舒了一口气："今晚陪我好好喝点儿，挺长时间没沾酒了，肝不好……"

他又满上一杯，神色放松了不少，还眯起了眼睛："听说你还在写，真好啊！怎么说都是门古老的手艺，别扔了。"

不知怎的，他的话竟让我有些动容，我主动和他碰了下杯，一饮而尽。

"我最近也写了一首，呵呵，帮我看看，给提点儿意见。"他眼光闪烁，面色泛红，应该不全是酒精的作用。

我接过手机，手指缓慢地滑动。写得有点儿长，名字挺特别，《将喜欢过的再喜欢一遍》。毕竟功底还在，写时也上心了，个别句子还让我产生了些许共鸣。在我看来，这既是青春挽歌又是愿望清单，"将喜欢过的再喜欢一遍"，想想都觉得奢侈，一句句，一条条，谈何容易啊！

我说："挺好的，发表没问题……"

写了这么多年，我也认识几个编辑，推荐发表应该问题不大，我感觉他找我喝酒也是为了这个。谁知他连连摆手："发表什么呀！早就没那个心思了，就是突发奇想胡诌几句，跟你显摆完就删了。呵呵，来，喝酒！"

他真给删了。联想到他的种种反常表现，我不由得心头一紧，借着酒劲儿正色问道："你是不是得绝症了呀？"

他先是一愣，旋即大笑。我从没见他这么开怀过，前仰后合，把眼泪都笑出来了。老半天他才缓过来，也没急着解释什么，倒是劝起了酒，有些粗声大气，像从前那样。

据他讲，他正在休年假，难得排出七天，今天是最后一天。老婆上班，孩子上学，身边人都各忙各的，他忽然发觉自己很多余，也很无趣，一时闲得心慌。

我适时地插了一句："出去旅游呀。"他不禁苦笑："长年出差留下阴影了，一出门就神经紧绷，根本就放松不下来。"他还说他愣是在家躺了两天，也想明白了一件事，那就是自己喜欢的东西已越来越少了。他想起一些过往的时光，突发灵感，写下了那首诗。同时，他也找到了可做之事——"将喜欢过的再喜欢一遍"，很快就逐句逐条地付诸行动了，一发而不可收。

他抱个崭新的足球直奔野球场，还死乞白赖地混进一场比赛，结果没跑两步便上气不接下气，好不容易触到球却险些被一个少年铲断腿，被搀扶下场时他还洒下了几滴老泪。那也不能老实在家里待着啊！他又翻出吉他，抹了抹浮灰，紧了紧琴弦，曾经的拿手曲目竟没一个能弹唱到底，不是弹错了音就是忘了词。

后来他索性搬出音响，卡拉OK嘶吼一番，尽是摇滚金曲，音量开到最大，任邻居咣咣砸门……

"管他呢，又不是天天这样，没素质就没素质吧，爱咋想咋想去！"

酒力使然，大姜像变了一个人，满面红光，热汗淋漓。他甚至还跟我开起了玩笑："我可不是喜欢你啊！兄弟我性取向正常，就是想找找从前那种感觉，一边喝酒一边谈诗，用现在年轻人的话讲这就叫——对，逼格！"又叹了口气："我这个'诗人'比特工隐藏得都深，连我老婆都不知道。"

到了某个节点，我俩又没话了，放任沉默如开大冷气，直至突兀的电话铃声打破了包厢里的沉寂。大姜接起电话，换了副腔调，哼哼哈哈，看上去心不在焉又游刃有余，他在"实话实说"："酒早就戒了，而且现在人在外地……"

外面的天已彻底黑了下来。大姜的电话越来越多，我看着他嬉笑怒骂，就像在看一场独角戏。他还冲我使了个眼色，示意我别管他，并小声叮嘱："别卖呆儿呀，杂拌鱼是特意给你点的，快吃快吃……"我听出了催促之意，但也没法反驳——他记错了，我吃鱼过敏。

出门冷风一扫，大姜摇摇晃晃。他手机上又来了个电话，我接的，确定了地点，很快就有人开车将他接走了。临了，他还不忘跟我拥抱、挥手道别。他涕泪横流，仿佛生离死别一般。我还好，一个人步行回家，走着走着，酒劲儿渐消……

配得上鱼

◎ 卢　旭

　　城郊公路人很少，下午三四点钟尤其如此。老胡把公交车开得如异星飞行器般转瞬即逝，带着颠簸浩荡火烧火燎的气势。

　　远处一小点儿黑色的灰尘飘在路边，渐渐变成一粒黑米、一颗黑胶囊、一段黑树枝、一个黑老头儿，还伸出一条黑胳膊抓块纸板上下晃动。公交车一闪而过，老胡仿佛看到了老头儿愤恨的眼神和骂骂咧咧的嘴。郊区公交是可以招手即停的，虽有被投诉的风险，可司机也拥有"一不留神"的权利。老胡还是猛然减了速，将车硬生生停到路边，乘客们像被用力掰弯的钢条般全部向前倾去。车已冲过老头儿二三十米。

　　好半天，黑老头儿才呼哧呼哧爬进车门，手里还抓着纸板，上面画着一条金色大鱼。老胡随即启动汽车，老头儿又朝后踉跄两步，正好跌入有人给他让的空座里，大口喘了两站地的气。让座的人都下车了，他一个"谢"字还没说出来。

　　"我还得谢你呗？"老头儿双手扶着大腿盯着老胡后脑勺儿，"谢你给我停车？"

　　"谁能看出你在那里干啥，拿个破纸板乱晃！"

　　"张嘴'破'、闭嘴'破'，再破也比你强。"老头儿把纸板晃了两下。

"你不招手，谁知道你要干啥？就看到破纸板了。"

周围人紧劝老头儿少说两句："你不怕事儿大，我们还怕呢。前面就是座桥，桥下的水七八米深呢。"

"你配得上这么好的工作吗？配得上这么重要的职责吗？"老头儿不依不饶。

"我配不上，你配得上。来，你来开吧。"老胡扭头冲老头儿大嚷，双手离了方向盘，稍后还是落了回去。

后面有两个穿卫衣的小伙子，丢下女朋友，快步来到前面，一个紧贴老胡站着，一个盯紧了老胡。他俩除了抓扶手的手，另一只都握成了大拳头。

"你配当个好丈夫吗？你配当个好父亲吗？"离婚协议拖了好几个月，当老婆再次将纸拍到老胡面前时，也是这么说的。这回老胡点点头，签了名字。他不配，他配不上老婆，配不上儿子，配不上老头儿，配不上桥护栏，配不上桥下的河水，更配不上小伙子紧张兮兮的拳头。

每两个星期他可以单独陪儿子玩儿半天，这才急着开完这趟车，好早几分钟交班。老胡到了辅导班接上儿子，前妻只说了句"让他少玩会儿游戏"，就头也不回地走了，像捂紧口鼻逃离臭气熏天的垃圾堆。

上小学的儿子其实也不是和他单独相处，而是和电脑单独相处，来老胡租住的房子就纯是娱乐休闲时间了。儿子屁股只有四分之一还架在椅子上，整个身子、脖子、脑袋都探向电脑屏幕，像一只正待捕猎时机的螳螂。满屏尽是光怪陆离的刀光剑影，一会儿白光大弧，一会儿火花四溅，刺耳的音效让老胡直皱眉头，那是他人生梦魇中又一块锯齿形的碎片。他去了厨房，端来一盘削好的水果，放在桌上。

"拿远点儿，挡鼠标了。"儿子用手腕顶了一下盘子，盘子差点儿从桌子上掉下来。老胡忙扶住放到桌角。他对儿子失望，对自己更失望，也许自己真的不配教育孩子。开车也许是生活交给他的略胜同辈的唯一机会，可他连这都做不好，还配干什么呢？让个老头儿气得半死，像得了抑郁症的蛤蟆。

要是放在离婚前，他早火了，非得把儿子从椅子上揪下来，狠踹两脚。之前确实踹过，但不是因为踹儿子才离婚的，而是踹老婆。"你这辈子不配得到任何好的东西，再好都会被你弄坏、伤透的。"老婆是这么说的。于是，几乎所有东西都归了老婆。除了鱼缸和自己空空的脑壳外，老胡身无一物。

他坐在卧室床上，盯着窗台的鱼缸看。平时下班回来他就这么坐着，一坐就是两三个小时，直坐到天黑，直坐到肚子叫。缸里的小热带鱼不是什么名贵品种，可都漂亮又好养活。看着看着，老胡心就静了。小公鱼神气活现地穿梭追逐，身上紫里透绿的鳞片仿佛海王的铠甲；小母鱼坠着几乎成方形的大肚子面朝缸壁缓缓移动，像艘无声巡弋的核潜艇。人说金龙鱼值个两万三万，可老胡看着还没有草鱼肥，没金鱼美，哪配得上叫龙？现在想来就是养出了感情，有了感情，不但儿子是龙、鱼是龙，连蚯蚓也可以是龙。

儿子也进了卧室，端着水果："爸，你也吃点儿。"

老胡有点儿惊讶，挪挪屁股，让儿子坐在身边。

"好漂亮的鱼！什么时候养的？"

"快三个月了。小缸里还有鱼苗，刚下的。生出来时是半透明的小黑团儿，然后尾巴和头就展开了，像你小时玩的恐龙蛋。"

"没想到你还能把这么漂亮的小东西养活。"儿子咬了一口梨。

"用点儿心伺候呗。"他眼睛瞪大了，似乎发现了以前不曾看到的另一个世界。他心底有盏小灯被点亮了，像条自带荧光的深海鱼。他说："就是有时觉得自己配不上这些鱼。"

"配得上。养得多好，和画上的鱼一样漂亮。"儿子指指墙角的纸板。

那是老头儿落在车上的。一束夕阳像橙色的水流将纸板上的鱼浸润得活起来，弯成弧形的身体鼓胀着生命的活力。下次还他吧。

鞋皮生

◎ 岑燮钧

所谓"鞋皮生"，是梨园界的一句行话，就是戏里的落拓书生。因这类人物脚下趿拉着踏倒了后跟的鞋——在江南叫作"拖鞋皮"，所以叫"鞋皮生"。剡剧当中，就数孙怡香演的鞋皮生最出名，人称一绝。

孙怡香的这门绝技，得自她的开蒙师父仇龙生。仇龙生是演小丑的，但却是个全科，样样都会，是个教戏师父。孙怡香的父亲与他有点儿小交情，就让她去学戏，有口饭吃。他对仇龙生说："老仇，我阿囡交给你了，让她多伺候伺候你，拜师礼你多担待。"他双手一摊："实在没铜钿啊！"仇龙生也不计较，让她磕个头就算数了。

大清早的，孙怡香就起床了，她去给师父倒尿盆。这是父亲教她的规矩。仇龙生说："阿香，你放着，让阿小来倒。"他说的是他小儿子。阿小没办法，就噘着嘴拎出去了。孙怡香跟出去，然后从阿小手中接过尿盆。等她回来，她听见师父在骂阿小："你看看人家阿香多勤快！就你，烂手的，什么都不想干！"

师父教的开蒙戏是《彩楼记》，里面的吕蒙正就是个鞋皮生。师父示范给她看，趿拉着鞋皮，一步三摇，却又不能演成官生，得有穷酸气，但光有穷酸气也不行，还得有几分傲气，因为吕蒙正是个读书人。师父一边唱，一边教她怎样穿着拖鞋皮走台步——

> 我穿一双破烂鞋，
> 走遍长街与短街。
> 乌纱帽儿挡不得蒙尘态，
> 身上单寒事怎挨……

孙怡香一看就明白了，她骨子里也有几分穷傲气。师父看她一点就通，很开心。

有一天，来了师父的大师兄，他是一个戏班的班主。师父说："阿香，你跟着我这个讨饭师父，怕是很难出头了。要不，你拜师伯为师吧，他路子广，你跟着他才能唱出名堂来。"孙怡香一听要把她送给师伯就急了，她红着眼睛说："师父，我不要别的师父，我只认你这个师父！"

"那为啥呢？"

"你待我好，不打我不骂我，又教我本事！"

师父尴尬地看了看师兄，然后一脸皱纹地笑了起来："阿香，你是个有良心的小囡！"

后来，男班唱男调，女班唱女调，孙怡香就跟师父分开了。她唱《彩楼记》比其他演员都好，渐渐红了起来。孙怡香去看望仇龙生，仇龙生就高兴地跟大家说："这是我的寿头徒弟，一门心思地跟着我这个讨饭师父！"寿头者，傻瓜也，师父说来，特亲热。孙怡香偷偷地塞给他钱，师父推了推，收下了。只是有一回，孙怡香又要给他钱的时候，一旁的大花脸开玩笑道："孙怡香，你不要再给你师父钱了，你上次给他的钱，他一个晚上输了个精光！"师父说着"去去"，连骂大花脸，但是，从此看见孙怡香，总是感到有点儿难为情。孙怡香再给他钱，他说什么都不肯收了。

比起女班来，男班唱得像黄牛叫，很快就衰落了。一九四九年后，剡剧几乎已找不到男班，仇龙生也回家种田去了。而孙怡香越唱越红，成了省团的一根台柱。每逢重阳节，她总要备一份礼，早早地托熟人给师父送去。

有一件事，让孙怡香抱憾终身。那时，她已被"打倒"，刚刚从八一窑厂回来，行动还受里弄监视。有一天，一个瘦弱的老头儿找上门来，身边一个人扶着他。孙怡香看了半天，突然喊了一声："师父！"原来是阿小扶着他来省城看病的。她又是高兴又是难过，心里慌得很。果然，一会儿，里弄干部来查问了。她有意让师父留下来，住一夜，但是里弄干部说啥也不答应。师父摆摆手说："阿香，你别为难，师父难得上省城来，也是顺路来看看你，你的心意师父领了……"她看着师父离去的背影，眼泪不由自主地流下来，回身在家里翻了半天，翻出一斤红糖、一封挂面，又追上去，送给师父。师父硬是不要，孙怡香急了，不由冲口而出："师父，你不要嫌少……"师父心里一震，也不由得老泪纵横："阿香，你也要保重！"师父收下了。

三个月后，师父死了。孙怡香没去奔丧，她是事后才知道的。

孙怡香最后一次去"看望"师父，已是很多年之后了。因为女儿在美国，她晚年也定居在那里，很少回来。八十八岁米寿的时候，她回来了一趟，觉得往后大概是不可能再回来了，特地多待了几天。当时，她的头发已全白，像一树梨花。电视台特地为她做了一期节目，她说到了自己的艺术特长：鞋皮生。

下了节目，孙怡香回了一趟剡县老家，找到了师父的小儿子，让他带着她去看了师父。师父的坟茔已荒草萋萋，墓碑非常小，快陷入土里了。她把一双自己亲手缝制的布鞋祭在了师父的坟前，心里默默地说："师父，你穿了一辈子拖鞋皮，你穿一双新鞋吧！"

临走时，她拿出五万元，让阿小把师父的坟墓修一修，换一块大碑。

孤　男

◎ 罗　箫

　　刘向的小姨子徐玥在新市场开着一家台球、保龄球厅，他给徐玥说好了，让我周六、周日白天去那儿照看，月底按值班多少小时付酬。正所谓"山重水复疑无路，柳暗花明又一村"。好人啊！我感激之余，不由慨叹起有刘向这位当官文友的好处。

　　桐桐在电话里说："爸，别把自个儿搞得太累。钱，我会省着花的。"

　　我说："该花就花，正长身体呢，别不舍得吃。"

　　"爸，你一个人在家，太冷清了，要不……"

　　"净胡说！记着，只要你上进，爸啥苦都能受！"

　　一个男人的难，似乎不在吃穿上，这些都能将就。有工作，又有外活儿干，自然进项就多，累点儿算个啥哟！可我弄不明白，在外边累得够呛，走路都犯迷糊，回家撂床上竟又精神起来，眼皮硬是合不拢，得吃安眠药。

　　早晨起来，我又想起儿子的话，"太冷清了"，冷清得直想跟猫啊狗啊吵一架，可惜为省钱，没养猫狗。

　　深夜，我总盼着电话铃响，那样，闲置的嘴巴就会派上用场，但似乎是不可能的，子时已过，少有凌晨打搅别人的人，除非神经病！

徐玥说："老吕，该找个伴儿了。"

我说："等等，再等等。"

"等啥等，进家连个说话的也没有，过个什么劲儿。"

"咋没说话的？电视，天文地理古今中外啥都讲，还讲得怪地道。"

徐玥就笑："搂着电视机睡呀？"

"再说了，捉襟见肘，空瘪的口袋不允许。"

"我有个初中同学，爱人去年出车祸没了，明儿个安排你俩见见，成不成自个儿拿主意。"

"年龄也不般配，我都'一巴掌'了。"

"不就大她几岁吗？人家说了，不嫌。"

这天，徐玥真的带着一个女人来了我家。

徐玥对我说："这位就是我同学，楚楚。你俩谈谈。"

我瞥了一眼，心里说，那脸与锄头板儿怪相像呢。

楚楚说她开着个缝纫店，每月收入大几百块，足够正读高中的儿子花费。

我说："一个女人拉扯个孩子，怪不容易的。"

楚楚说："你应该换房。"

"为啥？"

"这里……咋说呢？冷飕飕的，有种阴森的感觉。换就一步到位，安居园又新起了一栋楼，正卖着呢，地势好，紧挨兴邺市场，两居室不到七万块……"

我脑子里扇叶飞旋，仍跟不上对方的现代意识。我这院不大，那套平房顶多值三万，换房？连擦边球也挨不上。

我琢磨着另一件事。桐桐前天晚上打电话说，他托英语老师找副校长了，想在校内揽个活儿……

楚楚说……

楚楚又说……

楚楚口才真够可以的，从她飞溅的唾沫星子里，我捕捉到了新世纪传销员的形象。

没料到，楚楚会来机关找我。

楚楚说："架子还怪大的啊！"

我说："昨晚出了点儿事，我因为见天睡眠不足，打迷糊，开着小客车在拐弯处被一辆拖挂车剐蹭，送大修厂了。唉！夜班车开不成了！"

"开不成不开呗，狠狠心买辆新车呗，啃人家碗边儿，到底不如自个儿砌灶遂心。当下你想走出困境，唯一的办法是买车，开自个儿的车。"楚楚属于那种敢想敢干、特有主见的人。

"早两年我就想过，只是发愁钱。"

"我可以帮你呀！"楚楚狡黠地笑了笑。

"你有存款？"

"我原先的老公开出租车十几年，能不积攒点儿？再说啦，出车祸，肇事方能不赔几个？"

"那……干脆借给我几万买辆新车得啦。"像溺水的人忽然瞥见一把稻草，我慌忙去抓，话未及拣择，实打实撂了出来。

"一个大男人，出口竖根棍子，咋不懂得绕弯儿呢？"

楚楚答应借给我钱买车，但要求我赚钱后先帮她装修前年就买到手的新居。

"反正我不会住你那座房子，不如卖掉……"楚楚酷似那些传销者，嘴唇抹了蜜，但不掏空你口袋誓不罢休。

如此这般，哪还有相互信任？还说什么同舟共济？简直成了雇佣与被雇佣、奴隶主与奴隶的关系。这个女人哪，不寻常！

我梗着脖颈说："楚楚，你这人蛮坚定的，最好找个条件相当的主儿，日子肯定会很高级！"

"咋说话呢？败兴！活该倒霉，窝囊一辈子！"楚楚跺跺脚，一走了之。

我不愿回家。不回家能去哪儿呢？那是家吗？整个一冰窖。桐桐不回来，我是饭懒得做、衣服懒得洗、地板懒得拖、桌子懒得抹、换气扇懒得开，屋子里烟味、酒味、鞋子里的脚臭味、枕巾以及衣被上的汗垢脑油味儿混杂在一起，比猪圈强不到哪儿去。

进入隆冬，气温降至零下五摄氏度、零下十摄氏度，还在降。茶杯里结了冰，脸盆里的水也结冰了。我没生火取暖，那不得花钱吗？蜂窝煤球价格见涨，每天烧六块不多吧，一天的饭菜钱没啦。我睡觉时盖有三条棉被，脚头为防止漏风，用麻绳捆了，又嫌难看，上面加了层毛毯。电褥子拒绝插电源，棉帽子入冬就扣在头上，早戴习惯了，睡觉也舍不得摘下；白羊肚子毛巾整个蒙在脸上。生人进屋，准以为这是一位危重病人。

桐桐打来电话，问我："家里生火了没？我看天气预报了，今晚咱们那儿有暴雪。"

我说："生了，生了，爸是大人，你一个孩子家家的，操哪门子心。把自个儿照顾好，比啥都强！"

入夜，果真下起了暴雪，大团大团棉花般的鹅毛大雪，无可奈何地飘落。它们聚集在一起，以为会暖和些，但似乎更寒冷了，仿佛劫后余生。

电视里播放着韩国电视剧《看了又看》，我看完一集，又找《新四军》，又找《英雄》，又找……故事片找不到了，只得闭了眼，听央视中文国际的新闻，听着听着，就睡着了。

放　山

◎ 蒋冬梅

放山前，他们都来签一张生死契。没人认字儿，石把头找保
人给念了一遍："穿林攀崖，虎豹狼虫，死生有命，愿签此契。"
挨个儿传看了一遍，白纸黑字像黑白无常。顺子拿出把小洋刀，
在每个放山人粗黑的拇指上划上一刀，他们往纸上按一个血手
印，就把一条命锁在纸上了。

石把头说："回去都跟家里交代一下，说准了，不能干男女那
个事儿。污了林子山神爷可不乐意，这是死规矩。"

顺子没地方可去，就找李大美来了。李大美是个三流戏子，
长相三流，唱功三流，一张刀片似的瘦脸，抹着一层锅底厚的脂
粉，晚上和男人睡觉也不下妆。顺子和她谁也不嫌谁。

李大美半掩着门，顺子知道那是给自己留的门。和李大美办
完了事，他比李大美还美。顺子从来不给李大美钱，这回也只是
撂了句话。他说："等我回来就和你把事儿办了。"李大美怔住
了，等她反应过来，眼泪就像化雪时打房顶上淌下的檐溜水，把
她脸上的粉冲出了两道沟。

顺子他们进了山，事儿就越来越邪性，不是走迷了山，就是
绕错了道。干粮都见了底，他们也没有找到参窝子。石把头说：
"这是有人冲撞了山神爷。"

石把头问顺子："放山头一晚和李大美到一块儿没？"顺子赌咒发誓地说没有，可谁都知道他说瞎话，他恨不得把命都搭给李大美呢。他们觉得顺子是一粒老鼠屎坏了一锅汤。走过一条断崖有人想把他推下去，蹚过一条大河有人想把他摁里头，涉过一片沼泽有人想让他陷进去，反正深山老林子死个人就像死只虫子。

走着走着突然发现远处的树底下摊着一堆白骨。石把头说："八成是有的放山人起了贪心，把同伙绑在树上活活地饿死，揣着人参独吞了。"没走多远，又发现地上铺着一具白骨，骨头都风化了，变成一个褐白色的印子，像画在地上的一道咒语。

顺子心里灵着呢，这两具白骨怎么回事，他心里明镜似的。他知道越是找不到人参，大伙儿越恨他。晚上睡觉时他偷偷地握着那把小洋刀。有人打他这儿跨过尿尿，从头到尾他听完一泡尿响。折腾了几宿，顺子的眼窝塌得能埋豆了。这时候他又想李大美了，除了她再也没有可想的人了。

第二天过一条大河，河水黑黑的，蹚到一半，细一瞅，那河底缠着一团团的黑蛇。石把头心里一惊，这是要出事的兆头，可他却对大伙儿说："见着蛇是好兆头——棒槌鸟吃人参果，蛇吃棒槌鸟，前边肯定有参。"大伙儿壮着胆子过了河，一路上又打死了几条更大的黑蛇。其实，他们这地界的人讲究遇蛇就是遇口舌。蛇一来，他们更相信是山神爷发了怒。

过了河，石把头圈定了参窝子，指挥大伙儿一字排开，拿着找参的索拨棍往前探。探着探着队形就散了，等看不着人影了，就用索拨棍敲大树。这边一敲，那边就应，林子里像鼓点似的响着特殊的节奏，人拽着声音往回攀，就走不丢了。

他们都听见顺子那边敲了树，可没人应他。顺子敲了几次，这边的人还是全无声息。过了一会儿，顺子就不再敲树了。按理，顺子肯定得喊，得疯了似的找大伙儿啊。有的人心里就犯了嘀咕——别是顺子探着参了，恨大伙儿想害他，干脆不作声独吞了。

放山采参的时候，人像撒网似的散出去，又靠敲树聚拢来。如今九个人只聚回了八个，独独缺了顺子。摸摸良心，他们心里头不是滋味了。石把头叹了一声说："找吧，不找心里撂不下。"八个人像撒网似的散出去，一会儿又敲树聚拢来，撒了几网都是空的。等网再撒出去的时候，在一片草窠底下，有人踩到了顺子。

顺子的嘴像吃了黑树莓似的乌紫乌紫的，脸也是乌青的，大半截手臂也都黑了，手里还紧紧地勒着一条死了的大黑蛇。不远处的草丛里插着他那把小洋刀，旁边扔着一支人参果。放山的规矩，见参不能动参，要喊山，等把头来抬参。顺子刨了人参果，坏了规矩，显然是想独吞。

他们在人参秧子下面抬出了一只老山货，六品叶，宝贝级别的山参了。这时顺子的脸已经黑得像一块烧焦了的木头，大伙儿就在挖参的地方挖坑把顺子埋了。临往坑里填土时，石把头把小洋刀丢了进去说："到那边防身吧！"说完，他膝盖一软跪在了地上。那几个人也跟着跪了下去，他们一句话也不说，像几截枯树桩。

等填完了土，他们撒了人参果种在上面。石把头又找棵大红松扒了树皮，在裸露的白树干上，左边用刀刻下九道杠杠，右边用刀刻下六道杠杠。左边是人数，右边是参品级。有人说了一句："咱们只剩八个人，该是八道杠杠吧?"石把头一言不发，捧起黑土往那杠杠上抹，抹得像墨画的一样。

等参卖了钱，石把头把钱分成了九份，叫人把顺子的那份给李大美送去，又讲了顺子死的惨状。李大美的粉脸上淌了两道泪。第二天，李大美的胳膊上箍了一道黑纱。登台唱戏时，她也在内衣里给顺子戴着孝。李大美套了戏服走上台，含着泪唱：

他只说妹子你闭上眼，哥给你整点儿蔷薇硝。

这粉喷喷香，味儿不冲刚刚好呀。

只许你三贞九烈，做哥的小衬袄。

回头见了锅碗的，不许你对他笑，你听到没听到?

夜 火

◎ 相裕亭

　　早年，盐区没有路灯，一到晚间，大街小巷里黑咕隆咚。各家晚饭桌上点的，多为将棉花捻子浸在破了边口的油碗里做的小油灯，或是找块瓦片，滴点儿豆油，搓一根灯捻子放进去就是一盏灯。这种油灯的亮光如豆粒大，照不过三五尺远。条件好点儿的人家就点个蜡烛头，或玻璃罩子灯。即便那样，收拾完桌上的碗筷，也就把蜡烛吹了、油灯灭了。点灯费油、费钱，尤其是夏季，灯烛的光亮还会招来蚊虫。许多人家用过的油灯碗里，都浸着好些泡胀了肚子的黑眼小虫子。

　　但码头上、小街口那儿，还是会有星星点点的亮光。

　　"当！当！当！"

　　滚糖球的敲着小锣，摇晃着一个带铃铛的"铜盖帽"，以三只骰子来"搬大点"——谁的点数多，谁就可以得到一串糖葫芦。一群半大的小孩子如同一群争抢肉骨头的小柴狗，把那处灯火围拢得密不透亮。再就是几家卖火油（灯油）、开作坊的，会在柜台上或两面通透的墙洞里点一盏玻璃罩子灯。如西大街剃头的阿义，他从房梁上吊下一根悬灯绳，挂上一盏自制的玻璃灯，既照亮了室内的座椅，也让门前那一小块空地儿有了亮光。左右街坊，还有从远处赶来听书、谈古的人围坐在那朦胧的亮光里，说一些古今故事。有时，阿义闲下来，就把墙上的二胡取下来，坐在门槛上，给大伙儿自拉自唱一曲：

> 有一位小大姐，
> 家住高邮西北乡。
> 结交了个才郎哥，
> 月夜划船来敲窗。
> 依呀依嘟哟！
> 哎，依呀依嘟哟——
> …………

后面的"依呀依嘟哟"，是后街的小青妈妈附和着阿义唱的。小青妈妈唱腔好，腰肢也好，唱到动情处时，她还会扬起手臂，在人头攒动的灯影里舞动两下呢。小青妈妈住在阿义剃头铺后面的小街上。每到晚间，阿义这边的二胡一响，她就过来了。

她一来，众人便都静下来，让阿义与她对唱上两段。

小青妈妈说："不唱不唱，我刚洗过头发呢。"说话间，她还在灯影里抖抖她刚洗过的一头秀发。有时，她手中正拿着一块煎饼，或是一根脆嫩的黄瓜，你让她唱，她会举一下手中的食物，说："正吃东西呢！"

灯影里有人说："那也不影响唱。"

小青妈妈循声走过去，踢那人一下，嫌他多嘴。其实，好唱的人，如同好酒的人一样。好酒的人，见到酒场就走不动；好唱的人，听到乐器响，嗓子也是按捺不住的。小青妈妈一听到阿义拉起她熟悉的曲调，她自然就想唱了。加之大伙儿恭维她唱得好，她真的就扯开嗓子，与阿义对唱上了。他们唱《小过门》《跳花灯》《光棍哭妻》，也唱那悲悲凄凄的《十怨爹娘》：

> 手扶栏杆，苦叹一声。
> 怨爹娘，你们好狠心。

这是小青妈妈唱的。

> 手扶栏杆，苦叹二声。
> 小奴家远嫁到泗州城。

这是阿义唱的。
…………

唱着唱着，小青妈妈的眼窝就湿润了。

唱着唱着，在场的好多人都跟着戏词伤心落泪了。

表面上看，小青妈妈是个乐呵呵的女人。其实她心里苦着呢，她嫁给小青爸以后，没过多长好日月，小青爸就不见了。有人说小青爸在去南洋的途中被人抓去当了兵，也有人说他在去南洋的船上拉网时掉进大海喂了鱼，还有人说他就在去南洋的船上，正给船家撑篙拉纤呢。谁知道他到底在哪里！五六年过去了，一点儿音信都没有，小青妈妈已失去信心了。

前两年，小青妈妈在生活最为艰难的时候去码头上抬过石头、挖过泥，到远洋船上帮人家择过鱼。有时船工们留她在船上过夜，她还帮人家缝过被子、补过破旧的衣服。也就在那个时候，她开始到海昌巷去"踩街"了。

海昌巷，码头上的一条背街小巷，两边有不少做"暗门子"生意的。一到晚间，各家亮起了红灯笼、粉灯笼。红灯笼，标示着室内是位年纪偏大的女人；粉灯笼，自然就是指那些年轻漂亮的女孩子。

小青妈妈不挂灯笼、不扯幌子，她头上别一朵小花，如同在小巷里寻找什么人似的，在灯影里走走停停，自然就有轻佻的男子（多为船上下来的水手）跟过来与她搭讪。

那样的时候，她可以跟人家到船上去，也可以把客人带到她自己家里来。

刚开始，街坊们并不知道小青妈妈"揽客"了，因为小青妈妈领客人进家时，大都选在午夜。

那时间，小青睡了，阿义那边说书打讲的也散场了。

可有一天午夜，小街上忽然响起"呱嗒呱嗒"的马蹄声——小青妈妈引来了一个骑高头大马的军官。

盐区西面的高冈上有一家兵站，是孙传芳独占东南五省时，特意在盐区这边设立的一个营部。说是营部，其实里面连一个连的兵力都没有，但是他们的长官享有盐区地方官的同等待遇。盐区这边开大会，兵站里的头目穿着威武的军装坐在主席台上；盐区这边建桥、铺路剪彩时，三五把剪红绸的剪刀中，就有他们兵站里的头目一把。

小青妈妈引来的那个军官，可能就是兵站里的某个头目。那人骑一匹白洋马。他头一回到小青妈妈这里过夜时，天没亮小青妈妈就起来，把街巷里的马粪打扫得干干净净。

后来，也就是那军官来得多了，小青妈妈也就不把"踩街"当个事情了。

但是，左右街坊听到那"呱嗒呱嗒"的马蹄声，或是打门缝里看到那个军官穿着黄军装、戴着大盖帽，骑在马背上一晃一晃地走过去，都在门后眨眼睛、咬耳朵、掐手，暗指小青妈妈居住的那个小院儿。

街坊们知道，兵站里的军官得罪不起。所以，小青妈妈与那个军官来往，街坊们也都睁一眼闭一眼。有人甚至想到，将来某一天家中遇到个什么事情时，没准儿还要托小青妈妈帮忙呢。

这天午夜，那个军官又来找小青妈妈，两个人缠绵一番之后便睡了。猛然间，小院儿里响起一阵尖厉的马嘶声。

那军官急忙起来查看，发现马屁股上被人用利刃划开了一道半尺多长的血口子。

看到血腥的场面，那军官顿时火了，一把揪住小青妈妈的头发猛拧在手中，质问她："你还有个相好的？"

小青妈妈被那军官拧得歪着脖子，接连在地上扭转了三圈，她都没有说出那个人是谁。

兄　弟

◎ 安石榴

　　我那自行车就像老相声里说的，除了铃不响，浑身上下都叮当乱响。这玩意儿也不能光靠耳朵听，你得瞧是吧？我这破车子上眼瞧的话，更不招人稀罕。我都不知道它高龄多少了，原来长啥样我也不记得了。要是哪一天它丢了，警察让我描绘一下它的模样，我指定会像个二傻子愣那儿了。当然这是个假设。没人偷它，偷它干吗呢？谁家还缺垃圾咋的？如果真有人看上它了，那也由它去，我不会给警察找麻烦。

　　我倒是从来没有找不到它。不管是随便放哪儿，哪怕混在成片的车阵里，我打眼一瞧，一眼就能"叨"住，不用二眼。也是怪，是吧？

　　前两天骑不动了，看了看，链子没问题，是轴的事儿，钢珠碎了。推到路口自行车摊儿，修车师傅我认识，这老小子又黑又瘦，整天油渍麻花。他把着这个路口有小二十年了。从前他还没这么黑呢，眼下我看他的脸掉地上都找不到了，真黑。可他不给修，说是没零件。这我就纳了闷儿了，你个修自行车的，这常用的零件都不准备吗？他从前可不是这样，没啥他不能修的，都能修。这老小子是自动升级了，开始干巧活儿，脏累活儿不干了。

　　人家不给修也是没辙，怎么办呢？看看还有没有卖自行车零件的吧。还真不好说，这年头儿变化大，老年人也得学着用智能手机扫码，是不是变化大了去了？你顺着这条道儿想，能不能买到配套的小钢珠？悬。

结果还行，真找到了一处。也是个老头儿开的铺子。门面不大，货架子上大多是电动车零件，自行车零件好像也就捎带着卖。按他的话说，也没多少修自行车的了。人家很爽快，六块钱，包括修理费。

他就在铺子外忙乎起来。门脸前有几把破椅子，我就坐下来等，跟他闲聊。还真是找对了，人家可不是对付混饭的主儿，人家是有专业技术的，早前在国营自行车厂当技工。毕竟也是年纪大了，看起来他那动作也不是特别利索。这我不管，利不利索能咋的，利索的却不给你修，白搭不是？老头儿也说："现在修自行车的，都不乐意干这些活儿，挣不着啥钱。"我说："你真是说着了。我家那路口修自行车的，我和他小二十年的交情了，他都不给我修。"这老头儿就哈哈地笑起来了，我听着他好像挺高兴，好像还挺自豪的吧。我心想他就应当自豪，就得有人干这些活儿，是不是？看起来没啥用似的，不见钱不见利的，可是如果没人干，就会让一些用得着的人觉得不方便，憋屈。

我这老眼也是不够用，没注意什么时候有个老头儿——这老头儿一看就不大对劲儿，瘦得邪乎，满头就几根白发，支棱着，脸窄得成了一条儿。他窝在椅子上，像一只虾米似的。那样子就不只是瘦，是弱，病恹恹的。

修车老头儿正忙乎着呢，一抬头哈哈地笑了，好像很开心。他也没起身，还蹲着，说："你这是啥时候来的呀？"那瘦弱老头儿窝在椅子上，没说话，两只手都放在腿上，就稍稍地动了动手指头。

也就坐那儿有四五分钟吧，绝没出五分钟，那瘦弱老头儿颤巍巍地站起来，说了声："我回去了。"修车的老头儿没留他，他停下手里的活儿，也没动地方，张着双手就是看。我看他看得很仔细，有人推车过道，挡了他的视线，他偏过身子，左右晃动着看。一直看着那瘦弱老头儿慢慢地走过马路，转了个弯儿，背影消失了，他才重新蹲下来。

我说："他走路太费劲儿了，脑血栓吧？"

修车老头儿"嘻"了一声，说："是！他是我的老兄弟，我们是一个师傅带出来的。从年轻时在厂里，到后来下岗自找活路，一直都在一起，这得多少年了？五十来年了吧。说句不好听的，比亲兄弟都亲。"

我没搭腔，点点头，懂。

老头儿沉默了一会儿，没憋住，说："他得脑血栓之后就废了，儿子接他一起住，搬江南去了。儿子不让他出来，他这是偷着出来的。"

我说："那不容易呀，江南江北远着呢，坐公交单程就得一个小时。"

他说："是！他到我这儿待不上几分钟就得马上回去。来回两个小时，他得抓紧赶路，不然儿子就发现了。"

"可怜哪！"我的声音可能有点儿大，老头儿停下活儿，转头看着我，说："我俩一年就能见四面。六月天暖和了，他来看看我。八月立秋之后凉爽了，他来看看我。今天是今年最后一次了，十月一过马上变天，他就出不来了。你知道吧，就是儿子让他来，他那个身体，冬天也出不来。"

我说："那还有一次呢?"

这回他低下头又去干活儿了，说："春节我放假三天，就算天崩地陷，也去看他一回。"

春节将至

◎ 阡麻香

　　和所有的中老年妇女一样，我妈的微博，主要用来给她两个女儿点赞和评论。

　　面对她的留言，我经常无从回复。她那些留言，说得好听是蠢萌，直白来说是牛头不对马嘴。

　　她自己的微博很少更新。可能人年纪越大，虽然见得更多，但心里却是越来越迟钝的。我回想自己十几、二十几岁的时候，对随便一次日落花开、相遇别离，幻想和感悟也总是一波迭一波奔涌而出。到了三十岁以后，对那些情情爱爱、花前月下，心率明显都降了下来。

　　我妈是20世纪50年代出生，她经历过的事情，加起来基本是一部新中国的编年史，想必心肠比我更硬。她如今偶尔讲起她父亲的牢狱之灾、母亲的意外离世、幼年的生活疾苦时，已经像是在讲外人的故事一样了，语气从容，脸色平静。

　　这样一个历经世事的中老年妇女，你能不能想象，她每年春节将至的时候，竟会像个没出嫁的小姑娘一般，用微博跟自己的妈妈和外婆喊话？

　　比如她说："刚在厨房炒了一盘菜，汤水太多快要溢出来，菜盘周围不够清爽。突然想起讲究的外婆，每次炒菜装盘，都要用抹布把菜盘周围擦得铮亮。"

她说："苦日子快过完了，母亲病了；好日子要开始了，母亲走了。再没有人催我回家过年了。"

她还说："在物资紧缺的年代，进入腊月，外婆都会托人到几百里以外的地方去买稀缺食品。在天堂里的外婆，现在开始办年货了吗？"

我如今心肠虽硬，但家人和春节，却始终是软肋。我妈妈的这些喊话，我是看几次落泪几次。

不过真到过春节的那几天，她就会收起小姑娘的情绪，对故人往事只字不提。大概是怕自己提了要落泪，也大概是正视现实，要以一个中老年妇女的身份，忙着准备年夜饭了。

在我人生的前二十多年里，每年的年夜饭都是我妈一个人做。之所以由她独自一人完成，一是因为她的确有这个能力，做事干脆利落；二是但凡你看过她在厨房的景象，就会明白——脏乱得没有别人落脚和插手的地方。

有一年，我亲眼见到我妈拿起刚擦完灶台的灰色抹布，抹净了刚盛好的菜盘周围的多余汤汁。我叫嚷着回到饭桌，我爸和我姐泰然自若地继续吃饭，说："你才看到啊！外面那些餐馆比这更脏，算了，吃吧。"

我长大之后经常想，我妈是怎么成为今天这样一个邪魅猖狂的中老年妇女的。

她暴躁，发起脾气来能拿刀；她豁达，对于经历过的变故或艰辛，没有一点儿抱怨；她虚荣，买每一代最新的 iPhone 之前，唯一关心的是，别人能不能看得出她换了新手机；她开明，我的每一个offer每一次远行，她从来没有牵绊过，她说"好女儿志在四方"，她说："我们年轻的时候谁不是离家万里？"她一叶障目，托班老师对我的外甥女她的外孙女的评价，不管好坏她一律转译成表扬；她率性，在大雨滂沱的清晨，边看着我的新娘妆，边对我的伴娘们说："你们听说过没有？出嫁下雨说明这个媳妇不贤惠。"

她变成今天的模样，后来我意识到，是她刻意或无意地，对她外婆依样画葫芦的继承与纪念。

把微博上关于她外婆的片段拼凑起来，基本上是又一个豁达而暴躁、随性又克己、憨愚而有智慧的中老年妇女。作为我妈妈年幼时唯一的物质和精神依靠，她擦干菜汤的动作、她每天一口小酒的癖好、她的慵懒随性，都被我妈作为唯一的榜样，小心翼翼地收藏在了自己身上。

于是在老太太离开后的几十年间，我妈通过一样的习惯，拼接上她年少的记忆，得以轻易地还原了那个在春节将至的时候，喊她回家吃年夜饭、倚在煤油灯下悉心擦拭多余菜汁、给她炒花生南瓜子、永远视她为小姑娘的小脚老太太。

玉兰探照

◎ 陈　毓

"张兰，你看，这是厨房。"

张兰在移动的手机屏幕里就看见那厨房。她看见一块小狗瓷砖，当即喊肖大佐把镜头转回去，却仍只看见一片瓷砖上有个小狗图案。

"这是啥讲究？"她问肖大佐。

肖大佐说，这叫不对称美。

自从进了城后，肖大佐说话跟在村里是很不一样了。

张兰现在也进了城，她往后也会和自己在村里不一样的。

为和张兰视频，肖大佐这一天等得心急。但心急没用，张兰一早就要赶到东城小区，接送那家的孩子去幼儿园。送过孩子后即刻返回，顺路买好粥铺的包子和豆荚饭，送到这家爷爷奶奶的餐桌。然后再赶紧下楼，买菜，回来把午饭给二老做好。两位老人的午饭时间严格，十一点半准时开饭，这倒给张兰留下二十分钟，可以叫她赶回出租屋，弄好自己和儿子的午饭。匆匆吃过饭，她要再次返回，把两位老人吃过饭的厨房收拾干净，之后，去幼儿园接回孩子。晚饭她不用管，由年轻的女主人回来做，他们要在晚餐桌上团圆。

张兰收拾好厨房，下楼带走垃圾。把垃圾分类到垃圾桶后，她会伸个腰。脚步缓下来，目光缓下来，她的手臂、肩背、目光都是向下的表情，她觉得这样舒服啊。

肖大佐就是在这时接通了张兰视频。早上出门的时候他就嘱咐过，必须在这个时间段，如错过就没机会看了。

昨儿下午，肖大佐遵照工长安排走进新苑小区，为一户人家铺地板。他走进房间，对照清点了木地板的型号和数目，准备干活儿。

他一抬头，看见一棵开花的树，其中一枝花从敞开的窗子探进来，阳光打在洁白的花朵上，一朵朵花像明亮的灯盏，把肖大佐的眼睛照亮。真是美呆了。肖大佐嘟哝。此刻，他还不认识玉兰花。但他确信张兰要是看见这花该有多高兴啊，要是张兰和他能在这座城里拥有一间这样的房子，多辛苦他都愿意，张兰也愿意。他骑上电动车回家的时候想的是，如何让张兰看到这些花。

尽管很细致，肖大佐还是在午后铺好了地板，只等和张兰视频完，他就能把钥匙交还给工头。

肖大佐给张兰看的，正是这家的厨房。肖大佐并不直接给张兰看那树花，他要酝酿高潮。但张兰却迷上了那块狗狗瓷砖。肖大佐把镜头移到那枝伸进来的花枝上，给张兰看每一朵花，张兰果真大喊小叫。张兰喊："玉兰花，多好看的玉兰花，你快闻闻，保准闻见荷花的香气。"肖大佐觉得张兰真好笑、真可爱，他把鼻子凑近花，闻了闻，还真闻到了荷花的香气。

张兰嘱咐肖大佐后退，她要看清那间有玉兰花的房子的整体模样。肖大佐于是向前向后，向左向右，把那间有玉兰探照的厨房呈在张兰眼前。张兰赞美女主人的眼光，说青色窗帘好看，尽管她叹息在厨房安窗帘实在是浪费钱。趁着这欢喜，张兰索性放开，她指挥肖大佐，把每间房子都照给她看看，于是张兰赞美地板，张兰赞美客厅，张兰赞美门廊，张兰赞美那个小小的房间。张兰和肖大佐争论，小房间会住这家人的儿子还是女儿。最后她索性说，这户人家肯定有个儿子，和他们的儿子一般大，都上三年级。肖大佐忍住笑，也不和张兰争，他想张兰也许是对的，张兰很多时候都能预测对一些事情，但愿张兰这次也对。就像他确信，这家的女主人既美丽，又会过日子。男主人长相也好，很爱家庭。这家有个儿子，正像他们的儿子一样，上三年级，没准还是一所学校呢。

肖大佐不由得和张兰一起在电话里笑。这一天，他们真是高兴啊。

肖大佐打点工具箱的时候忽然想到一枚钉子，他几次三番看见那枚细长的钉子，他想不清这枚钉子会在哪道工序里用。但此刻他却找不到那枚钉子了。他把垃圾袋打开查验，仍不见那枚钉子。他担心钉子被嵌进木板，他回忆最后看见钉子的时间段，恰是在他就要完工的时候。那，钉子去了哪里呢？他蹲下，检视最后铺的那几块地板。他轻轻叩击，用手掌一一地抚摸，看哪里有异样，之后他"嘿"了一声，当即出了一头细汗。他迅速揭起最后的一块地板，他看见，那枚细钉嵌在那块地板和墙的缝隙之间。肖大佐舒了口气。

留一枚钉子在不该有钉子的地方，多不完美。

幸好我找出来了，我纠正了错误。

肖大佐扣好那块被自己揭起来的地板后，心里那个美，那个舒坦，那个对自己满意啊。

他提着垃圾，倒退着出门，把门轻轻锁好。

契　阔

◎ 王若冰

"我要去住养老院，一定要去！"

父亲站在客厅中间，双手抪腰，双眼喷出的怒火像是要把整个房子点燃了一般。

母亲表现得比平日里更加夸张，她拍着手，跳着脚，头一仰，身子一扭，走进卧室，又探出头，倚着门框问："如果你需要我帮忙收拾东西，我倒是愿意的，腾出了地方我还能多买几件新旗袍。"

母亲的话惹怒了父亲。他瞪了一眼母亲，转身走向门口，一边走一边自言自语："哼，你这个老太婆，一辈子都在跟我斗气，这回，我看你还能咋呼多久。"

父亲气哼哼地出了门。

我从小就看到父亲跟母亲把吵架斗嘴当乐趣一般，如今已经变得习以为常了。我想，他们一定是前世的仇人，这辈子相遇就是要彼此相搏相杀，平素生活里你一拳我一脚，你一言我一语，噼里啪啦、刀光剑影地过了一年又一年。

父母相继退休之后，两个人的矛盾日益升级。

父亲原本就不善言谈，喜欢捧着一本书，一看就是大半天。母亲却喜欢京剧、跳舞，音乐一响，就会跟着舞之蹈之。

这一天，母亲又开始在客厅里唱起了《贵妃醉酒》。父亲几次说："你小点儿声，小点儿声！"母亲正唱到兴浓处，怎么会听父亲的。那声调倒是一声高似一声了，咿咿呀呀传遍家中的每一个角落。父亲忍受不了，就旧话重提要去住养老院。

母亲对父亲的决定嗤之以鼻："去吧，只要你不后悔就成。"

原本以为这不过是父母的一次小战役，风过了，雨过了，天就晴了。

不承想，父亲这次是当了真。父亲说，自己要搬到养老院里安静地读读书，写写回忆录。

这一次，父亲真的去了市区一家干部养老院。临走前，父亲对母亲说："老太婆，这回，我就把这个大房子都留给你了；你想跳就跳，想舞就舞，刀枪剑戟斧钺钩叉，你随便用；哪怕你把屋顶喊出个大窟窿，也没人管你了。走喽，老太婆！"

父亲说完，提着大皮箱，威风凛凛地出了门。

我跑出去，叫住父亲说："爸，您还真要搬出去啊？"

父亲停下脚步，回头看看我说："你都三十多岁了吧？你也该成家了，我和你妈的事你不用操心，我自有分寸。"

说完，父亲头也不回地走了。

我以为母亲会很高兴的，没想到母亲完全傻了一般。她扑通一声坐在了地板上，眼泪鼻涕一起往外流。她哭喊着说："这个死老头子，他居然真的搬出去了？他真够狠心的啊……"

母亲哭完了，哭累了，冲进洗漱间，洗了脸，化了妆，盘了头，戴上了她最喜欢的珍珠耳钉和项链，穿上了白色的长旗袍。她一边照镜子一边说："谁说我老了，我这身材穿衣还和三十年前一样的尺寸呢，我这头发还找不出一根白发呢，我还能穿着高跟鞋上街呢。"

母亲说着说着，脸上就绽开了花，好像刚才那个哭过骂过的人根本就不是她。她提着白色坤包就出了门。

父亲和母亲就像是两条平行线，明明无法相交，却被生拉硬拽地扯到了一起。从小到大，总是看到母亲指着父亲说："你以为你多了不起呢，要不是组织上让我们结婚，我会看上你？比我大十岁也就罢了，还那么一副臭脾气。"

母亲的嘴总是不饶人，父亲被母亲数落得哑口无言时，就会拿着一本书，躲到角落里看。

三个哥哥也和我一样，似乎早就习惯了父母的相处模式，对他们的争吵，跟看喜剧听相声一样，不会像小时候一样这边拉母亲那边劝父亲。

我还以为父亲也是为跟母亲置气，待三两天就会回来的。不承想，过了一周父亲也没动静。母亲不唱不跳了，整天一句话也不说，坐在院子里发愣。

我去养老院看父亲，发现父亲正一个人在房间里低头写字。他见我进来，乐呵呵地站起来说："丫头，你看，你爸我在这里还真是如仙境呢，我可以安静地写回忆录了。"

父亲问："你妈咋样？"

我说："您一走，妈就哭了，哭完就把自己收拾得干干净净地出门了；我妈穿上旗袍那叫一个有气质。"

"什么？穿旗袍？"

父亲一下站起来："她穿着旗袍出门了？你妈穿旗袍能迷死个

人哩！当初，我就是被她穿旗袍的样子给迷住了，才央求组织允许我们结婚的。"

"爸，反正，您看她也不顺眼，她爱穿啥就穿啥，管她呢。"

"你懂什么！"

父亲大喝一声不允许我再说下去。

父亲说："我要回家！"

父亲说着，开始收拾东西，不到两分钟，父亲已经拎着皮箱走向门口了。

"开快点儿，开个车就跟绣花似的。"

一路上，一向沉稳的父亲竟然不断地催促我。

车还没停好，父亲就拉开车门跳下了车。脚还没迈进院门，父亲就大声地喊："老太婆，老太婆，我回来了！"

屋内，母亲没有回声。

父亲推开门，见桌上有自己喜欢的竹叶青，还有自己喜欢的下酒菜，还泡好了自己离不开的铁观音。

看到这些，父亲的双眼湿润了。

客厅里，母亲唱着梅派名剧《凤还巢》：思前想后柔肠百转，前生造定今世缘。

天　使

◎ 胡　炎

　　黑夜像一个黑色的贼，神不知鬼不觉地潜入每一扇窗棂，无所忌惮地偷窥里面的一切，比如八楼那个高鼻梁的女孩。而王宇只能仰着脸，在七楼的阳台上，眼巴巴地望着那扇亮着橘色灯光的窗子。女孩在干什么？是否换上了棉质的睡衣？白日盘起的头发有没有散开，就像三月的柳丝摇摆着嫩绿的春意？她或许正坐在钢琴前，飞动着纤长的手指，奏出悠扬的旋律。壁灯的光亮恰到好处，映着她天使般的鼻梁。那个黑色的贼一定看得入迷，说不定还会垂下几滴晚露般的口水。在渐深的夜色里，女孩钻进弥散着茉莉花香的被窝，睡姿安详而美好，脸部的曲线勾勒出梦幻般的轮廓，就像王宇设想的那样。那是一种唯美的、时尚而又优雅的起伏。那个黑色的贼或许像他一样怜香惜玉，摘两束星光插在女孩的发髻上，并用自己的黑手套温暖着她露在外面的臂腕……

　　女孩一定是一个天使，王宇想，她的高鼻梁不是人间的产物，人类不具备这样的创造力。王宇并不知道她何时到来，反正在他某一天无意间看向对面的时候，女孩就出现了。她从窗子里探出脑袋，两只雪白的鸽子落在她的手上。她还似乎冲他笑了一下，高鼻梁上闪耀的日光让他迷醉。

王宇感觉自己坐在黑暗里的一棵树上，那棵树在黏稠无垠的夜色里摇曳。他感到些微眩晕和恍惚。如果像鸟一样在树冠上搭个巢多好，他把自己想象成一只鸟的样子，胳膊上长出羽毛，尾椎伸展，生出长长的尾翎。他想女孩一定是喜欢鸟的，说不定她的床头或者汽车的驾驶台上，就有鸟形的玩偶。女孩还一定喜欢鸟的歌声。它们的歌声婉转而深邃，即使表达爱情，也绝不像人类那样浅薄而庸俗。王宇想，女孩一定常常伏在窗前，微眯着双眼，倾听鸟的歌唱。那些神秘的音符像薄绢一样从她的鼻梁上滑下，又像月色一样渗入她的灵魂。她听得专注而痴迷，那样子像极了天使的雕塑。

　　如果没有来自身后的呻吟，这一切该多么美好！可躺在床上的妻子使他身下的树迅速变矮，化作黑夜的一部分，被那个黑色的贼藏进了宽大的衣袖里。他离开阳台，来到狭窄的卧室，妻子的呻吟让他感到隐隐的惭愧。该换纸尿裤了，这是他五年来熟稔而麻木的事情。自从妻子在那个秋风萧萧的日子里出了车祸，她就变成了床的一部分。在王宇日复一日的注视下，妻子的眼神暗淡了，表情枯竭了，四肢萎缩了，就像一件日益陈旧的器物，在漫长的岁月里变得锈迹斑斑。王宇要照管这件器物，这是他的责任。好多女人羡慕这个瘫在床上的女人，她们说："瞧瞧，遇到这么好的男人，她可真有福啊！"王宇把苦笑丢给了那个黑色的贼，他想这样的"福"恐怕人人避之不及。他把自己躲在贼的身体里，隐身于阔大的黑暗，把星光轻轻地放在天使的枕边……

　　王宇看到了妻子臀部的褥疮。她正在时间的流水中腐坏。王宇不知道这样的腐坏还会持续多久，就像一段颓败的墙，墙皮脱落，百孔千疮。也许在某个夜梦初醒的早晨，他会突然发现那堵墙已经不见了。想到这里，他忽然有些伤感。

"让你受累了。"妻子说。

"看你，跟我还客气。"王宇苍白地笑笑。

那个黑色的贼有一种不可抗拒的力量。"来呀！"他在心里说。王宇有些犹豫，妻子就在身后，她是否能感知到自己温存的丈夫此时正在心猿意马？他是她唯一的依靠。可王宇真的无法自控。他把温存留在妻子的床头，鬼鬼祟祟地再次回到阳台上。黑色的贼让一切都变得温软而神秘，就像一个远古的传说，或者，一个美好的陷阱。王宇想，他一定是掉到陷阱里了，可他却不愿离开这个陷阱。那个高鼻梁的女孩知道他在偷窥她吗？不，他和贼一样，此刻都是隐身的、无形的，她当然不知道。他也不想让她知道。他只想让这种偷窥陷在无尽的黑暗里，成为一个永远不为人知的秘密。

夜越来越深，王宇看到了一张床，床上吊着玫红色的帐子，那个高鼻梁的女孩隐约坐在里面，背对着他，裸出雪白的双肩。王宇愣了一下，不敢靠近。女孩侧过脸，高高的鼻梁充满诱惑。她说："我等你好久了。"王宇鼓起勇气过去了。他看到了女孩优美的曲线，看到了她弯月般的眼睛，闻到了她来自人间之外的迷醉心魂的体香……在无尽的缠绵里，王宇听到女孩喃喃地说："我们写一个传说吧。"

妻子第二次叫他的时候，王宇仿佛刚从一个梦中醒来。他努力抑制着心跳回到卧室。妻子看着他，眼神温柔而忧伤。

"我刚才做了一个梦。"妻子说。

"是吗?"

"我梦见了一个天使，"妻子紧握着他的手，眼睫毛上挑着泪花，"和你长得一模一样。"

王宇鼻子一酸，转脸看着阳台。他看到月光把黑暗撕开了一条口子，那个黑色的贼从八楼坠落，在无边的月色中遁匿无踪。

路

◎ 曾　瓶

老家的梁队长，跑到我家至少五次。

次次都没空手，要不是一只鸡，要不是一只鸭，要不是一块腊肉，要不就是几十个鸡鸭蛋。梁队长说："乡亲们托我捎给你呢！"

我紧张得手脚都不知道该往哪儿放："我怎么能要乡亲们的东西呢？乡亲们的这些东西我怎么消受得起？"

梁队长非常不高兴："怎么？吃惯了城里的酒宴就瞧不上乡下的东西了？"

生产队想修一条公路。离生产队不远，有一条乡道。公路修好后，接上乡道，生产队的多数人家就可以从家门口，到乡里，到县里，到那些很远的去打工的城市。

梁队长说乡亲们托他来找我，说我在市里干大事，出面招呼招呼，弄来几十万块钱，那条三公里多的公路肯定就能修好了。

梁队长的话像拳头一样击打着我。乡亲们实在是高看我了，我只是市文联一个写点儿文字被戏称为作家的小职员，哪是什么大人物？还好，市发改委和市财政局，刚好有两个和我一样喜欢写点儿文字的朋友，我找到他们，请了两顿酒肉，热情地吹捧了一大通他们的作品是如何如何让我陶醉、沉迷之后，他们居然为修建我老家那条公路立了一个项目，获批钱款20万元。

梁队长不住地表扬我，说："你这个大人物出马，哪有干不成的事情？"梁队长又向我提出，20万元根本不够。他扳着指头给我算账：请推土机要多少钱，压片石铺碎石要多少钱……至少还有15万的缺口，还得请我到省里跑一跑，再争取15万。我知道梁队长说的都是实话，但我哪有那样的本事？只能断然拒绝。

梁队长咬咬牙，拂袖而去，话从背影里扔出来："那就只有大家凑了！"

不到一个月，梁队长又十万火急地把我往老家请。他看我一副拒人千里之外的表情，赶紧说钱款已经凑得差不多了，这回要我回老家只是给大家讲讲道理，我是大人物，说话乡亲们肯定听！

原来，当初想修公路的时候，大家确实是热情高涨。现在，钱差不多凑够了，要开修了，问题也来了——修公路得占地啊！梁队长的想法很简单，该占谁的就占谁的！问题是——

张家说："怎队长家一丝地都没占呢？"

李家说："我家那几块地，是年产一千多斤的肥地，绕一绕，从王家的坡地上不就过去了吗？"

王家说："我那坡地上的荔枝树，去年才挂果，怎砍得啊！"

梁队长不停地搓着那双青杠树皮般的老手，问我："怎办啊？总不能不修了吧？"

我只得按照梁队长的意思，硬着头皮给大家讲道理，还自己掏钱买了两包中华烟，挨个儿散发一遍。我甚至还讲了争取那20万元钱款如何如何不容易。

大家倒是劝我："既然你那么有本事，干脆你再去上面争取一些钱款，把那些占的地按征地标准赔付钱款，事情不就解决了吗？"

梁队长也叫起来，说这样最好，这样就什么问题都解决了，于是怂恿我赶快进城想办法。

我差点儿跳起来，我哪有本事再争取来钱款？我走也不是留也不是。我甚至怀疑梁队长是有意设这么个圈套要我往里钻。

正僵持着，父亲接连不断的咳嗽声响起。不知什么时候，父亲来到了人群中。

我惊叫起来，责怪道："父亲您的病……您怎出来了？"

父亲的咳嗽是老毛病了，尤其到了冬天，像要把他瘦弱的躯体咳得七零八落似的。

父亲不管我，猛烈地咳嗽着，对张家说："我那块地，算肥地吧？我调给你！"

父亲的咳嗽连绵不绝，他对王家说："我坡上那九棵荔枝树，前年就挂果了，不比你的差吧？我调给你！"

父亲的咳嗽像地震，他又对梁队长说："就占我家的地！"

我惊叫道："父亲您怎能这样啊？"30多年前，为了分到那块地，父亲和张家争得打架。坡上那九棵荔枝树，是父亲栽的"摇钱树"，现在，一年可以收近千斤荔枝。

父亲一把把我拉到一边，一边咳嗽一边使劲地压着嗓子，非常隐秘地对我说："赶紧把路修好，你的小车就可以直接开到家门口了。到时，你就可以经常回来了。"

父亲像赚了好大一笔，一脸都是坑坑洼洼的笑。

我没敢告诉父亲，春节我开着回老家的那辆小车，是我求爷爷告奶奶借来的。

面　子

◎ 欧阳明

父亲第一次找我借钱，是 1987 年 9 月。当时，我被分配到县医院还不到一年。

父亲借钱，不是自己用，而是帮别人借的。

那天，我正在值班，就接到父亲从老家打来的电话，说邻居向有田抬石头时腿被砸断了，在我们医院，但钱没带够，叫我借点儿给他。我问多少？父亲说六百。六百是我近两个月的工资，虽不是个小数目，但我想都没想就答应了。

父亲的话，我得听。因为当初，要不是他忍饥挨饿坚持供我读书，我现在还在老家种地。

继向有田之后，父亲找我借钱的次数就多了起来，都是帮那些来找我看病的老乡借的，一样都是电话上安排。

老乡们舍近求远来找我看病，是认为我是大学生，医术肯定比乡卫生院的那些医生高明。可他们不知道县医院的费用比乡卫生院贵，每次来，钱都带少了。

老乡们借钱不直接找我，是因为我在老家时，一直在学校读书，和他们不是很熟悉。

老乡们每个人借的钱不算多，也就几百块。但借的人和次数多了，金额就大了，没几年，就上万了，害得我有时请念白吃饭都得找朋友借钱去。那时，我正和念白谈恋爱。让我更恼火的是，他们借了钱，一直不还，甚至连句话也没有，好像从没借过似的。

这些人怎么这副德行，借钱不还！有一次，我实在忍不住对父亲说了我的想法。父亲嘿嘿一笑，说，放心，他们不是那种人，钱肯定会还的，只是早晚而已。

我不相信父亲的话，说，无论如何，你今后不要叫我再借钱了！

父亲说，大家找你借钱，是因为困难，再说乡里乡亲的，求到了，不帮面子上说不过去。

我不管，从今以后，你别再给我打电话，我再也没钱借了。我忍着怒气说。

我说的确实是实话，和念白结婚时，我们买房欠下了十多万元的债。婚后，每月都得拿出收入的大部分去还，日子过得紧巴巴的。

可父亲还是找我借钱，有时一开口居然上千元。

有一天，刚吃过早饭，父亲就来电话了，说二叔在我们医院，钱不够了，叫我借两千块送过去。

这么多啊！叫他们找别人吧！我没好气地说。

能找别人还找你呀？你二叔又不是外人，以前外人都借了，现在不借给他，说得过去吗？再说，你读书的时候，二叔二婶经常帮我们家干活儿。现在他们有难了，你能见死不救吗？

好吧，好吧！我不想再和父亲啰唆，立即挂了电话。

我硬着头皮找朋友借了两千元，承诺月底领了奖金就还。婚后，为了还债，我把工资和奖金都给了念白，身上几个口袋长期一样重——都是空的。

钱送过去后，我怒气难消，打电话再次提醒父亲，从今以后，你再打电话，我可就不接了！

父亲说不会了，不会了，这是最后一次！

月底了，念白不见奖金，知道原因后，顿时恼怒，说，你还在打肿脸充胖子，不把这个家搞垮你不甘心！死要面子活受罪！今后你再听你父亲的，我们就离婚！

别！我急忙安慰她说，放心吧，再也不会了。

没想到，父亲言而无信。半年不到，又来借钱了。这次不是电话上说，而是亲自跑上门来。

有啥事啊？我明知故问，语气冷冷的。

父亲磨蹭了半天说，本是不想来的，可这次是你二妈病了。住院要先缴五千，不然不给办入院手续。

差多少？

三千。

三千?！上次借的都没还呢！我愤怒了。

他们都有病，每月药费要几百，一时还不上，可以理解。

理解？可谁理解我呀？这样下去，我一家人都只有去喝西北风了！我声音高得像吼。

算我求你，这次真是最后一次了。父亲眼巴巴地望着我，害怕我说半个"不"字。

我知道不借钱，父亲就没脸回去见二叔，便一声长叹说，好吧！最后一次了！然后当着父亲的面，找科室几名护士凑了三千元。

拿钱给父亲时，我再次提醒说，最后一次了！

我保证，绝对是最后一次！父亲说。

我很担心父亲说话又不算数。不过直到他去世，也再没找我说过借钱的事。

父亲是病逝的。临终前父亲拿出两万块钱给我，说，这是你们这些年来给我和你娘的钱，你娘一直管着，存的是定期，我不知道有这么多。你拿回去用吧。放心，我今后再也不会给你们添麻烦了。还有件事你要记住，那些借了钱的，他们愿意什么时候还，就什么时候还，别去问。人一辈子，谁没个难处，能帮就帮。这些年我和你娘在老家，挑水劈柴，买东买西，都是靠大家帮助的。

我没想到父亲会这样，一时无言以对。

父亲丧事期间，那些曾经借过钱的人都来了，他们一说起父亲就落泪，天天跑上跑下的，帮着招呼客人，买菜煮饭洗碗，直到后来的抬棺、垒坟……把丧事的活儿都干了。

更让我没想到的是，安葬完父亲那天，他们竟然都来还钱给我，一分不少。

这当中，也有二叔。二叔说，以前不是大家不还，是你父亲挡着不让还，说钱，叫大家先用着，等哪天手头宽裕了再还也不迟。还说你和念白都是通情达理的人，不会责怪大家的。

念白听了，急忙背过身去，在裤兜里掏纸巾。

我忽然很感动，说，家父走了，今后大家有什么事可直接找我，一定尽力而为！

奇怪的是，之后，老乡们找我都只是看病，从没提过借钱的事。不仅如此，而且每次来时，都要带一些鸡蛋水果什么的，还非要我收下。

　　老乡们太给我们面子了，应该是感谢你给他们治了病吧？还是学医好啊！一次，念白禁不住感叹万分。

　　我告诉念白，这面子不是给我们的，是给父亲的。说完，我仿佛又看到父亲临终前说话的样子。

新年表演

◎ 李利君

　　公历年的最后一天，林若茜收到一张新年音乐会的 VIP 门票——是老公边志衡曾经的助手张山河送过来的。晦暗的心情需要调节一下，林若茜决定去。她看了一眼票上的注意事项，只有"着正装"等一般的要求。林若茜心里一笑，没对这个音乐会寄予太大期望。

　　林若茜是一所综合性大学里的舞蹈老师，四十五岁了，但依然有着无敌的风华。女儿出国，边志衡坐监，她却依然要用坚强的面孔对付一切——尽管一切已经很可笑了。林若茜来不及考虑太多，她的精力如今只剩两部分：一半分给强作欢颜，一半留给夜半无眠。

　　林若茜用了一个小时的时间精心化好了妆，提前一个小时到达音乐厅旁边的咖啡厅。她希望这是一场可以让她暂时忘却现实的音乐会。

　　林若茜选了个靠窗的位置，独自啜饮。人多，但很安静。林若茜觉得音乐会的氛围也应如此。在她看来，能来音乐会欣赏的人，都是高雅、举止有度的。

　　这时，林若茜才想起送票的张山河。在边志衡的身边，张山河从来都是小角色，唯唯诺诺的。在她的印象中，张山河从没有抬起头看过人。这次，张山河给她票，让她略感意外。自从边志衡出事后，过去的熟人如同在电脑键盘上按了 Ctrl+A 之后，又敲下了 Del 键一样，全部消失了。真没想到，最不起眼儿的张山河竟然还想到送一张票给她。

林若茜低下头，长发披下来，遮住了她的脸，她没有拂去。——她知道，尽管自己努力掩饰，可脸上总有挥之不去的悲戚隐约闪现。头发披下来，让林若茜觉得是一层保护膜、一道隔离墙，可以使自己绷紧的神经略放松一下……

累，是藏在心底层的。自己知道，别人其实也看得出，只是不说而已。

林若茜感到有人朝她走过来，却不急于打量。她看了一眼手表，还有四十分钟音乐会才开始。

"嫂子——林老师。"是张山河，"我猜您会早到……在这里。"

"山河啊。"林若茜抬起头，略略欠了一下身，"你喝什么？我来点。"

"我点了。"

张山河侧身坐下来。咖啡很快送过来了。

林若茜笑笑："谢谢你啊，山河。"

"您客气了，林老师。"顿了顿，他说，"您能来，我……我要谢谢您。"

"应该是我谢你。山河，我们不要这么客气。"其实，无话可说了。林若茜听到张山河的呼吸声很粗重。她低头轻啜咖啡。张山河的呼吸声却一直没有调整过来。

林若茜抬起头看他："山河，最近好吗？"

"还好还好……"张山河语无伦次地答。

林若茜注意到，他的眼神四下里扫了一圈。

张山河是边志衡的助手。过去的几年，除了边志衡在家里的时候，张山河几乎都是在边志衡身边的，但边志衡经常会劈头盖脸地呵斥他。有时，林若茜会轻声提醒边志衡不要那么凶。"他是我的手下。"边志衡这样说。张山河倒永远是一副低眉顺眼的样子。林若茜看着张山河的样子，觉得他和边志衡之间的这种状态，好像是一种平衡。她摇摇头，既觉得不可思议，又觉得"是你们男人之间的事"，与己无关。

林若茜不经意间向窗子上看了一眼。这时，她发现，窗子上映射的那些晃动的影像有些奇怪。

她回过头来——

一些人散乱地聚在周围。而那些人，很多是多年前熟悉的面孔。

"山河，怎么回事？"

"没事。他们……不相信我能……能约到你。"

林若茜的头嗡的一声，一股血冲涌而上。她咬咬牙站起身来，环顾了一下四周，伸出手，指着呼吸粗重的张山河，大声地、缓缓地说："他们，是来欣赏你的新年表演来了？"

…………

煤老板

◎ 安　宁

　　我们县城里煤老板很多，但喜欢舞文弄墨的没几个，老张自认为算是一个孤品。

　　老张还是小张的时候，做过一件在他看来，算得上辉煌的大事，那便是在他写的一篇征文获奖后，他背着干粮一路辗转，去北京出席了那个国家级大报举办的颁奖晚会。那是二十世纪八十年代，文学大潮席卷了整个中国，身居我们贫穷小县城的老张，也被裹挟其中，而且还是非常狂热的文艺男青年，尽管他其貌不扬，个头矮小，算是三等残废，连媳妇都没人愿意介绍。但是老张不怕，他觉得书中自有黄金屋，书中自有颜如玉，总有一天，他老张会让某个女人心甘情愿地嫁给他。老张被万丈豪情鼓动着，在我们县城文化圈里颇张扬了两年。对了，他还写诗，一天一首地写。大伯笑话他说，他那是"出口成脏"，写的全是垃圾，一文不值。哦不，垃圾还能换钱呢，他那些诗却一分钱也换不来。老张嘴上不说什么，心里却很憋闷。父亲几次游说他，跟着大伯去内蒙古贩煤吧，说不定还能贩回个老婆来，天天这样关在屋子里写啊写，怕是写得六亲不认，成了傻子。

　　老张一气之下，真的扔了纸笔，跟着大伯出了塞。塞外的风很大，土豆很面，煤也很黑。老张坐在高高的卡车上，迎着高原的猎猎大风，心里忽然就诗意涌动。可是他的旁边，大伯正絮叨着这趟回去，要给他张罗门亲事，又说谁家的闺女或许可以成亲，只要他坚持多贩几年煤，不愁让媳妇过不上好日子。老张于是叹一口气，将那股子汹涌澎湃的写诗激情强行压了下去。

婺妻，生子，马不停蹄地拓展新的发财门路，让老张很快成为我们县城的"富豪"，并因为出手阔绰，总被文人们拉去喝酒聚会。聚会的原因，当然是老张可以在大家都醉酒后，很清醒地买单。老张知道我们县城里的文人，虽喜欢风雅，却个个穷酸，口袋里没多少银子也就罢了，还都是妻管严，所以也不计较他们对自己的算计，每次都将珍藏的好烟好酒拿出来，给大家享用。但老张自己却保持着当年做文学青年时的优良品质，烟酒不沾。不管对面的文人多么有权有势，他都不惧那人的敬酒，只一句"不喝"，便挡住了千军万马。别人都羡慕他，他则微微一笑：那是因为我不在职，跟你们完全没有利害关系，所以我也不用像你们那样，为拍谁的马屁，喝得烂醉如泥。众人一片称是，但老张清楚，这些与他吃饭的人，也未必看得起他这样一个从未担任过一官半职的煤老板；尽管他们办的小刊物也时常约他写一两篇小稿，但那不过是为了换他一顿好酒好饭罢了。

但老张并不介意这些势利文人的冷眼，他走南闯北，混迹江湖，见多了人事，我们县城复杂的人际关系，对他造不成太大的影响。人虽背后叫他"矮矬子"，但他并不自卑，甚至还有些自大。就像当年寻老婆时，媒婆问他什么条件，他骄傲道：非得娶个长得漂亮又比我高一头的不可，这样将来生个儿子，才能改良基因，比我这当爹的高大英俊。结果，他还真是顺了心，如愿娶到一个好看个高还肯为他温柔洗脚的老婆。

　　老张认为自己是个儒商，他专门整理出一个房间，陈设他从各地物色来的名贵茶具，有闲的时候，便邀请三五文友，来茶室啜饮一壶。他的文友，几乎囊括了我们县城各行各业的人士，他们都比他这煤贩子看上去体面。他们来喝茶，大约心底里认为是给他面子。但老张并不因此毕恭毕敬，或小心伺候。他做生意，求不到这些人，请来喝茶，纯粹出于闲情逸致。他们不来，他也乐得清闲，一个人自斟自饮，很有陶渊明"采菊东篱下，悠然见南山"的淡泊。

　　我们县城虽小，是非却多。再加上老张在野之人，常常口不择言，又时不时地在网上贴一些影射县城文人圈的小说出来，免不了就传到别人耳朵里去。一次老张写一小说，讽刺某个文人，因为被调低了职位，内心不平，怎么也不肯将东西搬出办公室，恰好新来的上司是文人的死对头，于是两个人一见面就干上了。新来的上司将文人的东西垃圾一样清了出去，文人则当场给了新来的上司一个火辣辣的拳头。之后，两个人将下属都弄得老死不相往来，一开会就自动站队，分成两列，井水不犯河水。假若哪个站错了队，或敢当着文人跟新上司的下属"眉来眼去"，文人能当场将那个人打入冷宫，且永世不得翻身。

　　这篇小说故事写得平淡，却像一枚炸弹，将我们县城隐匿在平静河流下的人事关系炸了个底朝天，露出飞舞的蚊虫和发臭的尸体。有人匿名将老张的小说发到了被影射的文人的主页上，又贴到县城几个流量很大的文学网站上，而后笑嘻嘻地等着看热闹。文人和新上司都怒火中烧，却无法像对下属那样大发雷霆，革了老张的职。老张则昂扬着一颗万事不求人的高贵头颅，继续在县城里招摇过市，并叮嘱儿子：老子可是惹了身居高位的人，所以你小子要长点志气，别到时候中考求老子给你花钱买学上，老子这辈子谁也不求，能不能有学继续上，全靠你自己了！

但老张也只是被我们县城的文人圈冷淡了一阵，等文人和新上司都消了气，大家依然悄悄地将老张约出来，吆五喝六地划拳，并心照不宣地一起喝高了，等老张结账后，再醉醺醺地出门，骑上电动车，回家睡个好觉。

那一刻，老张知道我们县城的文人圈，终究还是缺不了他这个有钱又文艺的煤老板。

无意义感

◎ 碎　碎

　　不知从哪天开始，林喃经常会陷入一种无意义感。那种感觉，玉户帘中卷不去，捣衣砧上拂还来，每一天都和她难分难解。

　　林喃家附近有个休闲广场，广场里有几家半开放式的美甲美睫店。林喃在广场里散步时，经常会遇到年轻或不年轻的女人坐在那里花几个小时做美甲美睫——好好的手指甲上做一堆花里胡哨的图案，有的还要在指甲上做一个凸起的造型，指甲油的刺鼻异味飘荡在她们身边，林喃感觉令人发指；美睫就更可怕了，需要用一种黑色的药水，把一副又卷又翘的长睫毛一根根地接在真睫毛上，接好后的睫毛像上下两把外翻的刷子。一副睫毛接下来要两小时，那种麻烦和费劲，让林喃不寒而栗。

　　这种事是林喃心中的无意义之大极，但是很多年轻女孩趋之若鹜。如果这世上只有有意义的事，可能也会单调无趣许多吧。再说，有意义与无意义，也是因人而异的，林喃只能这么想。

　　有年春节，林喃和一女友做伴一起去一个岛国旅行。女友特爱拍照，每到一个景点都要各种摆拍。林喃自然成了她的首席摄影师。每次拍完后，女友都会马上把相机里的照片调出来查看，检查每张拍摄的效果，不满意的就会要求重拍。一般总需要拍两三轮才能在她那里过关。她不厌其烦地一次次摆姿势，做出最

"自然"的样子。林喃感觉一路上都在为她拍照了，好像她们出来旅行就是为了拍照，为了发一堆朋友圈和微博。林喃感觉拍伤了。最后两天，在旅程中的大巴上，她们各坐各的，没再坐在一起。旅行归来，两人不约而同地都很少联系对方了。

这让林喃发现，人与人之间要想关系和谐，大约总需要有比较共同的意义感与无意义感。人大概可分两种，一种是从不会有无意义感，一种是经常陷入无意义感。没有无意义感的人，大都是眼里只有当下与实利，完全认同于每一件偶发事件，不会以纵览全局的眼光来看待世界和自身。每天的天气、菜价、超市搞活动时抢到的打折货、领导的眼神与手边的工作，就足以把她内心占满。"意义"那种虚无缥缈的东西，不在她的视线范围之内。如果身边全是这样的人，林喃会觉得呼吸困难。

没有意义与价值的支撑，一个人会活得很难看，就像没有救命稻草，就像裸奔。有没有意义感的支撑，都会写在一个人的脸上和眼神里，林喃差不多一眼都能看出来。就像一个人的身家如何，或多或少会显现出来，比如通过他的皮肤与肌肉的质感、他的服饰的观感，还有他的谈吐举止。一个人活得有多少意义感，也会外化在他身上，比如他感受世界的方式，他的时间精力所花费的地方。人到中年，很多人的表情走向呆滞枯寂，如一潭死水。林喃相信，那是因为他们被无意义感所俘虏了。

相对于每个人最终的归宿来说，也许一切都是无意义的，或者说最终都要归于无意义，但是每一天，大家都还要兴头十足地活着，陷于各自的喜怒哀乐，忘记或假装忘记最后的结局。经常陷入无意义感的林喃常会想，人，真是很不容易的。

林喃还记得多年前，她问过一个男人："你爱我什么呢？"

　　男人说："我爱你的虚无感。"

　　林喃当时心动极了。她觉得这真是她听到过的最迷人的情话，可能也是世界上最动人的情话了，比一个人说爱她的美丽、爱她的性情、爱她的声音和体态，更令人沉陷。

　　林喃和那个男人最终没有结婚。也许是因为，在虚无感面前，人们大都是叶公好龙。那个男人也一样，他的人生还是更需要非虚无感的填充。林喃后来听说他发展得很好，有了非常不虚无的职务，应该挺幸福的。这样的结局，林喃觉得挺好的。相忘于江湖，是对他们之间共有过的那种虚无感的一种保护。

　　因为工作上的业务关系，林喃认识了一个位高权重的领导，方厅。方厅好写诗，古体诗。他时不时会把他写的古体诗用微信发给她，无非是些他在世界各地出差途中的感触，他对某些景致与人事的抒情感慨。林喃猜他应该是群发的，为了收获赞美，她只是他的群发对象之一。偶尔他也会发他在沿途中所拍的照片，让林喃看到他在海南、在深圳、在黄山、在澳门、在美国、在高尔夫球场、在某工地开工现场的身影。照片上的他都是笑容明朗、未来可期的样子。

　　有一天，他给林喃发信息说，现在身上全都是正能量，每天都心怀平和喜悦。

　　林喃看着那两行字，促狭地笑了。她突然觉得，她再也不信任他了。她无法信任一个没有悲伤的人。该怎么和他说呢？在鲜花织锦烈火烹油的人生里，如果没有悲伤，没有无意义感的照拂，那这个人的内心是可疑的。——当然她没有说，这也很难说清楚。

清明前夕，林喃翻手机时看到方厅发的朋友圈，发的是他母亲墓地的照片，还有周围的簇簇香火和花束。墓地面积太大了，大得惊人，墓碑和周围的护栏也堪称雄伟。图片下面配了他的诗，表达哀思。但是那种情感，让人感觉被墓地的豪华盖压住了。联系到他的身份，他发这样的图片让人浮想联翩。

一年之后，林喃在几个网站上看到关于方厅的新闻：涉嫌严重违纪违法，接受纪律审查和监察调查。再后来的新闻，是关于他的一个比较惊人的金额、几百箱茅台酒，很多名人字画、上百张购物卡以及获刑十年。

这就是每天都是正能量、每天都平和喜悦的结果？林喃想，他的生命中应该是缺无意义感。如果一个人能看到物质背后的虚无，怎么会栽在上面呢？

可惜，她想，她没有机会告诉他了。

河上有风之水某丑

◎ 非　鱼

离大桥还有一公里左右，已经开始堵车。

大货车司机们习以为常，这条路，下雨会堵，下雪会堵，桥上车与车若有一点点剐蹭也会堵。他们把脚跷在方向盘上，抽烟或者打瞌睡，或者跳下车去路边的饭馆里吃碗油泼面，反正一般只要是堵了，一时半会儿通不了。

我本来想回去，但耐不住这春风浩荡，还是想去桥上吹吹风。原本我是为了看那一片红叶李。

自行车停在桥头，我溜达着从一辆又一辆大货车旁走过，拉铝锭、铝粉的居多，拉煤的车好像比前几年少了很多，夹杂在大货车中间的小车看起来柔弱无助，司机也大多在桥上抽烟聊天。

再往前走，我看到了堵车的原因。一辆大货车和小汽车撞在一起，大货车似乎毫发无损，而小汽车的侧前方已经成了模糊一片。司机被困在车里，但好像并无大碍。

我试图帮忙。有人说已经报过警了，120也打了。不用费劲了，车门拉不开，前后门也变形，都拉不开了。

消防支队距离大桥近，消防队员来得最快。他们很熟练地切开了车门，把司机从车里拉了出来。司机是个刚进入中年的男人，脸色惨白，一脸惊恐。他瘫坐在人行道上，喘着粗气。突然他又站起来，大喊，后面，后面！大家这才意识到，后排还有人。

那是一个年轻的女孩儿，瞬间的撞击再加上没有系安全带，她晕过去了，半躺在座椅上，以至于一时没发现她。

120还没有到。女孩儿被放在人行道上，衣衫凌乱。围观的大货车司机眼睛像钉子一样，牢牢盯着她的身体。我帮忙把她掀起来的裙子拉好。

就在这一团忙乱中，那司机拉了我一下，说，帮个忙。我下意识地答应，好。他悄悄指了指女孩儿说，你就说是你同学。这个脸色依然惨白的中年男人，牢牢地抓住了我的手。求你了。我竟然莫名其妙地点了点头。

那一刻，我的脑袋一定是被驴踢了。我只是想去看一看红叶李，因为堵车，我去看了一下热闹，顺便帮了个忙，怎么就会答应帮他这个看起来更大的忙呢？也许，他是从我给女孩儿整理衣服的时候就选中了我，起码有很多人作证，我很关心她。

120来了，他们在现场做了检查，说女孩儿呼吸、脉搏、血压都正常，但意识不清，需要进一步检查。男司机除了软组织伤，没有其他问题。女孩儿被放上担架。又问司机，他说他不用去医院，要等交警。他推了我一把，我明白，他是要我跟着女孩儿。所以当医生问有没有家属时，我只好答应，我，我是她同学。

就这样，我被卷入了这个叫水某丑的男人的生活。

在救护车上，我翻开了女孩儿的包，找到了她的身份证。她的信息一目了然，免去了我一无所知的麻烦。

各项检查完毕，女孩儿也无大碍，但需要住院观察。到下午的时候，她已经醒了，我给她买了粥和包子，她没有吃。她问我是谁，她怎么会在这里。我简单说了一下我看到车祸的整个过程，以及水某丑让我以她同学的身份来照顾她。

她脸上闪过一个不太明确的表情，像冷笑，也像嘲讽，还像是疼痛。她告诉我他的电话，让我联系他。

你好，我是宁燕的同学。他说，你们在哪个医院，我马上过去。

离开医院后，我和水某丑以及宁燕再没有联系，也没有见过他们。很快，也就忘了在那个春日的周末曾经发生过这样一件事。生活原本就充满了各种故事或者事故，不出意外，都是故事，有了意外，便成了事故。

大概半个月后，我突然接到了水某丑的电话，他说，一起喝一杯。我说，好。这是男人之间解决问题最直截了当也最有效的方式。

两个菜，一荤一素，一瓶酒，一分为二。

他说，谢谢。我说，不客气，举手之劳。

我知道，我的出现，将他即将发生的大事故又变成了你知我知的小故事。

他说，好兄弟，一切都在酒中。我说，我懂。

他实在是不胜酒力，三两之后，他就满脸通红，连脖子也是红的。他说，不是你想的那样，真不是。他突然哭了，是那种眼泪顺脸淌的哭，却没有声音。

宁燕是我的学生，她说想去看花，说河那边有一大片的红叶李，灿烂极了，还香。我知道她喜欢我，她是个好女孩儿，我不能害她。我老婆偏瘫三年了，我们相爱过，我不能不管她。宁燕说去看花，快毕业了，她就想和我一起去看一次花，就这一次。

边界从清晰到模糊就这么一点点。你看，我越是担心就越紧张，越紧张就越出错。那天，如果不是你，我真不知道该怎么办，如何解释得清这一切。

不瞒你说，那天，我是做好跳河打算的。我不知道该怎么面对失控的一切，各种猜测和传闻不仅会要了我老婆的命，也会要了我的命。我只有一死，一了百了。

兄弟，你救了我。

水某丑的声音越来越低，脸上的泪依然在淌。

我什么都没说，拍了拍他的肩，结了账，先走了。

夜晚的春风依然温暖浩荡，空气中弥漫着各种味道，能辨别出来的有花香、草香、树叶香、大地的香。车辆和行人匆匆而过，各种故事或者事故，继续在紧锣密鼓地上演。

他　杀

◎ 赵向辉

　　冀中平原，初秋的中午，天空晴朗，空气中涌动着一股股热浪。

　　梁峰骑着那辆抽奖抽来的山地车去上班，他望望头顶的太阳想，难道这就是所谓的"晚立秋，热死牛"？

　　路过百花商业大厦时，他看到，路边阴凉儿里一辆宝马汽车上，驾驶座上半躺着一个年轻男人，好像在看手机视频。他注意了一下，车的马达在响，显然，那男人是在车里面享受空调的清凉。

　　走过去十几米的时候，梁峰停住了，他想折回去告诉那男人，那样在车里很危险，万一看着看着睡着了，会出人命的。但是，他又想，哪有那么多危险啊！再说有危险也不至于这么寸劲儿就发生在那个人身上。所以，他跨上自行车继续向前骑去。

　　离开百十来米的时候，他再次停了下来，因为他越想越后怕——万一真出事了，还不后悔死？

　　梁峰来到那辆宝马车前，举手刚要敲车门，那男人扭头看了他一眼，然后就又低下了头，继续看手机。这下，他又犹豫了。

　　梁峰暗自嘀咕，我这样贸然敲车门，万一人家把我的好心当成了驴肝肺，说我多管闲事怎么办？旁边的人会不会说我是精神病，或者怀疑我是想偷车里面的东西？思忖良久，他一狠心：算了吧，发生危险的概率没那么大，再说人家也没睡觉，不会出事儿的。

他头也不回地往单位而去，忙了一下午，早把那事儿忘了个一干二净。

下午下班后，骑上自行车往家里走的那一刻，那事儿又冒进了梁峰的脑海中……离那事儿发生的地点还有百十米远的时候，梁峰发现那里围了不少人，好像还有警车、救护车。他心里咯噔一下子——难道真出事儿了？

他快速骑到人群处，停好自行车，挤进去一看，穿绿衣服的急救医护人员正在给一个年轻男人做人工呼吸，旁边一个年轻女士抱着一个三四岁模样的小女孩在哭喊。

梁峰愣愣地看着这一切，不知道该做什么，也不知道该说什么。

听旁边的人断断续续地议论，大意是，县里一家三口来市里玩儿，中午吃过饭后孩子就在车里睡着了，女人去逛商场购物，让男人守护着孩子。等女人逛了小半天出来找到汽车后，发现车没熄火，男人在驾驶座上一动不动，在后座躺着的孩子也叫不醒了。当时在场的一位女士说，女人呼救的声音都嘶哑了。旁边卖冷饮的小伙子赶紧帮着拨打了急救电话，也报了警。大家七手八脚地把大人孩子都从车里弄到了平地上。救护车赶到后，医务人员先对孩子进行了检查，宣布心跳停止、瞳孔散大，已经死亡，而男人还有一丝气息，正在现场抢救。

梁峰凝神注视着这一切，他在心里祈祷，希望能把人救过来。

十几分钟后，男人还是没有醒过来，但是医务人员并没有放弃，给予静脉输液后，告诉女人，需要到医院继续抢救。

救护车"呜哇呜哇"地离开了。

梁峰在那儿干杵着，一动不动，目光呆滞，脸色苍白，像要死了一样。

又过了十几分钟，女人的家人赶了过来，把孩子抱走了。

警察把宝马车锁好，把钥匙交到女人手里说："赶紧去急救中心看看男人的情况吧。"

一夜无眠，梁峰时刻关注着网络消息。凌晨，他看到一个叫"有点儿文化有点儿坏"的微信公众号发出一篇文章，说的就是那事儿。作者从急救中心得到消息，说虽然全力抢救，但是男人因为一氧化碳中毒太深，最终不治身亡了。

梁峰早早就来到了单位，把办公室彻底打扫了一遍，打了两壶开水，然后坐在办公桌前开始看报纸、喝茶。

科室同事陆陆续续到齐了，人们说着各自见到的、听到的新鲜事儿、奇怪事儿。一位年轻女同事问梁峰："梁科长，听说没有？昨天有一对父女，就因为在车里睡觉，结果窒息死了。"梁峰没正面回答，说："不是窒息，是中毒。"另一位年纪大的女同事说："哎呀，你说孩子还那么小，那男的也不大，真是造孽啊！"梁峰接过话头儿说："是造孽。"

中午回家时，梁峰多走了一段路，绕开了百花商业大厦。

一整天，他在办公室只是看报纸、喝茶，其他什么都没干，昨天没做完的工作没继续做，也没去其他办公室，只是在那里坐着，一直坐着，间或去一次洗手间，回来又坐着看报纸、喝茶。

下午下班，梁峰又走了平时走的路。经过百花商业大厦时，他特意停下来，走到那辆宝马车停车的地方，上下左右看了又看，足足看了半个多小时，才慢悠悠地回家。

　　又是一个晴朗的早晨，与梁峰一个科室的一位男同事第一个走进了办公室，刚进门就接到了一个电话，是警察打来的，把那位同事吓了个半死。警察问："是梁峰的同事吗?"

　　"是。"

　　"他自杀了。"

　　"啊?!"

　　"是在百花商业大厦门前一棵树上上吊死的，五点多就发现了，但是他身上没带手机和身份证明，只有一张字条，上面写着'我是梁峰，办公室电话×××××××'，所以才打到了这里，请尽快通知他的家属来认领尸体。"

　　那位同事也不知道回复什么才好，只是"哦"了一声。愣了愣神儿，他赶紧跑去向单位领导汇报了。

　　梁峰的妻子整理遗物时，发现梁峰的日记本里写着这样一段话："如果我当时上去敲开车门叫那男人一声，告诉他危险性，这件事就不会发生了。两条人命，都是因为我的一时犹豫，因为我前怕狼后怕虎，因为我顾及别人的目光造成的。我已经两宿睡不着觉了，那些镜头始终在我脑子里晃悠，我受不了了，比死了都难受。我有罪。"

仙人球

◎ 李广宇

　　矮桌上的金冠仙人球是父亲送给张尹楠的。仙人球一直是刚刚拿回来的样子，虽然张尹楠很勤快地浇水，但仙人球好像睡着了一般，总也不见长大。张尹楠不知道父亲还喜欢养花。在他的印象里，父亲总是板着脸，看谁都像有仇一般。

　　张尹楠跟父亲的关系很不好。两岁时，他的妈妈病死了，父亲又娶了新妻，还生了一个女儿。这以后，张尹楠的日子就不那么好过了。张尹楠十八岁离家出走，三十岁以后，才渐渐跟父亲有了联系，但见面的次数并不多。那次父亲特意给他打电话，说要见见他。这还让张尹楠踌躇了很长时间。

　　两个人见面的地方在商场旁边的饭馆里。等张尹楠一瘸一拐地进去，父亲已经等在那里，看他的眼神有些复杂。张尹楠倒坦然，心里早过了可怜自己的阶段。两个人见面都没有话，吃饭时，父亲不断地把肉夹到张尹楠的碗里，堆满了，还夹。张尹楠也不拒绝，埋头吃着。一顿饭吃得有些寡淡。父亲似乎有话要说，但最后什么也没说，只留给他一盆仙人球。

　　其实在张尹楠的心里，小时候受的委屈已随风而去。——成年之后他经历过太多苦难，相比之下，少年时代的糟糕回忆真的不算什么。张尹楠一直想把这些话说给父亲听，但犹豫了很多次，还是什么也没说。

两个人走出饭馆，外面的太阳很大。父亲站在台阶下等着张尹楠笨拙地下楼梯，问："你的腿——"父亲的话只说了一半。张尹楠笑笑，说："还行。"瘸腿，是两个人之间的心结。

为了讨薪，张尹楠曾代表工友们爬上跨海大桥。坐在桥上看着下面救援的人，张尹楠突然有种冲动，想跟父亲说说话。他给父亲打了电话，但父亲只是"喂"了一声，就再也没说一句话。张尹楠却说了很长一段话，好像交代遗嘱一般，声泪俱下，然后他从桥上跳了下去。

那次见到父亲之后半年，同父异母的妹妹打来电话，说父亲去世了，邀请他去参加葬礼。听到这话，张尹楠心里轻轻地"啊"了一声，好像有什么东西碎了。

葬礼之后，父亲的老友主持分割遗产。原来父亲早有准备，先立了遗嘱。张尹楠不想要任何遗产，后母的那张脸让他感到厌恶。父亲的老友大约也知道他们家的状况，潦草地宣读了遗嘱，然后把一个旧的饼干盒子塞进张尹楠手里，说是父亲留给他的。看到这个旧铁盒，张尹楠心里颤了一下——那竟然是张尹楠小时候藏宝贝的盒子，说是宝贝也不过是一些琐碎的东西。只是不知为什么，一个破铁盒子却被父亲装了一把大铁锁。

因为没有钥匙，张尹楠也不知铁盒子里锁着什么。回到家，他把铁盒子塞进抽屉里。他并不好奇父亲给他留下了什么，反而很害怕打开铁盒子会让他崩溃。

张尹楠很用心地给仙人球浇水，希望它能长大，毕竟是父亲留给他的。儿子调皮，在房间里踢球，球撞倒了花盆，仙人球轰然落地。张尹楠心疼起来，也顾不得骂儿子，先去抢救仙人球。等张尹楠用厚抹布拿起仙人球时，他愣住了——仙人球竟然是塑料的！

震惊之余，张尹楠晃了晃假仙人球，不料从空壳里掉出一个纸包。打开纸包，里面是一把钥匙。

张尹楠叹了口气，他已经猜到这钥匙是开哪一把锁的。

西行记

◎ 唐　风

1942年，水旱蝗汤四害肆虐，河南饿殍遍地，民不聊生。

一大早起来，睢州城古巷的陈少白扶正高度数的金丝边近视眼镜，手执文明小杖，在卧室里来回踱着方步。

陈少白做战地记者时，结识了西北军的一个军需处长，二人一文一武，言谈甚欢，结拜为兄弟。由于战事频繁，陈少白生性懦弱，唯恐子弹不长眼睛误取了小命，遂回归故里。岂知，饥肠辘辘的滋味更让人度日如年。常言道："树挪死，人挪活。"陈少白想到一个字：走。

陈少白衣兜里哐啷哐啷的八块银圆便是他的全部家当。陈少白暗暗自语："朝不保夕也。"穷家富路。陈少白开始搜索家中的米面，计划做些干粮，以备路途之需，怎奈盆盆罐罐早已空空如也。陈少白长叹一声，沉沉地坐下。突然间，陈少白拊掌长笑，拽步走向"茂源粮号"。

茂源粮号的大掌柜姓吴，瓜皮帽，八字胡，戴一副小而圆的眼镜。陈少白谈及米面之事，吴掌柜目光撒过来，盯着陈少白半开玩笑地说："君去，何日归乎？借出的米面岂不是包子打狗乎？"

本来，吴掌柜不善辞令，只是见到陈少白，便来几句脱口秀。

陈少白将手中的文明小杖挂在胳膊弯儿，摘下礼帽，勉强挤出一点儿笑来："俺长短是根棍，大小是个人，焉何奚落手无缚鸡之力的一介儒生？"

吴掌柜正色道："不是奚落，是言讲其实！"

陈少白挺正身板，一脸错愕："古巷，你谁都可以怕，难道还怕我陈少白不成？宽些时候，汇些钱来，加倍奉还！"

豫东，有一种饼，俗名"锅盔"，干燥，耐储存，不容易变馊。陈少白在面盆里和起面来，怎奈面太黏，拔不出手来。陈少白咳了一声，偏巧，对门的陈二嫂进来了。陈二嫂，人瘦得像作图的圆规，却是勤快，有力气。陈二嫂踮着脚尖，微微倾着身子，双手在面案上搓来搓去，不多时，便帮陈少白烙出两摞锅盔。陈少白再三道谢，陈二嫂躬身道着万福："发迹之日，别忘记二嫂就知足了！"

民权县跑火车，陈少白气喘吁吁赶到火车站排队买车票，忽然，双脚一沉，低头一看，哎呀，一个脏兮兮的男孩紧紧地抱住了他的双腿。挣不脱又打不得，如何是好？一时，陈少白六神无主，身后，一位老者说道："不给点儿钱来，孩子断然不会松开手！"

陈少白一摸衣兜，糟了，衣兜里仅有八块银圆，没有一块铜板。把一块银圆给了孩子，也就意味着买不了车票。买不了车票，也就意味着去不了西安。陈少白反复摩挲着银圆，左右为难。老者提醒："如果有点儿吃食，也可把孩子打发了！"

陈少白掏出锅盔，撕开半片送给孩子。孩子举着锅盔像举着一面得胜的旗帜，跑了。

子夜时分，列车抵达郑州站，陈少白转乘从汉口开往西安的列车。偌大的郑州站，灯火稀疏，万头攒动，人影幢幢，转乘的人们像赴考的举子一般急促。不一会儿，手执文明小杖的陈少白便落在了后面，一位跛脚男人从背后赶上来。跛脚男人顿顿跛脚，苦笑道："动问先生何往？"

行走急促，陈少白毫无说话的兴致，随口答道："西安。"

跛脚男人吃惊起来："西安战事吃紧，你敢往火坑里跳？"

此时，陈少白有些书生意气，为了佐证自己没有说错，很斯文地掏出火车票递给跛脚男人观看。跛脚男人看过火车票，"哦哦"点头，递回来，颠着跛脚一头扎进了人流里。

检票台前，陈少白恭敬地递上火车票。检票人员望着青布长衫的陈少白，先是愕然，而后客气地说道："先生，您的车票已经到站了！"

陈少白一怔，许久，方才明白火车票被跛脚男人掉了包。

这下非同小可，陈少白已是身无分文了，去不了西安，又回不了睢州城，上不着天下不着地吊在了郑州。

陈少白嘴里一直念叨着"听天由命"，除此，再也找不到合适的词了。火车站广场，横倒竖卧躺着来自四面八方的难民，陈少白随便侧身躺下。黎明，几个穿着铁路制服的人走过来，举着喇叭筒子喊道："慈善人士募捐，善饭，赶紧排队，每人一天一碗稀粥！"

陈少白跟从长队来到一处大院子，领到一只粗瓦碗；接下来，领到一碗稀粥。陈少白嘟哝着："这和喝西北风差不多！"

穿铁路制服的人踢踢陈少白的文明小杖："你就知足吧！"

主要是僧多粥少。难民站里，黑压压的难民挤进来挤出去。

三天过后，难民遣返原籍。为避免难民节外生枝，遣返的车费由省府买单。陈少白回到睢州城，傻眼了，身无分文，家中粮米已尽，如何是好呢？陈少白靠着绿色邮筒坐了下来，盯着邮筒出神。突然，陈少白说一声"有了"，霍然起身。邮筒不远处，一张桌，桌旁端坐一人，挂着一副"一行书信千行泪，寒到君边衣到无"的招牌。陈少白一看便知是书信先生。陈少白走过来沉沉坐定，细细陈述落难之事，恳请西安的故友寄些钱来，以期动身前往……

书信先生笔走龙蛇，修书一封，然后，目光沉得像石头，盯着陈少白讨要润笔。陈少白却是暗暗叫苦，一是身无分文，穷困潦倒，支付不了丁点儿笔墨钱，是何等的狼狈？二是懊悔自己本来写得一管好字，何苦多此一举，烦劳书信先生？

陈少白踉踉跄跄回到家中，倒头便睡。这一睡，便再也没有醒来。陈少白辞世的第三天，收到西安故友的汇款，瘦骨伶仃的陈二嫂嚷道："人走了，寄来钱，有何用！"

"人死了就算了吗？陈少白还欠米面钱呢！"陈二嫂抬头望去，说话的是茂源粮号的吴掌柜……

我和农民李小为的交往

◎ 刘国芳

　　一天在乡下玩儿，我看见一个男人在地里拔甘蔗，便过去搭讪："你这甘蔗栽得好。"

　　男人笑笑，回答："还好。"

　　男人接着说："吃甘蔗。"

　　男人不是说说而已，还递了一根甘蔗过来。我也不客气，接过甘蔗就咬，然后说："好甜。"

　　男人笑了。

　　一个女人走过来，喊男人："李小为，赶紧拔甘蔗呀！"

　　男人应了一声。

　　我于是知道这个男人叫李小为。

　　这天我跟李小为聊了好一会儿，还帮他拔了甘蔗。走时，李小为送了我一捆，有七八根。我不要，李小为硬要给。我推辞不过，只好拿了。到家时妻子看我扛回来一捆甘蔗，问我："买这么多甘蔗做什么？"

　　我说："在乡下玩儿，一个农民送的。"

　　妻子说："你认识他？"

　　我说："不认识。"

　　妻子说："你不认识他，他干吗送你甘蔗？"

我没解释，削了根甘蔗吃，真的很甜。吃着，我寻思，平白无故地拿了人家一捆甘蔗，我得回赠点儿什么给人家。刚好家里有一袋香菇和红枣，我拿上便出门。妻子见了，问我："拿哪里去？"

我说："拿了人家那么多甘蔗，我回送些东西给人家。"

妻子说："这香菇七八十块钱一斤，他那几根甘蔗哪值这么多钱？"

我没理睬妻子，走了。

见了李小为，我把东西给他。李小为有些意外，说："怎么能拿你的东西？"

我说："我还拿了你的甘蔗呢！"

李小为说："地里的东西，不值钱。"

在随后的大半年时间里，我和李小为有来有往。通常是我去李小为那儿玩儿，李小为会给我些东西，然后我过几天会拿些东西回送给他。比如有一次李小为给了我一袋红薯，过后我回了他两包莲子。又一次李小为给了我一袋萝卜，我回了他一袋木耳和几斤香蕉。还有一次李小为给了我一袋芋头，我回了他两瓶酒。

我妻子当然知道这些，她总是摇头，还说："你觉得有意义吗？人家给你的东西，根本不值钱；你给他的，哪次不要七八十或者上百？"

我说："哪能这么算？"

后来李小为问我住哪里，我当然告诉了他，于是李小为便到城里来找我。李小为第一次来时，搬了一只大冬瓜来，然后在我楼下"老刘老刘"地叫。我把头探出窗外，应了一声，李小为就上来了，然后放下东西就走。妻子在李小为走后问我："这就是你交的那个农民？"

我点着头说："他叫李小为。"

妻子说："真不知道，你怎么会跟一个农民交朋友。"

李小为后来还来过几次。他来时，肩上总会扛些他地里栽的东西，到了，在楼下喊："老刘——老刘——"

我便把头探出窗外，叫他上来。李小为便走上楼来，把东西送进门。碰到吃饭的时候，我便喊李小为一起吃饭，还会跟他喝些酒。我妻子不大喜欢李小为，她总觉得在我们的交往中我吃了亏。为此，她不大理睬李小为。

这天，李小为又来了，在楼下喊："老刘——老刘——"

那天我正在打电话，没应他，只把头探出窗外向他摆摆手。李小为就上来了，跟我说："我拿了些葛粉给你。"

我点点头，表示感谢，然后对着手机说："也不差多少，四五万吧。"又说："你没有呀？那算了，我找别人借。"

李小为没走，还在门口，在我打完电话后他问："是不是在借钱？"

我说："我这房子小了点儿，想换套大一点儿的，差那么几万块钱，打电话跟亲戚朋友借，却没人愿借。"

李小为"哦"了一声。

这天李小为又来了，仍在楼下"老刘老刘"地喊，我让他上来。李小为一上来，就递给我几沓钱，还说："我这里有五万块钱，你先拿着用吧！"

我很惊讶。我妻子也在，同样惊讶。好一阵，我才问："你哪里有这么多钱?"

李小为说:"我们村拆迁了。"

我"哦"了一声。

我妻子则连忙说:"谢谢!谢谢!"

此后有一段时间很少见李小为。当然,也不是没见过,比如我把旧房卖了后,就去找过他,把钱还给了他。后来的一天,忽然看到李小为了,就在我们小区里。我说:"李小为,你怎么在这里?你来看我吗?"

李小为说:"我住这里。"

我说:"你也住这里?"

李小为说:"是,我买了一套二手房,装修好的,直接就住了进来。"

我说:"我们是邻居了。"

虽然同住一个小区,但我很少碰得到李小为,不知他在忙什么。这天,我忽然听到李小为在楼下"老刘老刘"地喊。我妻子听见了,连忙把头探出窗外,跟李小为说:"上来,上来。"

李小为就上来了,把手里一袋东西放进来,说:"我拿些红薯给你们。"

我问:"你哪里还有红薯?"

李小为说:"我在小区外面开了一块地,自己栽的。"

我妻子接嘴,跟我说:"哪天你也跟李小为一起去开块地,栽些东西。"

我应了一声:"好哩。"

珠扎效应

◎ 江洋才让

　　珠扎做梦都想不通，他老婆活着的时候，怎么就把门经老头儿年轻时的照片藏在她相册的夹层里？如今已成为一个谜，扰得他一点儿都不自在。用儿子的话说，不就是年轻时谈了个恋爱嘛，阿爸最终还是把门经给顶掉啦，你应该高兴才是。他对儿子的说辞虽说信，但还是有些酸酸的味道。仅仅是一张照片还好，照片背面"一切失去都会成为我心中的痛"一行字真的刺痛了他。

　　照片里的人真是门经？或者只是长得像门经而已，有没有这种可能，即便那人不是门经，也只是换了个人而已？他要把照片拿给门经看，让门经确认是不是他。

　　珠扎拿定主意，就去找门经确认。他来到有玛尼石堆的转经路上，这儿竟然空空荡荡。一阵风突然在转经路口打了个旋，尘土泛起。令他想不到的是，尘土过后，一个孩童蹲在那里玩耍。珠扎觉得怪异极了，转经路上怎么会没人来转经？好像风把这里的好多人都带走了，难道只留下用手指搅动牛屎的孩童和心怀某种目的的来到这儿的自己？既然有疑问，那么就得问出来答案，有了答案才能有一个明确的方向，有了方向搞定一件事就不会太难。

　　珠扎蹲下身问："阿扭，你在这儿干什么？"孩童将那根沾满了牛屎的手指举起，看一下又低下头继续用手指搅着牛屎。珠扎有些不甘心地问："阿扭，你给我说说今天转经的人怎么会这么少。"孩童把那根沾着牛屎的手指使劲地甩了甩，反问道："那你说说你怎么单选今天来这儿，昨天怎么就不来。"珠扎问："昨天来转经的人很多吗？""很多，有点儿挤。"珠扎又问他："今天怎么就那么少了呢？"孩童说："昨天人多，今天人就少。"珠扎带着微笑问："阿扭，你知道我来这干吗的？""不知道。"孩童继续用手指搅着牛屎。"我是来找人的。"珠扎说。"找谁？"孩童显得很冷漠。"转经路上卖唱佛机的门经。"珠扎对孩童说。"我好长时间都没看见他了。"孩童告诉珠扎。

　　一阵风突然遮蔽了转经路上的一切，耳朵里满是沙土落在衣服上的声音。珠扎不相信他真的找不到门经。

　　珠扎所问到的人都说门经还在县城，而县城并没大到无边无际。奇怪的是，几乎所有人在珠扎问起门经的时候，回答的时候都会深吸一口气，立刻显出一种难以捉摸的笃定。至于门经在哪儿，众口不一，弄得好像到处都是门经的分身。

　　珠扎按打听到的踪迹去找寻，结果一无所获。好像他找到哪儿，门经便刚刚离开，留下一个时间差的余韵在原地回响。难道做错了什么，上天就这么惩罚自己？惩罚他不该对这件事过于执拗？儿子劝过他说，不就是阿妈年轻的时候门经追过她，说得更深一层不就是他两曾经谈过恋爱嘛。照片只不过是谈恋爱时送的，再正常不过的事情，有什么大惊小怪的。可珠扎就是转不过弯来，他觉得必须要确认，这样才能对自己有个交代。

　　珠扎认定到了该出狠招的时候了。所谓的狠招，在珠扎看来就是去门经家门口堵住这个老光棍儿。他吃了饭，一个人坐在门经的家门口等。他坚信门经总会耐不住外头的风吹，总会回到家里来，就像牛羊归栏。下午，那个在转经路上用手指搅牛屎的孩童气喘吁吁地找上门来。孩童上气不接下气地说："珠扎，珠扎，门经到转经路上了。"

珠扎曾给转经路上的孩童十块钱，就是让这个孩童有了门经的确切消息告诉他，这十元钱花得太值了。

珠扎一抬眼就看见门经靠着玛尼石堆站着。他将照片拿捏在手里，目光里的阴霾似乎在逐一散开，心里的光亮从眼珠透出来，身体好像也不那么紧绷了，和情绪一并做到了放松。他没有立马上前，而是走到了门经对面。有一种念头好像拉住了珠扎，要他细细思量，索性不再往前凑了，定住身子像个陌生人一般，用侧目斜视的方法牢牢锁定目标。这个门经，到底有什么招人稀罕的，要一个人把他的照片保存这么久？

他走过去和门经并排靠在玛尼石堆上。双手触到冰冷的玛尼石，才觉得时间好像静止如水汪在那儿。

珠扎问门经："你能帮我认一个人吗？"他把照片掏出来，递给门经看。门经瞟一眼照片问："这人是谁？"珠扎充满暗示的语气说："你好好瞧瞧呗。"门经漫不经心地说："没见过这人。"珠扎肯定地问："怎么会呢，难道你不照镜子？"门经十分不解地问："这和我照不照镜子有何干？"珠扎说："你照镜子就能看到你自己。"门经有些不高兴地说："那你是说这张照片里的人就是我喽。"

门经恼怒地将手里的照片撕碎甩到空中，珠扎眼睁睁地瞅着那撕碎的照片被风呼啦啦吹散，卷上天空在玛尼石堆之上飞扬，继而无影无踪……

此时，珠扎恍然明白，老婆都不在了，一切都随风而去。

归　鸦

◎ 陈　敏

　　早上，我还没起床，就收到艾米的微信，说她小区的那个异人改邪归正，做了半年清洁工后回国自首了。这让我又惊讶了一次。

　　艾米，是我中学时的同窗好友，远在大洋彼岸，多年来，她和我穿越时空，一直保持着联系。艾米很早就跟丈夫去了美国，成了一名美籍华人，但她说虽成了外国人，但并不代表她不思念故土，那只是生活上的一种选择。艾米每过几天就会跟我在微信聊上一阵子，而多半都是细枝末节的生活琐事。

　　"我们小区，住了个从大陆来的异人！"三年前，她发来了这样一条信息。"异人"这个名字挺怪的，让我想起了秦始皇，秦始皇的爹不是叫异人吗，曾在赵国做过人质！"哎呀，你扯远了，我说的这个异人是个奇怪的人，都说他是从大陆逃过来的官员，据说是个贪官。"异人"是我们小区的华人同胞共同给他取的绰号，当然他不叫这个名字，他肯定有一个我们无法知道的大名。"这引起了我的好奇，我一直想了解那些逃亡国外的"老虎""苍蝇"到底过得怎样，是好还是不好。

　　艾米说，那人真是个怪人，单枪匹马地跑过来，一个人住在华人区，却从不跟华人往来。他看上去相当孤寂，皮肤松弛，脸上长了很多皱纹，头发白了一大半，背也驼了。那人见了白人，总是点头哈腰，笑脸相迎，像日本人一样彬彬有礼，可唯独不跟华人同胞讲话，见到黄皮肤的人就远远地躲开。艾米说她家孩子在路上用中文向他说爷爷好，他不搭理倒也罢了，还凶巴巴地瞪孩子们一眼。真是个不懂礼貌的怪人。

人群集聚的地方，那人是不会去的，华人多的地方，他更不去，好吃好喝、热闹的华人大餐厅，他也不敢现身。他几乎不进中式餐馆，要吃也只吃西餐，黄油奶酪加生牛肉，那个难吃啊！估计百分之九十的华人都吃不惯。而他总是低着头，悄悄地来，悄悄地去，连进餐也不敢随便摘掉墨镜，生怕一不小心被人认出来。

尽管人们都不知道他的来历，但从他古怪的行为上可以猜出他的身份。艾米说，她是狗年生人，生性爱管闲事。她一直注视着那个异人的一举一动。

又过了些日子，艾米说，她终于和那个异人熟络起来了，是他先主动跟她搭讪的，估计是看出了艾米于他并无什么威胁。异人说他好久不曾跟人交流过，舌头不灵活，别说嘴巴变笨，有很多词都忘记了；整日猫在家里，打开电视看吧，不懂英文；发个微信吧，以前的好友统统都被他删了个精光，他多想跟人聊天，却又怕跟人聊；信用卡、银行账号，他不敢开，也不敢用，一开就会暴露身份，所以只能用现金；天天吃着难咽的饭，听着不懂的音乐，又没法跟人交流，真是生不如死啊！

艾米听后，深表同情，便邀请他去她家吃了一顿久违的饺子。其间，她家孩子不知怎么就突然放了段国歌，那异人顿时神色凝重，即刻起立，站得笔直，俨然变成了一尊雕塑。异人此刻眼睛里闪着光芒，灰色的脸颊因激动而涨得通红。艾米说，他完全能够理解异人此时此刻的心情，长期为官，很多公共仪式上都会奏唱国歌，或许他听得最多的就是国歌。国歌声让他情绪勃发，激起他对过往的记忆：那些参加过无数次的升旗仪式，那些庄严肃穆的场面，那冉冉升起的国旗，雄浑的国歌，可此时……

之后，异人改变了无所事事、提心吊胆的生活方式，他请求艾米为他找份工作。不久后的一天，他成了小区里的一名清洁工。清洁服遮掩了人们注视的目光，他藏在了阳光的背面，也就渐渐地被人淡忘了。

转眼到了春天。一个周末，艾米带着异人去海边散心。他们来到美丽的西雅图，一座三面环海、距离中国最近的海滨城。微风和煦，海天一色，美得让人沉醉。异人在闪烁着金黄色阳光的沙滩上突然驻足，他面朝大海，向前凝望，眼前就是烟波浩渺的太平洋，对岸就是自己曾经生活了几十年的祖国。突然他"咚"的一声双膝跪地，慢慢往前挪动，双手捂面，将头扎进沙滩，任涕泪恣意横流。茫茫大海，如同他此刻迷惘的情绪，将他带回到熟门熟路的故乡，他仿佛听到了浓浓的乡音，闻到了大葱卷煎饼的味道……

不久后，异人不见了。艾米说，他只留给她一张四个字的便条：我回国了。

在地铁中

◎ 李伶伶

陈莉一上地铁就看到了坐在车厢里的柳静，想躲开她，又觉得凭啥是自己躲，要躲也应该是柳静躲。这么想着，陈莉径直走过去，在柳静对面的空位上坐了下来。她也不想坐在这里，但是车厢里没有别的空位。

柳静一直坐在那里低头看手机，没看到陈莉上来。五年没见，柳静没什么变化，还是那么瘦，还是那么弱不禁风，当初要不是她这副惨兮兮的样子，她也不会那么快就放手。

有乘客从柳静身边经过，不小心碰到她，柳静从手机上抬起头，看到坐在她对面的陈莉。柳静显然没想到会在地铁上遇到陈莉，她很惊讶，也很尴尬，想笑一下，却怎么也笑不出来。

陈莉的目光没有躲闪，就那么直直地盯着柳静，像五年前她希望柳静给她一个合理的理由时一样盯着她。柳静像那天一样沉默，不敢面对，最后还是心虚地低下了头。陈莉不由得生气，不知道自己怎么会跟这样的人成为闺蜜。后来她无数次问自己，为什么会发生这样的事？可能是因为她对当时的男友张放的关爱过了头，也可能是她对柳静太过信任，从没想过他俩会做出背叛自己的事。她回老家照顾生病住院的母亲，当时张放患胃肠型感冒还没有完全好，张放不会做饭，陈莉担心张放吃不好饭会伤胃，就让厨艺很好的柳静有时间帮张放做做饭。没想到只半个月时间，两个人就搞到了一起。陈莉当时气得连杀人的心都有，她既生张放的气，更生柳静的气，因为她跟柳静的感情比跟张放长得多，而柳静一句解释都没有。虽然这件事过去好几年，但她还是不能释怀。

地铁突然停了，有人大声喊道进水了。地铁里的乘客一阵骚乱。陈莉看到车厢里果然有水，赶紧从座位上站起来。外面的雨下得是挺大，但是地铁里怎么会进水呢？陈莉以为地铁站的工作人员很快会处理好地铁进水的问题，没想到不但没处理好，而且水越进越多，先是淹没了双脚，淹没了膝盖，后来淹到腰，最后淹到胸口。车厢里喊叫、咒骂、哭泣的人都有，其中包括柳静。

柳静开始趁乱躲开了陈莉，躲到离她远些的地方。陈莉看到了，没有追过去。她不是特意来找碴儿的，是偶然遇到她的，也没想把她怎么样。既然她选择躲避，那就让她躲吧。随着车厢里的水位越来越深，有人吓得哭起来。陈莉看到不远处的柳静也在哭。柳静一遇事就哭，这毛病到现在都没改。上次的事，陈莉质问她时，她也是哭，哭得泣不成声，好像别人对不起她似的。陈莉不愿意看她这副模样，转身走了。这次她也不想管她，可是看她哭得太无助，陈莉还是忍不住走过去，抓住她的胳膊说，别哭了，要是哭能解决问题，地铁就不会进水了。

柳静没想到陈莉会过来跟她说话，她说，我心脏不舒服，我要坚持不住了……说着双腿一软，拽着吊环的手随即滑落，整个人也跟着瘫软下来。陈莉赶紧扶住柳静说，你别这样，你坚强点儿，你先站起来。

柳静说，我难受，我站不住。柳静整个人都靠在陈莉身上。陈莉说，你是不是中午又没吃饭？柳静为了保持身材，经常中午不吃饭，吃块巧克力对付一顿。柳静说，因中午工作忙，巧克力也忘吃了。陈莉腾出一只手在包里翻东西。当时地铁里的水刚到腰，陈莉怕把包弄湿了，把包挂在了脖子上。陈莉从包里翻出一块巧克力，撕掉包装，塞到柳静的嘴里。陈莉也喜欢吃巧克力，包里经常放几块。陈莉说，你赶紧把巧克力吃了，吃完就有劲儿了。柳静又开始掉眼泪，这次应该是感动的。

车厢里的水一直在上涨，很多乘客都开始恐慌，柳静的身体开始发抖。陈莉也紧张，但是她强装镇定，尤其是在柳静面前。她扶着柳静站在座位上，不停地安慰她，鼓励她，说肯定会有人来救他们，地铁公司的领导和工作人员不会不管他们的。在陈莉的宽慰下，柳静好了很多。陈莉自己都觉得意外，经过那件事，她怎么还有心情和耐心跟柳静说这么多话。

不知过了多长时间，陈莉和柳静还有车上的其他乘客终于得救。柳静因为身体太虚弱，被抬上了救护车，陈莉没有陪她去医院。如果没有发生那件事，她肯定会一直陪在她身边，直到她出院。现在，她们的友谊早已走到尽头，她不会再陪她，可能也不需要她陪。

第二天，陈莉意外收到柳静发来的短信。

莉：

一直想跟你说句对不起，一直没有勇气。年轻时不懂事，以为爱情是自私的，爱情高于一切。现在才知道，我弄丢了一段最珍贵的友情。谢谢你昨天为我做的一切，祝你永远幸福。

曾经对不起你的静

陈莉终于等来了柳静的道歉，她以为自己会流泪，没想到内心却出奇地平静。这件事早该结束了，过去的就让它过去吧。陈莉抬头看向窗外，发现外面的雨不知什么时候停了。这场持续三天的特大暴雨，终于停了。

刷　脸

◎ 安　勇

　　吴美玉有些郁闷。

　　招惹她的，是小区新安装的门禁系统。小区打算升级为智慧小区，门禁要变成刷脸那种。新设备已经安装好了，竖立在大门口，但还没有正式投入使用，进出还用感应钥匙扣。不过，刷脸设备也没闲着，人一走近，屏幕上方的摄像头就会像眼睛似的亮起来，把人脸信息采集进去，和储存的身份证信息进行比对。

　　一个悦耳的女声随之响起："验证成功，请进入。"这是别人经过的时候。

　　吴美玉听到的却是："验证失败，对不起。"

　　开始听门禁这么说，吴美玉没往心里去，新门禁还在调试阶段，用吴美玉老公的话说："这东西有点儿缺心眼儿，别跟它一般见识。"但一个多月过去，旧门禁拆除，新门禁已经正常投入使用了，可它对吴美玉说的还是"对不起"。虽然不至于让她有家不能回，但每次进门都要向保安解释一番，增加了不必要的麻烦，她就不能再置之不理了。

　　吴美玉四处询问。保安和物业经理都说不清为啥，派出所民警分析，是身份证上的照片和她本人差距较大，造成比对失败。吴美玉拿身份证对着镜子看，似乎像，又似乎不像。她老公说：

"这么比没用，网上早说了，好多人的身份证都不像本人。"身份证是八年前换的，她灵机一动，翻出当年的照片，对着镜子里的自己比。结果吓了她一跳，变化实在太大了——她的头发少了很多，脸颊松弛下垂，表情也变得愁眉苦脸。吴美玉不甘心，把老公喊过来，让他看自己变没变。老公扫了她一眼说："没变。"吴美玉心里一凉，确认自己是真变了，变得老公连好好看她一眼的兴趣都没有了。

时间真是太可怕了，不知从啥时起，她就变得不是原来的自己了。可怕的还不是变化，而是她从未意识到变化。多年来，她被时间蒙在了鼓里，以为自己仍然美丽，如今，被刷脸的门禁打了脸，才无奈地认识到，自己早已经成了一个臃肿变形头发稀疏的老女人。再听到门禁说"对不起"，她就觉得格外刺耳，仿佛是在恶毒地提醒她，要认清已然衰老的事实。她忽然明白了，把她拒之门外的，不是门禁，而是无情的岁月。

她不想按民警建议的那样，补拍一张身份证照，她觉得那等于向岁月和时间低头，彻底承认自己老了。吴美玉决定反守为攻，不惜血本，把被时光夺走的东西再重新夺回来。她去网上查询，到医疗美容机构咨询，随后，找领导批准休年假。两天后，她躺在了手术床上。打玻尿酸、去眼袋、瘦脸、激光祛斑、拉皮、抽脂、植发，一系列手术做完，她就躲在屋子里，等待消肿。那些日子里她也没闲着，制订了完备的健身计划，买回一大堆抗衰老和保健药物。保持年轻这事，不仅要讲究面子，还要靠里子。

十天过去，脸上的肿痛消去了大半，吴美玉对着镜子看了好多遍，又把老公叫到自己跟前。不管是镜子还是老公，都让她确信，她已经迎来了一个全新的自己。准确地说，她是战胜时间，变回了年轻的自己。给她做手术的医生说："再有十天，浮肿和术后淤青就会彻底消退。"她计算了一下，到那时，年假刚好结束。她迫不及待地想站到门禁前面，听那个悦耳的女声说一句："验证成功，请进入。"

让吴美玉没想到的是，就在她决定出门的前一天晚上，从外面回来的老公告诉她，刷脸门禁拆除了，又换成了钥匙扣。吴美玉心里一阵失落，就像是准备十足要打的一场仗却突然找不到对手了。打电话问物业，说是系统不够完善，返厂调试后再重新安装。

但几个月过去，大半年过去，刷脸门禁仍然没有再安装。有一种说法是，小区没能升级为智慧小区，刷脸门禁也就不需要了。还有另一种说法是，刷脸门禁侵犯了肖像权和隐私权，被业主告了。不管是哪种原因，结果都一样，吴美玉听不到门禁对她发出"请进入"的邀请了。

不过，吴美玉已经不在乎门禁咋说了，她已经完全变了一个人，每天昂首挺胸地上班，下班后按计划去健身。不管门禁再对她说什么，对她都不起作用了，她确信自己又变年轻了。

中医老赵

◎ 秋　月

　　老赵和我在一个科室，他是中医药大学毕业，我是西医院校毕业。

　　我们工作的单位是个疗养院，工作比较轻松，不像大医院说来急诊就是人命关天，平时也是高度紧张。我们疗养院的医护人员除了领着患者做做操、量个血压、听听心脏、做个医疗保健，基本没啥大事。

　　我在疗科当主任，老赵比我高两届，上学时就是大龄青年，毕业到我们单位也是近四十岁的人了。老赵看人生比我透彻，凡事不争不抢，给我这个二十多岁的人当部下，他一点儿不觉得憋屈。还得说明一下，老赵年轻时得过肾结核，摘掉了一个肾，剩下的那个肾也是带病工作。况且，老赵的身体其他部件也是病恹恹的。老赵之所以不争不抢，也是体力跟不上。

　　疗养院的工作特适合老赵，没事他就捧着中医书籍，给自己对症下药调节身体。当然，他没忘他还是大家的医生。有患者想吃中药，老赵会很认真地为其号脉、下药。老赵给患者看病有个特点——磨叽。从人家坐下来开始，老赵的嘴就不闲着，不只是问诊，还唠家长里短、国内国际的新闻。老赵是个红脸大汉，典型东北男人的形象，只是长相不太好恭维——细长的眼睛，厚厚的嘴唇，好像脸上的肉都长在嘴上了。老赵说话时厚厚的嘴唇快速地开合，经常唾沫星子四溅。有的时候，我都觉得我的听力跟不上他的语速，而我又不想为了听清楚坐得离他近些。

你别说，患者却不介意这些，他们就需要跟医生倾诉，需要医生懂他们，懂他们的郁闷，懂他们的疑虑，懂他们的纠结。他们恭恭敬敬地听着老赵说话，趁老赵喘息的空当儿抓紧说一下自己的病情。有的烟民自然就递上一支烟，但吸烟也不耽误老赵唠嗑儿。反正不管男女老少，老赵都能找到共同的话题，这让我暗自佩服。老赵就像他们的亲人，不对，比亲人还好——吃了老赵下的药，他们很快便能痊愈。后来我发现，中医老赵不仅医病，更医心。有些患者心理负担重，浑身都难受，到大医院做了各项检查也查不出毛病来，还可能被医生斥责："没事搁家里好好待着，别来这儿添乱！"而老赵能打开他们的心结。老赵得过结核、腹水、肝病、风湿、哮喘、肾炎，等等，人间疾苦似乎特别青睐老赵。总之，老赵在"闲聊"中就把患者归到和他一个频道了。老赵对患者的态度充分显示了作为医务人员的爱心、耐心、关心，这让我们自愧不如。当然，专心钻研业务的老赵治病还是很有一套的。反正，最后是一传十，十传百，老赵越来越受欢迎，名气直线上升。曾经有个患者说："疗养院要是让我们选院长，我们就选老赵大夫。"

老赵对同事也是赤诚相待。院里有个小护士结婚几年都没怀孕，去大医院检查也查不出毛病。我把愁眉苦脸的小护士带到老赵那儿，老赵号了脉后说："这是宫寒，导致受精卵不着床。给我弄个胎盘，剩下的不用管了。"很快，小护士就把中药学名叫"紫河车"的胎盘给送了过来。过了几天，老赵把我和小护士叫来，拿着一包东西一起进了处置室。老赵拿来一个干净的大盆，把包里磨成细粉样的中药倒了进去；又拿来一瓶蜂蜜，像和面似的，一边倒蜂蜜一边用消过毒的筷子搅动着。老赵一如既往地和小护士又唠了起来。我则一边紧张地看着他的嘴，生怕唾沫溅下来，一边看他操作。直到看不到干粉了，老赵才停止倒蜂蜜。然后，他把这坨东西拿出来放在擦净的玻璃板上，像包饺子那样搓成条，再揪成差不多鹌鹑蛋大小的剂子，揉成球，一个一个放在塑料袋里，叮嘱小护士回家吃，每天两次，每次一粒，保证吃不完就怀孕。

我和小护士将信将疑地看着老赵，他得意地笑了一下："等着吧，我就要这效果。大医院看不好的，我来。"还真别说，那堆药吃了不到三分之一，小护士就怀孕了，后来生了个大胖小子。从此，老赵的患者队伍又多了一些年轻的小媳妇。

若干年后我们都退休了，老赵应聘到一家诊所继续做中医。听说他的身体越来越糟糕，每天挂个尿袋上班。老赵去世是在几年前，问题还出在那个仅有的肾上——最后肾衰了，透析都不顶用。不争不抢的老赵还是没争过命。

老赵走得几分无奈，几分不甘。他去世之前存有很多自己研究的配方，这些配方对不孕症、风湿、结核病、呼吸道疾病等有独特的治疗效果。老赵生前非常珍惜这些方子，他觉得放到哪儿都不安全，他曾经对科里的同事说过："我死以后要把这些方子献给社会。"可惜老赵走得太急，他的这些方子怎么也找不到了。

老赵啊老赵，你把这些方子究竟藏到哪儿了？

跑　道

◎ 朱赞军

21.0975公里，半程马拉松的距离，关门时间三个小时，就是说选手要在三个小时内跑完才算完赛。

朱大爷今年六十岁，第一次参加"半马"比赛。为了这一天，他五公里、十公里、十五公里地跑，练了一个月。

比赛在吉祥社区的公园举行，许多高手慕名而来。说是高手，其实都是业余长跑爱好者，不过大部分都比朱大爷跑得快。朱大爷面临的不是快慢的问题，是他要在三个小时内跑完。

朱大爷拿着别针认真地把号码布别在胸前。60号，朱大爷看着号码，不停地抚摸着号码布，心脏跳得有点儿快：六十岁了，我能站在跑道上就已经赢了你们那些成天玩牌、喝酒、下棋的二大爷三大爷！信心，必须自己建立。

朱大爷来到比赛起点，这是他经常跑步的地方。昨天还是"遛弯儿的朱大爷"，今天已是"选手朱大爷"。朱大爷手心脚心已经出汗，毕竟是第一次。三个小时，行吗？

一条泰迪狗在人群中穿梭，左顾右盼。

"谁家的狗，真讨厌！"

"这狗有点儿意思，还背个小书包，这是上小学的狗哇！"

"干吗呢！这儿比赛呢！一会儿拉了撒了谁管哪！"

泰迪看到朱大爷，朱大爷一脸兴奋："朱迪！过来！"

泰迪狗的名字叫朱迪。朱大爷喜欢这个名字，朱迪自己也喜欢。早上出来时，朱大爷对朱迪说："今天有比赛，你去不方便。"朱迪表面答应，但还是偷跑了出来。它是担心朱大爷。这些天朱大爷在社区公园跑步，朱迪一直陪在身边，一公里、两公里……它经常跑得气喘吁吁，被朱大爷嘲笑。"和主人在一起是快乐的，我必须在主人身边，尤其今天是主人第一次参加比赛。"朱迪要为主人站台、助威，它比朱大爷还自信。

朱迪毕竟是狗，工作人员把它拴在跑道旁的角落里。视野不好，它很生气。

啪！发令枪响，比赛开始。

熟悉的跑道，朱大爷跑得很轻松。有人超过他，他也超过了很多人。跑道边一个妇女给他加油："老朱，行啊，你要是能完赛，我就服了你了。"朱大爷不屑，礼貌地回笑，心想，少来这套，装孙子。妇女是朱大爷高中时的同学，体育委员，现在是吉祥社区的体育积极分子。关键是他俩都没了老伴儿，朱大爷想来个第二春，结果，春没来。

"嘿，真行嘿！老朱，你差不多得了，这岁数了，您别再折这儿。"说这话的是宝子爸，社区最懒的人。他的话，朱大爷从来不听。街坊们一直在传，宝子爸和体育委员走得挺近。唉，朱大爷想着，一个趔趄差点儿摔倒。

十公里了，朱大爷觉得有点儿不舒服，步频不稳，喘得厉害。平时他最多跑十五公里，社区高手曾说，有了十五公里的底子，跑个"半马"没问题。现在怎么刚十公里就有问题了呢？估计是起跑时快了。"我得慢点儿，对，慢点儿……"

十五公里，朱大爷觉得不行了，无法坚持，准备放弃比赛。——命是自己的。

朱迪突然出现在跑道上！

朱大爷又惊又喜。朱迪吐着舌头，毛湿漉漉的，引领着朱大爷向前跑。朱大爷说："你小子不会一直追着我呢吧？"朱迪兴奋地围着朱大爷转了个圈，继续领跑。

"赶……赶紧的，你别在跑道上啊，一会儿人家看见还得把你拎走。"

朱迪仰天大叫，朱大爷发现前后没人，他是最后一名。

朱迪累得有些眩晕，小书包里的狗粮掉了出来，小水瓶也掉了出来。没时间了，不能捡。它听人说，不管第几名，只要三个小时内跑完就有奖牌，它一定要让朱大爷得到奖牌。

2小时59分，朱迪一瘸一拐地冲过终点。

2小时59分30秒，朱大爷蹒跚着冲过终点。

朱迪侧躺在地上，它连趴着的力气都没有了，吐着舌头大口喘气，呼多吸少，眼中含着泪和不知名的分泌物。朱大爷解开狗绳，朱迪轻松了许多。朱大爷说："你有话跟我说。"朱迪努力地叫了两声。朱大爷又说："我懂，我懂。"朱大爷的汗水进了眼睛，汗水和泪水互相搅动，又流到嘴里，咸咸的，酸酸的。朱迪努力地站起来，走一步退半步地来到朱大爷脚边，用爪子努力地挠跑鞋，一下，两下……这跑鞋朱迪知道是朱大爷省吃俭用买的。朱大爷第一双跑鞋被它咬坏了，它挨了打，狗粮断三天，它长了记性。从那以后，它经常象征性地为朱大爷挠鞋，以示对主人的尊重。

朱迪看着人们散去，空空的跑道上只剩下它和朱大爷，好安静。它知道自己不行了，要回到"汪星"去了。它舍不得朱大爷，他让它从一只流浪狗变成了宠物狗，有了家，打了疫苗，它和朱大爷有缘。人们都爱说，打狗看主人。朱迪不喜欢这句话。朱迪喜欢人们说，什么人养什么狗。——朱大爷是好人，我自然是好狗，我是条好狗。我叫朱迪。

朱迪死了，死在了跑道上，只有朱大爷记得它。

多年后，朱大爷参加"半马""全马""越野马"，都能轻松完赛。无数人羡慕他，没人注意他腰上系着的狗绳。

落叶飘过天顺街

◎ 侯建臣

往东，是文德路；往西，是永昌路。东西为路，南北为街，文德路和永昌路中间夹着好多条街，比如这一条，叫天顺街。

秋天也到了天顺街，高高低低的树大多有了黄色，远远近近的花池开始发出草木衰老的味道。一群女人穿起了长长的花格子衫，一个老人已经穿上了一件褪了色的中山装。

他和她都知道，秋天在不断深入这个叫"人间"的地方。秋天正在深入到树木、花朵、墙角，秋天也正在深入到鸟和虫子们的叫声里。他还想起了昨天，是的，昨天是秋天的第二个节气，叫"处暑"。

"记得，你说要给我介绍个人……"她说。她说得很慢，那些字不像是一长溜儿流出来的，更像是一个一个滴出来的。似乎是她从过去一个一个把它们捡回来的。

"啊？"他的眼中本来是一片秋色，听到她的话，他眼中的秋色渐渐远了。

"那一年，你说要给我介绍个人……"这一次，她的话比刚才顺畅了，好像那些久远的东西都回来了。

"哪一年？那一年？"他似乎是在回忆，或者只是接个话。

"是啊，那一年。"她好像生了气，话里就多了什么东西。

"……"他仍然是努力回想过去的样子。

"是个阴天，好像还下了雨，或者雨还没有下，只是快要下的样子。你坐在我的对面，说要给我介绍个对象。"这一次，她说得很快。

"是个阴天？好像还下了雨？或者雨还没有下……"

"是啊，是啊。那天你穿了一条蓝色的裤子，浅蓝色的那种，几天没洗了，上面还粘着饭粒，应该是喝粥时洒下的米粒，黄色的。"她边说边比画着，说完，她笑了。

他也笑了。

"其实那天是个晴天，前一天下了雨，那天天气特别好。忘了我穿的衣服是不是蓝色的，但那天的天，应该是蓝的。"他说着，还朝她挤了挤眼。

"你记得？"她说。

"我记得。"他又做了个鬼脸。

她抬了抬胳膊，像要做出什么动作来，但最终又把胳膊放下了。

"你那天傻傻的，刚剪完头发，前边插了个发卡……是不是？"他拿起两只手在头上比画了一下。

"发卡？"她也拿起手了，摸了摸额头，她的两只手从额头的中间往两边摸，她摸到了深深的沟。

"你脸蛋红红的，一准是搽了粉，但估计是那粉太红了，以致你的脸蛋红得像……对了，像西红柿。"

"我从不搽粉的，这么多年了没搽过。那时候也……应该没吧！"她说。

"我知道了，我知道了，是你的脸……"他没说完，笑了起来。

这一次她抬起手来打了他一下，又要打，想想，放下了。

"一晃这么多年过去了，一晃，真是。"她说。

"也不是'一晃'，是'好几晃'了。"他说。

"想问问……其实……但我还是想知道。"她说。

他看了看远处，又看她。

"……你……当时要给我介绍的对象是谁?"她的脸上竟然就又飘过一片云，暮色中映着晚霞的那种。

"当时……"他说着，有一片小小的树叶竟然飘到了他头上，他慢慢地取下来，捏在手里。

"是谁?"她看着他，又看了看他手中的树叶。

"是……我。"他顿了顿，又说，"我……真的是我。"

"你?"有什么东西从她的眼中飘过。

"应该是，我想想，应该……是我。"他看着那片叶子，看着看着，手一松，那片叶子飘了下去。

她的身子颤了一下，他没有觉察到，但好像是秋天觉察到了，秋天似乎也颤了一下。

"真的是我。你当时说你有对象了，我就没说。记得当时你说你已经有了，既然你已经有了，而且好像你还说得很坚定……"突然吹过一阵风，毕竟是秋天了，所有的风都是秋风了。风一吹，她和他都感觉到了凉。她想拉一拉胳膊上的什么，却发现胳膊上什么也没有，她和他都还穿着夏天穿的那种半袖衫。

"其实我当时真是想说出来的，或者是看到了你的坚定，我最终没说。"他说着，接着又强调了一下，"我最终没说。"

"我最终没说。"他的这句话一直在她的心里绕来绕去，就像一片一直在她眼前绕着的叶子。

而好多叶子突然就从树上飘下，一片一片，一片一片，抬头看，一片一片一片一片一片一片……许多片树叶飘过天顺街。怎么刚才就没有发现，树叶已经开始这样飘了？

…………

不知道是怎么在这条叫天顺街的街上遇上的，也不知道是怎么走到一起的。

不知道怎么，他们就说起了那个话题。生活中有那么多话题，不知道为啥，他们就说起了那个话题。似乎是他先提起的，或者不是他而是她，总之，他们就说到了那个话题。

终于，他们分开了。他往西走，她往东走。无论东边还是西边，整个天顺街都是秋天的样子了。

她走得很慢，她想回头看看身后的天顺街，或者不是看街，是想看看别的什么。

他快要走出天顺街了，树叶一飘，他像是背着一群树叶，或者他也像是一片飘着的树叶。终于，她还是回过头了，看着树叶中的他，至今还单身的她突然好想穿过飘着的树叶，追到他的身后，狠狠地踹他一脚。

真的，她好想返回去追上他，在他的背后狠狠地踹他一脚。

然而……然而……终究，她没有追上去，却把所有的恨都发到自己身上，可是……可是……这么多年已经过去了，这又一年的树叶也满世界飘了。

　　这么多年了，这么多年她所有的梦里，都是那个正在从天顺街那个秋天的树叶中消失的身影。

好一朵茉莉花

◎ 蒋静波

村东小河边有一排小平房，那是生产队的仓库。房子长年紧闭，透过玻璃窗上厚厚的积尘，依稀可见一张张蜘蛛网和横七竖八的农具、种子袋。

一天，我发现靠近路边的那间平房门口多出了一棵灌木。淡绿的叶，柔软的枝，开着好多小白花，像夜空中的星星那么耀眼。这是什么花，那么香？我摘下一朵，使劲儿闻着。

"小姑娘，以后不摘花玩儿，好吗？"突然，那间小平房里走出一个女人，柔柔的声音像唱歌一般，而且，说的还是普通话。除了老师，村子里从来没有听谁说过普通话。

她是谁？就像突然出现的那棵灌木和花儿那样，令我不解。

我扫了一眼那间屋子。原来灰汁团（用稻草灰、米粉和红糖做成的团子，灰不溜秋，味道不错）般的木门，现在露出清晰的木纹，玻璃窗上糊着报纸。

屋里又走出一个人来，是马浪荡。我大吃一惊。听大人说，马浪荡是孤儿，小时候，他随出嫁的姐姐来到我们村，长大后住进了祠堂。前几年，祠堂拆了，他就在外面游荡。"马浪荡"是人们对行踪不定、四处游走的人的称呼。叫得久了，"马浪荡"就成了他的名字。

小孩儿都怕马浪荡。谁家少了一只鸡，或者一码年糕，大人就会骂："是不是马浪荡回来了？"妈妈也这样吓唬我："再哭，叫马浪荡把你偷去，卖掉。"或者："再坏，叫马浪荡把你抓去，像鸡一样杀掉。"

　　我刚想跑，女人笑眯眯地递上一颗话梅糖，说："小姑娘，请吃糖。"

　　我用鼻子吸一口空气，奇怪，她身上也有这种花儿的香。

　　"进屋来呀！"女人的话，像话梅糖般粘住了我。

　　我走了进去。墙壁上，贴着一张张戏剧照，里面的女子像仙女一样。看得出，就是这个女人。

　　桌子上，有两杯茶。黑乎乎的茶汤上，开着两朵洁白的小花。一丝丝甜香从杯中飘出来，钻入我的鼻孔。

　　"那是什么花？"我怯怯地问。

　　女人轻轻地唱："好一朵茉莉花，好一朵茉莉花，满园花开香也香不过它……我有心采一朵戴，又怕看花人将我骂……"不知不觉，我和着唱了起来。

　　女人说："小姑娘，唱得不错。这就是茉莉花呀。"

　　啊呀，我恍然大悟。

　　马浪荡续了茶，说："林妹妹，继续喝。"

　　他竟然也说着普通话。我对马浪荡刮目相看，暂时忘了他是一个坏人。

　　我问林妹妹："这茶好喝吗？"

　　林妹妹说："你自己去摘吧，只要不糟蹋就好。"

　　"好一朵茉莉花，好一朵茉莉花……"回家后，我边唱边将两朵茉莉花小心地放入杯中，倒进开水。我第一次喝上了这么香的茶。

妈妈正和阿绣婶说着马浪荡和野女人的事。我纠正道："不是野女人，是林妹妹。"

阿绣婶笑开了："林妹妹？还贾宝玉哩！"

妈妈说："好人坏人，你要分清。"

"坏人是不是也有好的时候？"我问妈妈。她没理我。

后来，我多次走进那间小平房。有时，他们在吃饭，小菜都是咸菜、蟹酱、芋艿、萝卜、青菜之类。只是，那饭碗、菜碟很美。有时，马浪荡拉琴、林妹妹唱越剧、黄梅戏，像上台演出一样认真。

女人们总是窃窃私语，指指点点。有人说："马浪荡正经事不做，在草台戏班子混了几年，骗来了一个野女人。"也有人说："马浪荡细皮嫩肉，天生就不是干活儿的料，只能做坏事。"

一天早上，小平房门口来了一位脸上有刀疤的男人。阿绣婶来告诉妈妈，野女人看见那个"刀疤脸"，跪了下来。马浪荡将来人拉进小屋，关上了门。里面乒乒乓乓，哭声骂声，十分热闹。阿绣婶又神秘地说："野女人的男人据说刚从'里边'出来，弄不好，马浪荡要为野女人丧命哩！"

我的心一惊一跳。妈妈瞪我一眼："这几天，别往那边跑。"

第二天中午，我在代销店打酱油，马浪荡来买猪肉和啤酒。管代销店的胖老头儿问："家里来贵客了，这么客气？"马浪荡笑着说："自家兄弟，应该客气。"马浪荡刚走，小店里就像"米胖机"放炮一般，突然爆发出响亮的笑声。有人说："一张小床，三个人不知怎么睡。"

匆匆吃了饭，我又来到小平房那边。小平房门口的一张小桌边，围坐着两男一女。男人喝着啤酒，剥着小龙虾，女人喝着茉莉花茶。三个人有说有笑，不时干杯，亲如家人。

人们装作闲逛，纷纷来到屋子前，转了一圈又一圈。饭后，三个人演了一台戏。马浪荡拉着二胡唱刁德一，"刀疤脸"唱胡传魁，林妹妹唱阿庆嫂。

唱得真好。人们听着戏，围拢过来，还拍起手来。马浪荡开心地笑了。这应该是他第一次被人们称赞吧。

"刀疤脸"起身向人们分香烟，抱拳说："我兄弟和妹妹今后请各位多多关照。"

第二天，"刀疤脸"不见了。小屋的门口，渐渐热闹起来。很多时候，大家点名要林妹妹唱越剧，当然，马浪荡会拉二胡伴奏。有时候，他俩会外出表演几天。

一年多后，林妹妹病死了。马浪荡到外面游荡，再也没有回来。

一天夜里，我做了一个梦，梦见林妹妹的坟头上长出一棵树，开满了朵朵茉莉花，花儿轻轻唱着："好一朵茉莉花，好一朵茉莉花，满园花开香也香不过它……"

芬芳之旅

◎ 刘晶辉

就要下班的时候，他还在忙。

本是一份很简单的报表，但客户要求做好看点儿，他只好反复打磨。做了一次，不行；又做了一次，还是不行。来来回回改了好几次了。

他知道，再改下去，这份报表只能变得更加华而不实。但客户就是上帝，尤其在这样的经济环境里，客户甚至是上帝中的上帝。客户的话，你能不听吗？只好继续改。你要吃饭，你要吃好的，你下班后想和朋友去吃海底捞，你想看最新上映的电影，你想和女友去旅游——尽管疫情期间不方便外出，但疫情过去后你总要去的——你就要听客户的话，老老实实地听。

但他忽然感觉到一丝失落。他不想改了。

只要再加几张图片，或者调整一下报表中几个数列的顺序，整张报表立刻就会变得不一样，会上一个档次。他相信，只要他这样改，客户立刻就会满意。即便是这位喜怒不形于色的看起来很"难办"的客户，相信也不会再说什么。说到底，他毕竟是专业的。但他就是不想改了，他想歇会儿。他想用一分钟、一秒钟，甚至是千分之一秒的时间，去思考一下他自己到底在干什么，他干的这一切到底是不是有意义的。苦也好，乐也好，他要跳出来，让另一个自己去审视此刻忙碌的自己：这一切是否值得？他一天天的都在瞎忙活什么？所以，他停了下来。

仅此而已。

就在这时候，他的手机响了，在振动。他一扭头，看到了手机屏幕上那一串短短的9字开头的六位数的电话号码。看到这串数字，他的心情立刻就变得很烦躁。他知道，又是广告。他记不清自己接过多少种不同类型的广告了：给他介绍对象的、让他办贷款的、给他介绍理财业务的、让他考研的、让他考本科的、让他使用和公司业务相关的服务的……他真的好烦，这几年，这样的电话越来越多，几乎每天都有。难道大家都没有其他工作可做了吗？但更让他烦的不是这些电话，而是他不懂得拒绝，不善于拒绝，不忍心拒绝。每一次他听完对方的介绍，他都客客气气地说："对不起，不需要，谢谢。"

然后对方过阵子还会打过来。

但这次，他真的在忙，所以他就直接挂掉了。紧接着他收到一条短信，短信内容是一条包含取件码的快递信息。他立刻开始后悔，为什么刚才那样粗暴地挂掉电话？接了那么多没用的电话，为什么这个重要的偏偏挂掉？他立刻打过去，但接通后是机器人留言，告诉他这是一个第三方快递专用号码。

他知道，他的样刊到了。

什么？

对，他平时写点儿文字，偶见于报刊。对，刊载他小说的样刊到了。仅此而已。但这对一个写作者很重要，和他的灵魂一样重要。

这本样刊寄送的地址并不是他现在的住处，因为他已经搬家了，没有麻烦杂志社的编辑更新地址。一开始他是打算那样做的，但他后来想，这个刊物其实自己一年也收不了几次；只要他还在北京，样刊寄到北京哪里他都能收到。他愿意多跑些路，去把样刊取回来。对，他就是这样的人。他愿意，他愿意跑老远的路，仅仅是为了取回两本薄薄的杂志。轻轻摩挲那凉凉的纸张，能使他的内心变得无比安宁。刚才他真的很想接到那条让他取件的电话，尽管接通后对方一定是机器人，尽管没接到也不影响他取件，但他就是想听。这对他来说是很重要的仪式，他不想错过任何细节。

刚才的电话没接到，让他伤心不已。后面的事，可不能再耽误。刚到六点，他和领导说了一声"有事"，就理直气壮地走了。

人生难得故地重游，他一点儿也不觉得累。

熟悉的地铁路线，然后出地铁。接着是熟悉的建筑、街道、小区。周围环境并没有大变，但恰恰是细小的变化，才让人惊喜、兴奋——瞧，和我以前在这里住的时候不一样了。

熟悉的快递柜。

他输入取件码，啪的一声，快递柜弹开了，他把手伸进黑黢黢的柜子里，取出一个轻薄的物料袋，食指和大拇指用力捏一下，隐约是书的触感——那还能是什么？他的样刊！

他的心情立刻变得非常好了。他撕开塑料袋，两本金黄的杂志跳出来，在漆黑的夜里发出万丈光芒。他的眼睛和心都被杂志封面的光芒照亮了。以前常去的餐馆，还开着。他早已饥肠辘辘。他迈着大步走进去，点了一份鸡腿饭。坐下来，等餐。他还不忘去别的餐桌上取过来辣椒酱和醋，这家餐馆的辣椒酱是自制的，很对他的口味，他来这里吃饭几乎就是冲着这辣椒酱来的。

然后，今晚第一次，他低下头，认真端详手上的杂志。

两朵金黄的花，在杂志封面安静而又热烈地绽放着。

夜更浓了。

他惊讶地发现，这刊物每一期的封面似乎都是一朵花。但他不能确认，因为上一次收到这家杂志社的样刊已经是很久以前的事了。高度统一的风格透射出震撼人心的力量，简约，大方，唯美，高贵，在平静中隐藏着波涛，似乎和时间一样永恒，几乎使他热泪盈眶。这一期封面的花，看起来像是水仙花。

他把脸鼻贴在书的封面上，轻轻去嗅那朵花。

他心里涌出尖厉的、反对的声音，那声音讥笑他："别傻了，这么多人看着呢，吃你的鸡腿饭吧！"

他真的嗅到了花香。

小 琴

◎ 马　静

王叔王姨家的保姆叫小琴。

小琴今天买的芹菜很新鲜，脆生生的。不用刀，用手嘎巴嘎巴地就把芹菜秆儿掰好，盛盘，准备下锅了。

小琴的手上染了芹菜上的香气，她感觉那是家常的味道，清爽而亲切。小琴就将手凑近鼻子底下嗅，嗅了许久，有些出神。

小琴的手很好看，一伸出来指头尖尖长长、白白净净，羊脂玉似的，手掌却肥肥肉肉的，手背上还有几个凹进去的小肉窝呢。

王姨进了厨房，看见锅心里油都冒烟了小琴还在那儿发呆。王姨想数落几句，却实在不忍，心里还有了点儿愧疚，便在小琴手背上轻轻一拍，说："这丫头，倒有一双好手，有福！"

小琴回过神来，把手缩到背后，半撒娇半抱怨地嘀咕："什么有福？不过是个保姆！"

王姨听见了却不搭茬儿，转而夸起今天的芹菜真正是好，一点儿也不老。

小琴听到"老"字，触动了心事，眼圈就不争气地红了，一副要哭的样子。小琴感觉到失态，忙说："姨，您快出去吧，这油烟把人熏得眼睛都睁不开了。"

王姨回了客厅，用嘴巴往厨房方向指了指，向王叔做了个无可奈何的表情。

王叔心领神会地丢掉报纸，感叹道："男大当婚，女大当嫁啊！"

昨天吃完晚饭，老两口儿和小琴一起看电视，那电视剧里面也有个小保姆。小琴就特别爱看，几乎是一集不落。

碰巧，这天的戏里，小保姆找了个城里对象。王叔就开小琴的玩笑，说让小琴也在城里找一个，等结了婚，小琴也就成了城里人。

小琴害羞地笑了，甩辫子，说她没那个福分，等明年就收拾铺盖回老家去，找个老实本分、知冷知热的人嫁了。小琴还说她也不是一个忘恩负义的人，临走的时候，王姨王叔要是不嫌弃，叫她一声"闺女"，也没白做五年来在一个屋檐下吃饭的人。

小琴一说就动了情，眼圈红红的，说城里再好也不是久留之地，再在城里待下去心就野了，老竹子扎不成细扫帚了。像他们村子她这么大的姑娘，有胳膊有腿的早都找婆家了。

老两口儿听得面面相觑，心想这一番话肯定不是脱口而出，绝对是憋在肚子里好久了。他们从小琴的话里多少听出了些牢骚，好像是怪王姨王叔耽搁了她好些年。

老两口儿细细一想，感觉自己也真是自私——难道要这么年轻的小姑娘陪在身边一辈子不成？所以一时说不出话来应对。

王姨和王叔的子女都在国外，所以把身边的小琴当亲生女儿一般看待。虽然他们也知道小琴迟早要走，心里纵然有万般不舍，却也无可奈何。

王姨和王叔两个人心里翻腾着许多内容，人却闷在那里了。

小琴在王家做保姆，一做就是五年，而且和王姨王叔相处得不错，这很是不易。小琴也习惯了这里的生活，虽然自己的身份是保姆，却早已是这个家中的一分子了。

以前小琴不觉得自己是外人，现在年龄稍大了些，就有了危机感，毕竟这里不是自己的家——你把这里当家，奈何人家总有一天要你走，那时候你就什么都不是了。

这天王叔开玩笑，小琴多了心，以为王姨和王叔要辞了她，故意用玩笑试探她呢。所以，小琴干脆说自己要走，也来试探王姨王叔的心。

小琴本来想着王姨和王叔会哈哈一笑，说一通他们离不开她的话，可是眼见他们默不作声，并没有挽留的意思，小琴心里有点儿凄凉，不由得哽咽起来。

小琴一哭，老两口儿赶紧用言语宽慰她，说："你若真要走，我们自然是不拦你的。"

小琴听了这话心更凉了，却不哭了，脸上还挂着泪，赌气似的说："我明天就要走的!"

当晚，小琴就在自己的屋子里面收拾起东西来了。小琴心想，自己回家该穿什么衣服呢? 可是，穿什么都不像五年前的那个农村丫头了。五年的光阴过去了，不是谁能追得回的。

小琴把衣柜里的衣服都倒腾出来，一件一件地试，穿衣镜里小琴的影子在忙忙碌碌。一套衣服就是一个小琴，许许多多的小琴在镜子里出出进进。突然她发现穿上白色的衣服时自己是白色的人，穿上红色的衣服时自己又是红色的人，如果除去衣服她是一个什么色彩都没有的人。

难道小保姆的命就是这样，一辈子都找不到属于自己的颜色？

小琴有点儿想哭。

后来，小琴累了，趴在床上结结实实地睡着了。

第二天天一亮，小琴就后悔昨天说话说得太绝了，也许只是自己多心，人家王姨王叔没有让她走的意思呢。思来想去，小琴最后决定不走了，且看他们是什么态度。

主意一定，小琴一骨碌起了身，该做什么就做什么去了。

王姨王叔见小琴像往常一样，一大早就做好早点，然后上街买菜去了，根本没有要回乡下的意思，两人便喜出望外。本来连夜准备好给小琴的一个存折就没往外拿。

趁小琴不在，王姨和王叔在家里偷偷分析。

王姨说："昨天小琴发小孩子脾气，气撒了，也就没什么事情了。"

王叔说："女孩儿年龄大了，是该给她介绍对象了，不然，以后还是要走的。"

王姨说："怎么这孩子一说要走，我就感觉心里像被掏空了一样？"

王叔说："唉！"

正说话呢，小琴买菜回来了，像什么事也没发生过一样，说："今天买了点儿芹菜，我叔吃了有好处，降压，不错吧？"

王姨和王叔明白小琴这鬼丫头这句"不错吧"后面潜藏的意思，马上异口同声地说："不错，不错，太好了！"简直都有点儿巴结的意思了。

王姨王叔的这两声"不错"就算是把昨天不愉快的一幕给揭

过去了，谁都不再提了。

虽说是旧事不提，但要完全避开，不免束手束脚，小心翼翼，有了许多的禁忌。渐渐地，家里的气氛开始沉闷起来。

小琴觉察到了，想和过去那样说啊笑呀，可是常常笑到一半自己都感觉假惺惺，于是收了笑容，一脸的不自然。

如果是往常，吃过晚饭，就应该是看电视剧的时间了。而今天，小琴和王姨王叔三个人故意磨蹭着不愿意结束饭局，去面对那个电视剧上的小保姆。他们明白，其实他们都缺乏直面内心的勇气。

小琴第一次感觉自己像个迷路的孩子，不过，自己是迷失在了一座美丽的花园，即使花朵再美，也不是属于自己的。

王叔点燃了一根烟，王姨骂他，王叔赶紧捏着烟往阳台走。

小琴拨拉着碗里的饭粒，刘海遮住了她的眼睛，她心里想的是：这人啊，为什么就不能像云像烟像雾气那样潇洒地散去，不留痕迹呢？

我是如何对福克纳失去兴趣的

◎ 大　正

　　我二十四岁，单身，没有女朋友。她三十二岁，已婚，育有一儿一女，是龙凤胎。时间是八月份的第二个星期四，地点在名叫"SEPTEMBER"的咖啡馆。她与我说话，我在阅读福克纳的小说《喧哗与骚动》。

　　"四个月了，他只回家过一次，还喝醉了，吐在了客厅里。

　　"孩子们看见他都不好意思了。

　　"虽说按时打来给生活费，可钱不能替代爸爸。

　　"我准备离婚，反正现在的生活和离婚也没有区别。"

　　我聚精会神地盯着书上的句子，没有发表任何意见。众所周知，想要理解福克纳，需要花很大精力。

　　我们很快又见面了。

　　"我跟我父母谈过了，他们反对我离婚。

　　"说他工作认真，对家庭负责，是个好男人。

　　"生活是我在过，难道我会不知道自己是幸福还是不幸福吗？

　　"我准备找朋友聊聊。"

　　"明天你还来吗？"临走时，我问她。

　　第二天，我早早地来到"SEPTEMBER"，午餐吃了店里的牛肉芝士蛋香可颂，量很少，价格不便宜。下午刚过一点钟，她来了，穿着红色的连衣裙，高跟鞋踏在地板上发出清脆的声响。她化了妆，眼睛里面好像戴着与前几天颜色不一样的美瞳，口红把嘴唇的轮廓描得很完美。

"跟朋友聊了?"我合上《喧哗与骚动》，主动与她说话。

"是高中时关系最好的女同学，我跟着她学会了在女厕所里抽烟。高二时，她坐在流氓的摩托车后座上下午去旱冰场，晚上进夜店跳舞。"

"我也认识这样的女孩，现在是大学老师。"我说。

"可她竟然叫我不要离婚，说离婚对女人的影响不好，尤其是我带着两个孩子，以后谁也不会再娶我。她说，女人要懂得满足，要我多多反省自己，是不是哪里做得不好，所以丈夫才不愿意回来。"

"你怎么想?"我有些紧张，感觉舌头在嘴巴里肿胀起来。

"我告诉她我永远不会再给她打电话。"

再一次遇见她，我们在"SEPTEMBER"门口说话。她告诉我她路过这里，顺便打包一杯咖啡，正要离开。她说谎了，因为我一直躲在隔壁便利店里，看见她来来回回地走了好多趟，我揣摩她是在找我。

"怎么样?"

"我跟他谈过了，在电话里。"

"谁?"我问。

"我丈夫。"

"他怎么说?"

"他太能说了，我真是没想到。我想结婚这么多年，他从来没说过这么多话。"她说。

"他说什么?"

"他说他有多爱我,说他在工作、在应酬时一直想着我。他说我们还不够富裕,他必须努力挣钱,只要挣到足够多的钱,就会放下一切回到家里来。"

"我想他没有说服你。"

她伸出手,似乎想要捏住我的脸,但最后又把手放了下去,说:"当然。虽然我们结婚很久了,但他根本不了解我。只要我做出了决定,说什么都不会更改。"

"你决定以后都不再结婚了吗?"我问。

"为什么不呢? 只要有合适的人选,我当然还要结婚。"

隔日,我早早地起床,洗澡后开始梳头。我抓了一把发泥,把头发一根一根地拽起来,又洗掉,梳出稳重的发式,从衣柜里拿出去年给好朋友当伴郎时买的西装,把皮鞋擦得如同镜子。我洗澡时刮了胡子,出门前又刮了一次。

可是,这天我没能在"SEPTEMBER"里见到那个女人,后面几天也没有。衬衫的领子脏了,西装裤屁股的部位也磨得有些发亮。我把它们送去干洗店,重新换上膝盖处已经变形的运动裤与脚后跟略微磨损的慢跑鞋,缩在咖啡馆的角落里,继续阅读《喧哗与骚动》。由于中间被打断,我完全忘记了福克纳前面写的是什么,不过不要紧,反正福克纳的书随便从哪儿开始读都是一样看不懂。

两个月后,天气渐冷,她终于出现了,穿牛仔衬衫,戴黑框眼镜,在我对面坐下,沉默半晌,伸手拿过我的书。

"福克纳可不简单。"她说。

"确实，我从春天开始读，可到现在也没能搞明白他写什么。"

"想听我的意见吗?"

"嗯?"

"读福克纳，最好从《八月之光》入手。"

我拿出手机，当着她的面登录读书网站，在《八月之光》的条目后面标记了"想读"。

"对了，他上个礼拜回来了，工作也调到了这边。——我丈夫。我想我没有必要离婚了，你说呢?"

"恭喜你。"我说。

她走后，我去图书馆，还掉《喧哗与骚动》，没有借《八月之光》。我对福克纳完全失去了兴趣。

第101个自己

◎ 王　溱

　　进门时她是一个人。吃完泡面开始削苹果时是两个。洗完澡头发湿漉漉时已经是三个。熄了灯躺到床上，她小小的房间里已经挤满了人——全部都是她自己。

　　当然，自己与自己还是不一样的。她也不知道什么时候起自己的分身越来越多，多到已经丧失了去干掉她们的兴致。小时候多简单啊，她的任务就是学习，拿最好的成绩。什么时候冒出个贪玩的松懈的或是矫情的自己，她都能轻而易举把那个异类干掉，神不知鬼不觉。她称自己为"老司机"，人生列车的方向盘一直狠狠握在手里，跳出村子去读初中，跳出小镇去读高中，再跳出小城市去大城市读大学，这一路该在哪个站停就只能在哪个站停，哪个劫匪都没本事挟持。记得高中时也曾动过找个有钱人嫁了算了的念头，那个自己刚一出场就被一枪毙命。

　　真的，枪，她有枪，专门消灭自己用的。谁也不知道平时她都把枪藏在哪里，无烟无声无火药味，每天过两趟地铁安检都没检查出来。消灭自己是会上瘾的，尤其是每次都能得手。她曾为此洋洋得意，毕竟山窝里飞出的金凤凰做什么都是对的。

　　她如愿留在了大城市里。只是住在这样的小公寓非她所愿。这年头最不缺的就是金凤凰，满街都是戴博士帽硕士帽的金凤凰。她每天的行动轨迹很单一，从公寓到公司，再从公司回到公寓，有时候她也会在某个路口稍作犹豫，到底是直走再右拐还是像往常一样右拐再直走。最终她还是会右拐再直走，主张换一条路线的那个声音向来很微弱。她害怕改变，任何细微的改变都可能轻而易举分身出更多的自己来，不能再多了，真的，小小的公寓已经挤不下了。

她从没想过这么多个自己会因为一条裙子引发大战。事情的起因再简单不过了，她想买下那条心仪了很久的长裙，很贵，估计得花去半个月的工资。但那条裙子真的好看，重点是新来的同事说如果穿在她身上会更好看。那同事还不是她的男朋友，她希望他能成为她的男朋友。当然并不是所有的她都希望那个同事成为她的男朋友，有几个总是泼她的冷水。

"他可是城里人。他父母都是吃公家饭的。"

"他只是随口夸了你一句，你还当真了？"

"能把家里人养活好就不错了，你还奢望爱情？"

当然也有力挺她的，安慰她说你长得还是不错的，人也善良，吃苦耐劳，说不定人家就是喜欢你这样的。她惊喜地左顾右盼，却分辨不出这安慰的声音出自哪个自己，声音太微弱了，一下就被淹没。好几个自己开始七嘴八舌讨论起那条裙子，一致认为是为她量身定做的。裙子本身并没有哪里不好，不好的只是价钱。一个自己说买买买，另一个就骂她乱花钱，那个自己委屈地哭，说赚钱不花那赚来做什么。还有一个自己苦口婆心开始讲她老家的房子还在漏雨，这条裙子的钱至少能给新房子垒大半堵墙。她拼命回忆下雨天在床脚摆三只桶接水的过往，记忆却一直模糊不清。她已经一年多没有回去了，人刻意要遗忘一样东西时遗忘的速度是相当快的。她父母的模样也模糊不清了，即便是回家她的眼睛也没怎么停留在他们脸上。她跟父母说的每句话都只停留在喉咙头，然后像躲避什么似的找借口逃到屋外。她已经越来越不知道可以跟他们说什么了，只剩下例行的嘘寒问暖。她知道只有钱可以弥补这种心虚，可她偏偏没钱。

通常类似这样的争执最后都是想省钱的赢，但这次的情况显然有些失控。或许是因为那同事实在太重要了，或者是这条裙子实在太漂亮了，居然有好几个自己站出来为这事争得面红耳赤。一个自己脾气火暴，火暴的脾气点燃了空气里浓度不低的火药味，然后一个自己抢先刮了另一个自己一巴掌。清脆的巴掌声引发了团体的围攻和相互推搡，咒骂的话语开始不绝于耳。一个自己蹲在地上捂着脸嚎啕大哭，另一个把手中的水杯砸向地板，还有一个开始爬上桌子……

乱，太乱了，哪能这样呢，像没读过书的泼妇一样。理智告诉她应该拔出枪来干掉几个清理门户，但她做不到。她现在盯着一屋子的自己脸上露出困惑的表情，每一个都势均力敌，谁有资格来当自己行为世界里的警察？

"嘭"一声桌上原本打算充当晚餐的一袋饼干被一拳压爆，碎屑还没落地她就下意识拔出了枪。紧接着所有的自己都拔出了枪。她惊愕地发现原来所有的自己都有枪。听不到的枪声迅速取代了喧闹声和咒骂声，甚至连哀嚎声或者哭泣的声音也被无声吞没，世界变成一片寂静。

很快就有蚂蚁来搬走撒落在桌上的饼干屑，它们走路的时候脚抬得老高一跳一跳的像是踩在滚烫的大锅上。大概饼干屑要比乡下的熟麦粒轻上许多吧，小时候她看到的蚂蚁都是弓着背走路的脚深深陷在泥里。

终于有一个微弱的抽泣声打破了寂静，是那个唯一的幸存者，第101个自己。这个自己并不强势，说话永远低着头，小心翼翼的，像一只倔强的候鸟，艰难地飞向城市，然后更艰难地飞回乡村。她正在看手机里的留言，她妈在留言里头说："你要抓紧时间嫁人，趁我还能干得动给你带带娃。"

转　机

◎ 石舒清

　　就在刘裴村万念俱灰、准备辞官归里的一刻，忽然得到了举荐。光绪帝召见了他，命他做军机章京。这样一来，刘裴村就走不脱了。也许他也不想走了，于他这样一个极有抱负的人而言，新的任命，不但给他带来了机会，也带来了希望。或许成败在此一举呢——不但刘裴村这样想过，聚拢在光绪帝周围的臣僚们大概都这样想过吧。然而想不到的是，在新位置上满怀激情、全力以赴地只工作了23天，刘裴村就被送上了断头台。

　　刘裴村，咸丰九年生于四川富顺县。光绪四年应童子试，考得第一名；光绪八年，中举人；又过一年，中进士，被任命为刑部候补主事。当时刘裴村才24岁。好像"年轻有为""前程不可限量"等正是说给刘裴村这样的人的。

　　但人生哪有那么一目了然呢？

　　接下来，刘裴村几乎在刑部候补主事的位置上度过了自己的整个仕途生涯。相较于曾国藩的十年七迁，刘裴村竟然十余年不得一迁，这在有清一代的官场是极罕见的。

　　有研究者分析过刘裴村迟迟不得一迁的原因，说来好像原因不在官场，倒在刘裴村自己。因为官场总不过是那样一个官场，你不适合它，它就要淘汰你的。分析者总结出的理由有如下几端：一是刘裴村太勤政，别人一月上二十天班都算满勤了，他十数年如一日每月上二十八九天班，这就搞得不但他累，大家也累。一是刘裴村太能干，连犯人都说："司中诸位老爷我都不怕，只怕刘老爷一人。他主意多，案情难躲，不由我不承招。"太能干就会衬托出其他人不能干。还有一点是，不主动和朋友同事处好关系，极少参与宴请一类，万不得已去了，也是一人孤坐喝闷酒而已。这都罢了，还对上级领导敬而远之。顶头上司过寿，大家都去恭贺，点检人数，就少了他一个。上司升迁了，大家都去套套近乎，沾个喜气，也不见他的影子。这当然不行。要不是十分能干，而且没什么把柄给人寻着，原位置保住保不住都难说了。

他是只有一份死工资的人，在京城离单位近的地方买不了房子，只好在郊区搞了一套院落，每天上班步行来去得花去好几个时辰。他也是没钱雇车的，除非风雨天又不能不上班，这才咬牙雇一回车子。吃穿也是粗衣粗食。这就搞到连去逮捕他的差役们也禁不住可怜他了，说他"乃不是一个官人"，其实他就是一个官人啊！

有过这样一件往事，可见得刘裴村其人很重要的一个方面。那时候他还没有应童子试，应该说还是个孩子。虽说家境极为贫寒，几个月才能吃一顿肉，但在买书方面，他们母子都是不惜钱的，尤其刘裴村的母亲，可以为了儿子有钱买书不惜卖掉房子。一次刘裴村在江阳买得几本书，正感到收获满满喜不自禁时，却忽然祸从天来，被从一家屠户店后面蹿出的疯狗咬了一口。被疯狗咬了的结果大家都是知道的。买了书的刘裴村也没有钱再去看郎中（也许看郎中也未必来得及），便进到屠户店里，和屠户借了一把砍骨头的老斧头，把被疯狗咬过的地方旋下一大块皮肉来。这事作为刘裴村逸事一桩，写在富顺县县志上。

官场十多年的见闻，让刘裴村感慨不已。在写给弟弟的信中，他禁不住说："内外政事俱是如此，真足令英雄短气，豪杰灰心。"他的这一感慨，来自于他经手办理的一个案子——某王爷家的老妈子弄死了一个丫鬟。人命关天，刘裴村传王爷家的老妈子到案。不见音信。被告不来，那么传受害人的家属来问问情况总是可以的吧，竟然是连受害人的家属也不敢到案。就在这时候，正想把这个案子秉公办理的刘裴村接到了刑部尚书的一个条子，说这个案子就这样了，不必再问了。刘裴村受不了，就给理解他支持他的亲弟弟写信一吐块垒："此一条人命遂白送了。"他有了辞官不做的打算，"憩足林泉，长为农圃野人以终"。在给弟弟的信中，时见这样的文字。刘裴村书法文学都有盛名于当时，如果真的辞官不干，靠卖字为生，也不是过不下去，可能在报酬心境方面，还有胜于他的"副处级干部"呢。

然而就在刘裴村萌生退隐之意时，却得到了推荐，而且推荐他的还是个大人物。湖南巡抚陈宝箴向光绪帝郑重推荐了刘裴村，认为刘"器识宏远，廉正有为"，只要给机会，是可堪大任的。正想做事的光绪帝给了刘裴村机会，命他和谭嗣同、杨锐、林旭同为军机章京，官阶四品，相当于连升两级。

像刘裴村这样的人，只要有机会，总会舍小就大报效朝廷的。归隐林下的念头暂时掐灭，刘裴村像当初刚刚进入仕途那样，又兴致勃勃、信心百倍地干了起来。

1898年9月5日，刘裴村得到光绪帝任命，任军机章京；1898

年9月28日，和谭嗣同、康广仁、林旭、杨深秀、杨锐等被杀于北京菜市口。

推荐刘裴村的湖南巡抚陈宝箴也因此被赐自尽，上吊身死。其实他们之间是互不认识的。

又过了几年，大清也亡了。

大饽饽

◎ 侯德云

有满人的地方就有大饽饽。北京城是这样，上海城也是这样。

大饽饽是满人最爱的糕点"八大件"之一，酥皮糖馅，一碰就掉渣。满人有句闲嗑："我跟您扯的这些事啊，就像吃大饽饽，渣都掉光了，就剩个核啦。"

刽子手瓜尔佳·巴海平生所好有三——鸦片、烧酒、大饽饽，自称"家中三宝"。他一天不挨小老婆，可以；一天不见"三宝"，不可以。

巴海是刽子手不假，可是刽子手也不能天天砍别人的头啊。在大清官员眼里，震慑比捉拿、砍头更重要。北京城是这样，上海城也是这样。

1860年仲春，一个名叫莫里斯·伊里松的法国人，揣着满肚子狐疑来到上海，一进城门洞就吓了一跳。

当时的上海城有两座，一座是中国城，一座是外国城。前者是中国的县城，后者是列强租借地。让伊里松吓一跳的，是中国城的城门洞。

城门洞里有个兵岗。三个兵。一个蹲在地上，背部靠墙，下巴搁在膝盖上，双手交叉捂着脚背；一个躺在木凳上吸烟；一个两腿一直一弯，站成稍息的模样，倚墙打盹儿。还有两个抱胸而立的刽子手，红衣红裤，红色尖顶宽檐帽，都皱皱巴巴。刽子手身边，一溜挺着三个犯人，脖子都被绑在木柱上，手里握着西瓜子，你捏一颗喂我，我捏一颗喂你。周边墙壁上画满行刑的场面，砍头的、剜心的、挖眼的、千刀万剐的，都有。

两个执勤的刽子手一胖一瘦，瘦的是巴海。

几天后，伊里松与巴海同时出现在一个婚礼上。刽子手也不总在城门洞里震慑来往行人，他们还经常在红白喜事上露面。巴海的"三宝"之爱，主要是靠红白喜事的出场费来支撑。

伊里松结交了一位大清官员，那天是官员嫁女儿。他对巴海的出现感到迷惑，就像巴海对他的出现感到迷惑一样。

当天巴海一身新，红衣红裤红帽都红得耀眼，帽尖上还插了三根野鸡翎。巴海知道伊里松是去过中国城的那个洋人，但不知他是法国远征军司令蒙托邦的英语翻译，也不知他们为什么要待在上海，更不敢想象几个月后，英法联军会攻占北京，咸丰皇帝将落荒而逃。

与伊里松对视的一瞬，巴海眼风里全是不屑。

送亲队伍出发。巴海和另外一名刽子手走在队伍最前面，两人用力挥舞手中的九环刀。铁环撞击刀背，哗哗响。鼓乐队呜里哇啦。花轿。一大群喜气洋洋的脸。鞭炮声接连不断。

婚礼第二天，伊里松一伙数人，由一个中国苦力带路，去郊外打猎，途中遇见一场葬礼。古怪的人群缓缓移动。类似于婚礼，队伍前面，还是两名刽子手开路，还是九环刀哗哗响。一群身穿灰色麻布的人，看上去有点像和尚，帽子蒙头，长衣覆身，手里撑着阳伞，或托着纸塔，或捧着香炉，或举着白幡。巴海跟随这些人，横握一杆红、黑两色的水火棍。在他身后，是另一群身穿灰色麻布的人，手举长杆，杆上挂着纸扎的人和动物。接着是一顶素轿。不是棺材，是素轿。轿门敞开，一位面容姣好的年轻女子坐在里面，大红绸缎装，金色花边，金色刺绣，乐游髻上的蓝蝴蝶发饰微微颤动。该女子脸色安详，跟整体的肃穆凄凉气氛形成强烈反差。

伊里松呆立很久，才扭头去瞅带路的苦力，目光里全是问号。苦力解释说，那女子是个寡妇，无儿无女，且父母双亡。她举办这个仪式，是要当众宣示，下个月的今天，她会上吊自杀。

经由一位传教士的嘴巴，法国兵听懂了苦力的话，几乎同时惊叫起来。伊里松暗中叹息，这个古老的东方国度，真让人犯糊涂。

不久伊里松又去了一趟中国城。他喜欢到中国城里游逛，他对城里的"声音、动作和臭味"印象深刻，不过印象更深的，是街市。银铺、纸铺、杂货铺、糕点铺、陶瓷店、古玩店、棺材店、理发店、裁缝店、鞋店，各种店铺，让他眼花。他在回忆录《翻译官手记》里说，那些店铺的鲜艳招牌，不是挂在门脸上，而是立在街道边，"沿着街道两旁延伸，给城市带来一种节日气氛，仿佛整个城市彩旗飘扬"。

伊里松在街市上又一次跟巴海不期而遇，捎带着又犯了一次糊涂。

巴海身穿满人常服，一脚高一脚低，立在糕点铺门口的台阶上。右手举起点心包，跟瓜皮帽等高，伸向街道方向。左手拇指在下食指在上，捏着一块大饽饽，余下三个指头托擎着。脖子抻长，歪着头，瞄准大饽饽，一口口咬去。大饽饽的酥皮像头皮屑一样纷纷而落，在斜阳下熠熠闪光。不少人驻足观看，伊里松也在其中。巴海不在乎别人看不看，只顾一口口咬去。这是满人的讲究，买大饽饽不能都打包带走，得拿一块到门外尝尝，行话叫"阔大爷卖份"。即便活得潦倒也要卖份，不能让人小瞧了不是？遇到卖份的阔大爷，店里的伙计得好生伺候着。这边刚刚吃好，那边一碗温开水就得递过来；等阔大爷咕噜咕噜漱完口，还要眼明手快去接碗。阔大爷怎么肯把碗递给你呢？不会的，那叫丢份。阔大爷漱完口，左手往身后一背，一松，接到碗算你机灵，接不到算你倒霉。

巴海鼓着两个腮帮子，仰脸走下台阶，猛一用力，噗，将漱口水喷了出去。

巴海卖完份，一抬眼，瞅见高过他一头的洋鬼子伊里松，立马凝住不动，一双刀鞘眼瞪得溜圆，里头全是杀气。伊里松身子一抖，赶紧走开。巴海齁出一口浓痰，啪，射在伊里松留下的脚印上，心窝里全是大花脸的狂笑：啊嚯嚯哈哈——

铩 羽

◎ 练建安

"哪里跑！"

"不是俺……"

河头城街巷，一前一后有两个人追逐。前者，矮矬，粗黑，狼奔豕突；后者，强悍，壮勇，紧追不舍。

前者钻入了一个死胡同，仰看高墙，绝望地瘫坐在地上；后者不急不慢，来到他面前。

"邱捕头，真的不是俺哪！"

叫邱捕头的，扶正腰间的佩刀，扯出一根麻绳，丢下。

"拐卖孩童，罪不可赦。绑起来！"

两名捕快恰好赶到，立马上前绑人。

黑汉不敢反抗，耷拉着头，一脸无奈。

"押回衙门。"

"大哥，赵百万等您呢。"

"不见。俺去泰隆。"

泰隆，赌坊名。

河头城临江有七棵大枫树。百年前种植者取其谐音，寓意顺风相送，保佑过往船只吉祥平安。

第三棵大枫树下开了一家赌坊，其主人就叫泰隆。

赌坊为客家建筑，穿心走马楼。三进后院与前二进的喧闹嘈杂形成明显对比，安静得似乎可以听到落叶之声。大枫树底下，有一个身穿黑色香云纱的中年人，坐在靠背竹椅上，慢悠悠地啜饮功夫茶。

"泰隆兄，好自在啊！"

"嗬，嘛介风把你给吹来啦？坐，坐，喝茶。"

邱捕头在泰隆对面坐下，端起茶杯。

"嗯，好茶，白石顶云雾茶。"

"贼眼。"

"小弟就是抓贼的嘛。听到啥风声了？"

"麻七的踪迹，小店可是线索全无。"

"哦。"

"看样子，邱捕头还有别的事吧？"

"泰隆兄不是凡人。"

"说吧，莫见外。"

"枫林寨的罗秀才，是和俺沾亲带故的。"

"懂了。输光三亩地，退还半亩。够意思吗？"

"愿赌服输。没得说。"

"那好，明日俺让伙计送回田契。"

"谢泰隆兄！告辞了。"

"慢走。恕不远送。"

走出幽深的庭院，强烈的阳光直射而来，邱捕头眨巴了几下眼睛，适应过来。

左边，是一条石板台阶路，邱捕头拾级而上。

登顶，道旁摆有一挑凉粉摊子。

"几多钱一碗？"

"客官，您赏二文。嘻嘻。"

"来一碗。"

"好咧。"

摊主是个罗锅，笑容可掬，麻利地调好凉粉，动作夸张地往鸡公碗里添加了小半勺香菇肉丝，悄悄地瞄了来客一眼。

邱捕头端碗，呼哧呼哧，喝干了凉粉并汤汁，抹嘴角，亮出碗底，夸赞说："好味道！"扔下了五枚制钱。

"客官，您赏多了。"

"配料钱。"

"俺……"

"何必客气！"

说话间，邱捕头已经走出了五六步远。

迎面走来一个干瘦老者，穿灰布道袍，戴逍遥巾，肩扛竹竿招幌，上书"天机不可泄""汀州唐铁嘴"。

"邱捕头，幸会，幸会！"

"呵呵，唐铁嘴啊！"

"敢问捕头，此行可是往东走？"

"生意还好吧？"

"搭傍八方贵客，混碗饭吃。"

"都一样。"

"免费奉送一句，此行大利南北，不利东西。"

擦肩而过，邱捕头往后抛出一把铜钱。唐铁嘴招幌翻卷，尽数收入囊中。

"既付酬金，老朽童叟无欺，只好又泄露天机喽。"

邱捕头停步片刻，又向前走去。

身后传来唐铁嘴的判语："枯木易折，东墙倒塌；月白风清，老鸦断翅。"

邱捕头哈哈大笑。

邱捕头，名文龙，字子玉，乃汀属八县智勇双全武功第一的名捕快，屡破大案要案奇案。千里汀江之上，往来客商，提起邱捕头，多半要竖起大拇指，硬硬地点头叫好。

近半年来，悍匪麻七在杭川地界连续作案，劫杀商船，一概不留活口，手段令人发指。杭川县衙多次组织围捕，麻七皆破网而出。汀州知府大怒，由邻近的江西赣州、广东嘉应州调来六扇门高手，责令汀州捕头邱文龙牵头合力缉拿。

线人飞鸽传书，称："九月十七日，麻七夜宿悬绳峰。"

悬绳峰是武夷山脉南端的一座山峰，高千仞，常年云缠雾绕，山径如细绳悬挂，故名。

邱捕头必须在日落之前赶到山腰的山神庙，会合来自赣州、嘉应州的两大捕头，亥时抵近麻七老巢，子时发动围捕。

申时，邱捕头过江。

九月的汀江，水清浅，残阳映射，半江瑟瑟半江红。

西岸，有高大茂密的荷树，倏忽蹿出一只松鼠，或有枯枝坠落，打在邱捕头的竹斗笠上，砰然作响。

呵呵，果真是"枯枝易折"哟。

"十七十八，岭背刺鸭。"这是汀江流域流传的一句民谚，意谓农历十七日、十八日的月亮，从天黑后到从东岭背面升起的时间，大约需要宰杀好一只水鸭的工夫。

月照山径。邱捕头沐浴在细碎的银光之下，衣袂飘飘。

戌时，邱捕头抵达山神庙，搬来干净石块，靠西墙坐下。

"咯咕，咯咕咕。"

"咯咕咕，咯咕。"

两团黑影缓缓移入，背靠东墙。

三人没有说话，各自闭目养神。

五百步外，有一处黑黝黝的溶洞，正是悍匪麻七的老巢。

山风轻拂，树上多宿鸟，时或叽叽咕咕。

"轰隆!"

东墙坍塌。

抬眼看天，正是亥时。

邱捕头心头掠过一丝凉意，快速挖土救人。

事发突然，躲闪不及，赣粤两捕头一个右肋骨断裂，一个左大腿粉碎性骨折。剧痛使得他们难以动弹。

"嘿，嘿嘿，嘿嘿嘿。"

麻七手持朴刀，站立高坡，刀在月色下闪耀光芒。

邱捕头抛飞竹斗笠，拔出半斩双刀，猛进鸳击。瞬间打斗八九回合，双方势均力敌。

兵刃碰撞，迸射出一溜儿火星。

"砰——叭!"一朵鲜艳的红光映照夜空。

信号发出，外围兵勇火速驰援。

邱捕头想起了唐铁嘴的判语："枯木易折，东墙倒塌；月白风清，老鸦断翅。"老鸦，三州捕快黑衣黑帽，岂非老鸦？枯木、东墙……应验还是巧合？悍匪以静制动，却是何故？线人是内鬼吗？唐铁嘴又是何人？

心有挂碍，步法迟滞。邱捕头左臂重重地挨了一刀。

乌云浓密，遮掩了月光。月光再现，麻七已无影无踪。

回南昌

——记八大山人的晚年生活

◎ 阿　痴

　　刚入初春，夜里还是冷的。胡县令为了表示郑重其事，专门叫人黄昏时分就添了好煤条。这会儿，炉子在窗下正烧得旺，煤块间隙里跳蹿出绯红色的火舌。

　　他又不能说话了，耳朵也听不见。眼前，夜的昏黑罩住了他。外头重重叠叠的高树已经出了叶，阔的长的、深绿浅绿交错，在他看来都是黑的。县府的几处厨房忙碌起来，有一处就是专门招待他与僧长的。远处空地上好几个小童聚在一起玩耍闹喊，叫这个夜充满了恬静快乐的滋味。

　　气味，甜的香的，都是温柔的。

　　他受不得这活着的美了。胸腔里一阵翻腾，他狂吼起来，咆哮如雷，眨眼间就把僧袍扯得粉碎。那些破布被丢进火里，很快烧成一团，发出刺鼻的味。

　　僧！佛！问经！求告！求好运，求好年，求顺遂！什么都求。

　　县令叫他们来，求这个求那个，做法事，问人事，吃饭，喝酒，寻山，看远。

　　僧与佛到底算个什么呀？好看，仅仅是庄严好看。恶人也拜，贰臣也拜，都拜。因它庄严肃穆，典正和谐，美。

美害了它。

县令请他们寻访东湖寺与多宝寺。

好木金漆，佛相庄严，美轮美奂。

他从台阶上下来。山林里，离他脚边十步之远，一只野狗正从孤坟里扒拉吃食。一只小童的手露在外面，早已没有血，青绿色的肤，灰色的血脉，手臂上的嫩肉已经被啃咬得丝丝拉拉，小手掌却是完整的。那小手黑黑的，手背肉鼓鼓，肉坑一个一个，共五个。

他的心腾的一下，如被巨雷击穿。

三十多年前，他带着妻子和肉嘟嘟的女儿逃进山里。逃，走，翻山越岭。夜里狼嚎，人也饥饿，狼也饥饿。

终于到了母亲的老家，清江水边一个萧索的村庄，女儿是再也熬不下去了。

他已经忘了她的样貌……单只记得那小手，团起来可以放进他的嘴里。那样逗她玩过。

他五十四岁了，早就已经忘记了女儿的相貌。毕竟，她从未长大。

人啊，真是没有意思啊！他记得那么多呢，他画了那么多呢，人家还要请他来写县志呢，他才气冲天呢。他却从未画过儿童，没有画过女娃的手。

他对自己发起了严厉的责难。朱耷，你到临川干吗来了！你但凡还有点人的样子，但凡还能坦然赴死，你怎么能到这里！写什么县志？逛什么山水？不说别人有没有忘记，你自己就忘了。你苟且偷生，你忘记了！

第二级台阶再也迈不下去了。

他突然又不会说话，又无法听了。

破僧服燃起最后一缕红焰，他已经走在路上。僧长来追他："雪个！雪个！你干吗去？你回来啊！"

他一个甩手，僧长跌在地上。

胡县令也跑出来，困惑地望向他的背影，手上牵着两个闹着要出来看稀奇的胖女儿。

鞋子早已经不知道去哪里了。

石子尖利的棱划伤他的脚。

他想，那熊熊的火，遮天蔽日啊，连烧了七天七夜，朱家几百间房屋都焚毁殆尽。那火是红色的，红色太多了，何止是火呢？血！

他们冲进来就砍，冲过了看家护卫，砍的不就是他天天见的人吗？叔、伯、兄、弟、夫人、老夫人、婶娘、子侄……

父亲将金币珠玉塞给旁门看管的兵，求他们放过。

不不不，他记错了。不是父亲求的，是母亲求的，是妻求的，是弟求的。他们跪下来。朱明王朝的第二百六十七年。父亲是聋哑人，天生不能言语，不可能是他求的。但是他为什么跪下来？

是他抱着女儿吗？她那双大眼睛惊恐地看着这一切，忘了哭。他想起来了，他还担心女儿经过这一吓，以后也像他和父亲一样，成了哑子。他十分担心。

烟火缭绕，那兵不肯放人，说他们没有说实话，他们的家底实在不可能就这些："骗谁呢！皇亲贵胄，就三根金条、十个串子？打发叫花子呢？"

女儿咳嗽起来，越来越严重，痰里有血丝。

母亲和妻将头上的耳朵上的手上的全部摘下来，苦苦哀求。

其他的兵就要过来，那兵想要贪下这些："滚吧！都给我滚!"他挥舞鞭子，给每个人来了几下。

小女儿的眼珠登时溅出血，哭号近乎嘶叫。

哦，后来，后来……他不记得了。

他疯狂地扯头发，头皮已经滴下大滴的血。他怎么不去死呢？他自己怎么没有死呢？

一个疯子，最恨的是谁？

是他自己。

他呼呼往前走，往南昌的方向，往他从小生长的地方。这条路太熟悉了，不需要指南针，不需要地图。

味道，南昌有自己独特的味道。东街的笔墨一条街、西街的食铺、宅院里几万本书的竹木味，这些气味聚集起来，诱着他返回。他要回去。

给清廷写县志?！这样的想法，胡亦堂这个蠢货怎么想得出来？

走近了！这不就走近了吗？滕王阁老木的气味已经飘过来了，比野外草地的气息要浓烈。街市上清晨的叫卖声传来，叮当叮当，热水豆浆包子馄饨麦芽糖烧饼。叮当叮当，粪车牛车马车驶过五个街口向南去了。

孩子们已经醒了吗？这么早吗？晨雾才刚刚散去一点点，孩子们就起来打闹了。他们跟着他，觉得他古怪稀奇，打他。他不还手，也不恼，只是低头走，或者愣在街中心发呆。

打我吧，骂我吧，冲我吐口水，使劲。好好，你们这些孩子，你们这些南昌的小淘气，你们这些赖猛的（小坏蛋）！揪我的鼻子，打我的头。对，打，扇我。好，我是疯子，我是！我发癫，我是癫子。对对对！孩子们，你们的小手，多朝我打几下！打我！还不疼，这算什么呀！小拳头握紧呀，打我肚子。使劲！哈哈！我可想起来了。娃儿的小手正是这样的啊！

热辣辣的眼泪淌下来，他醒过来了。

他回到了南昌，心定了。他爱怜地看着那些孩子，从他们中穿过，走向属于他自己的深巷矮屋、老庙蒲团，走向枯石孤鸦，走向中国历史的深处，走向中国书画的山巅，走向自己的命运。

砚　痴

◎ 阿　英

易水自古出壮士，也出名砚。

制绝品砚台，须有绝品好石。易州之石，质坚而润，色柔而
纯，声清而冷，为砚颇佳。制砚匠人众多，不乏高手。少了四颗
门牙的"奚豁子"，便是其中之一。

奚豁子爱砚如痴，每觅得一块好石，都像新抱了个胖孙子，
摩挲呵护，翻覆端详，灵感不来，绝不下刀。有的石头竟已搁置
多年。早年间，他将一方奇石以细绳缚之，悬于梁，日夜冥思。
鼠啮绳断，石落齿碎，嘴"豁"了。这便是奚豁子诨名的由来。

奚豁子缺牙，也缺媳妇，但刻砚的家伙什儿却齐全得很，各
式刀、钻、铲、锯……长长短短一溜儿排开。大锤如拳，小錾如
针，探手便可取到。奚豁子干起活儿来，击顽石似山崩，琢细处
似刺绣，仿若手底有一出跌宕大戏，正在紧锣密鼓地上演。看客
禁不住叹一声："妙啊！"可抬眼一瞅奚豁子的脸，又把那"妙
啊"吞回肚里。——他半咧开嘴，断牙瘆人，下唇吊一丝涎，抬
头纹一挤一挤，眼皮一翻一翻，委实煞风景。

看客离去，奚豁子不送，也不吭声。

那年，嘉庆帝到清西陵祭奠，把玩易砚，喜爱非常，遂命当
地召集巧匠，制砚五十方，进献宫中。

于是全州出动，攀壁探洞，下河潜潭，遍寻好石。不仅把新近的采石点刨了个底朝天，连前朝的老坑也刮了好几层。

终于，在易水激流底部岩隙，开出一大块百年一遇的极品砚石。敲除杂皮，顺裂痕剖开，不多不少恰好五十块。大者如鼎，小者如履，细观之，花纹、石眼、石胆、石晕皆可因势雕出小品。众匠人领石而去。轮到奚豁子，不禁傻了眼。分给他的那一块，尺寸如线装书，确是好料，但中间鼓起一个褐色疙瘩，丑极俗极，如一枚烂土豆。凿掉它，则石料洞穿；刻成祥云，则混沌如烧湿柴；雕为瑞兽，则皮毛脏似野狗。

奚豁子求别人分一点儿石料给他，哪个肯应？

人们等着看奚豁子的笑话。

期限到，奚豁子捧一木匣来，小心抽去棉絮，但见那大丑疙瘩，已被细雕为荷之败叶。筋脉凸浮，呈细网状；叶肉枯槁，疲疲沓沓，耷拉在干朽的锈色叶梗上，似乎一阵风便可摧折，却坦然而立，自带风骨。一块废石，摇身变为宝贝。

砚装船，擂鼓放炮。奚豁子两臂夯开，追着船跑，说那砚再补两刀更佳，路人笑而讥之。奚豁子自此扬名。

数月后，砚界有传言曰："易州毕竟僻远，真正的琢砚大师深居于京城，其技已臻化境，远胜奚豁子。大师近日新出一砚，被藏家巨资买走。其雕工尤绝：一老顽童，将拐杖插入岸边软泥，蹲身捧鱼放生。既有凡尘实景，亦有仙佛虚境，非俗匠所能为也。"

奚豁子闻听，坐不住了，踯躅三天，未进水米，一跺脚，只身赴京，但求一睹。辗转多日，总算寻到藏家。藏家一见奚豁子，疑惑道："你这人忒面熟。"但提及宝砚，却不愿展示，说怕看坏。奚豀子日日登门，有天忽然仆地咳血，面色蜡黄。

藏家心生恻隐，扶他坐定，说好只在五步外观看，不可趋近碰触，不可超过半炷香工夫。待藏家净手取砚出来，奚豀子长长地抻着颈子，睁大眼细瞧，突然扑哧一声乐了，说："我的。"

原来，这正是奚豀子刻的那方砚。荷叶磕碰碎落，叶柄被误识为手杖。谁也没想到，他以奇技，将自己的形象藏于叶下，豀牙傻笑，眉眼仿佛因叶片移去、阳光太炽而微皱。

藏家惊喜感慨，与奚豀子彻夜畅谈，并将砚台还给他。京城人都知道，嘉庆帝有个大舅子，贪而蠢，常偷宫中珍宝出去换钱。这易水砚就是他带出来的。

此事传出，砚台沾过皇气，不断有人天价求购，奚豀子均闭眼摆手。

之后，这石砚再没出现过。时人揣测，其或被供奉于某处，或坐等更高出价，或将陪主人入坟。奚豀子的身份也渐渐查清，他是易砚鼻祖——唐代奚超的后人。

隔年大涝，易水桥塌，奚豀子以此砚募资修桥。愿出重金者随他到家，奚豀子弯腰，从破木桌腿下抠出一物，豀嘴洞呼气，吹落浮灰，说："拿去。"

崖山烈

◎ 吴卫华

《山海经·大荒西经》：有鱼偏枯，名曰鱼妇，颛顼死即复苏。风道北来，天乃大水泉，蛇乃化为鱼，是为鱼妇。颛顼死即复苏。

公元十三世纪，蒙古铁骑仅用十八年就横扫了欧亚大陆，对文恬武嬉的软弱南宋却数攻不下，南宋周围的西辽、西夏、金、吐蕃、大理相继失国，外围已无一处可缓冲，在国家生死存亡关头，苟且偷安的南宋爆发出了顽强的战斗力，持续抵抗了四十余年。

1276年2月4日，谢太皇后和五岁宋恭帝赵㬎，出临安城向元军献国投降。宋度宗的杨妃带二子益王赵昰、广王赵昺出逃，在金华与陆秀夫、张世杰、陈宜中、文天祥等大臣会合，同年立七岁赵昰为帝，南宋小朝廷在元军的追杀下，只得乘船流亡海上。两年后，历经颠沛流离的赵昰，因溺水病死荒岛。一帝死再立一帝，1278年4月，时年七岁的赵昺，在冈州被陆秀夫等立为皇帝。小朝廷退守广东新会的崖山海岛，并在崖山修建行宫作为根据地。杨太妃殷勤教读赵昺忠义正气。崖山四面环水，与汤瓶山对峙，中如一港，南北如门户，形势险要，易守难攻。1279年正月，元将张弘范带兵两万从水路进攻崖山，当时南宋崖山有军民二十万，张弘范没有必胜的把握，前期以围困劝降为主。

在停泊宋军战船的海港，北口水浅，涨潮时战船才能通过，退潮时只南口可用。负责保护幼帝的左丞相陆秀夫，向张世杰建议派兵防守南面海口，进可攻，退可守，以防被元军围堵。张世杰愤恨地说："我们漂泊数年，难道要老死海上？如今不宜分兵把守海口，应集中兵力，与元军决一死战，尚有光复故国可能。"

元军多次劝降无果，便对宋军发动了猛烈的攻击。张世杰命人把一千多艘战船用绳索连接在一起，形成一个浩大的水寨，外围战船厚涂湿泥，直绑长木，以防元军火船靠近来烧。赵昺的船深居水寨中间。

耗费数月在崖山建造的房舍，突然着起火来，火越烧越大。身穿黄袍站在船头的幼帝赵昺，从记事起就一直生活在战乱中，大人让他怎样他就怎样，安静听话得让人心疼。赵昺清秀的脸上满是不安，拉拉身边他最依赖的陆秀夫："着大火了！"陆秀夫神色凝重地回答："陛下别怕，这是张将军让人烧的，也是将士奋勇向前死不后退的决心。此战如不能光复大宋江山，则求流芳后世！"

元军火攻不下，张弘范便据守崖山的南北出海口，断绝宋军的运粮打水道路，绝其退路。宋军渴饮海水后上吐下泻，以致战斗力大大下降。每有交战，张弘范就押被俘的南宋右丞相文天祥观战，以瓦解文天祥拒不投降的信念。文天祥每每看到孤勇的宋军一次次挫败元军的进攻，虽然不发一言，但拈须微笑，这让张弘范很是恼怒。

久久不能消灭宋军的张弘范，利用潮汐水位高涨之际，南北错落驶进战船猛攻港内宋军。恰值狂风暴雨海水掀起惊涛骇浪，元军万箭齐发趁势攻破宋军水寨。张世杰见一艘艘战船降下宋旗，军败如山倒，知大势已去，传令各船砍断绳索，各自为战拼力突围，并分出十几条战船护送杨太妃突围，同时派出精兵去乱船中央接出赵昺。

狂风暴雨里裹挟着惨烈的厮杀声，陆秀夫把赵昺护在身后，坚决不让来人接走赵昺，他担心来人拐走幼帝去元军处邀功请赏，同时觉得大败之下，来人接走赵昺也恐难逃出元军的重围。

腥风血雨中，赵昺紧紧地拉住陆秀夫的衣服，四周哗哗的暴雨如泉般注进天荡地动的大海里，赵昺带着哭腔跟陆秀夫说："我要是条鱼能游走就好了。"陆秀夫心里一阵悲痛，轻轻拿开赵昺拉他衣服的小手，转身走到妻儿跟前，执剑逼迫妻儿跳海。妻倪氏手扒船沿若有所待，陆秀夫大声说："你担心我不跟你一块儿去吗？你先走，我随后就到。"倪氏遂和两子一女蹈海而亡。

陆秀夫换上官服，再次来到赵昺面前，倒身拜下："国事一败涂地，再也无力回天，臣要为国殉身，陛下愿意同往吗？"

浑身已被大雨浇透的赵昺，看看汹涌澎湃的海面，握紧双拳毫不迟疑地说："国家将亡，朕虽小，亦不愿苟活于世，更不愿被俘受辱。"

陆秀夫含泪起身，先将传国玉玺系在赵昺的腰里，再用白绫把赵昺绑在自己后背上，稳稳地走上颠簸的船头，满脸雨水泪水地回头安慰赵昺："陛下不怕，臣与陛下同往。"

赵昺同样满脸雨水泪水，大哭着说："朕不怕，跳下去朕就会变成淹不死的鱼。"

陆秀夫背着八岁的赵昺跳进了海水中，惊涛骇浪一波一波地冲卷着战船，宋军或死或降，势颓如热汤融雪。左丞相和幼帝投海殉国的消息，很快在宋军中遍传开了，大厦已倾，人心顿然涣散，一时间绝望悲愤的宋朝军民，纷纷跳海自杀，人数之多，场面之悲壮，连元军都看呆了。

崖山海域密密麻麻布满了十余万南宋军民的浮尸，被迫观战的文天祥见此惨烈景象，失声痛哭。张世杰带十几艘战船保护着杨太后杀出重围后，杨太后听说赵昺已死，再不肯逃亡："我忍辱偷生就是为了赵氏江山，如今已没念想。"说完跳下海去。张世杰的船队在海上漂泊时，遇上飓风，心灰意冷的张世杰不愿靠岸登陆，一人留在船中静待船覆自溺而死。崖山海战三年后，被元军下狱的文天祥断然拒绝以中书副相位诱惑的劝降，留下《正气歌》后慷慨赴死。

后有渔民在崖山海域捕鱼时，见到一种半身鱼形半身人脸的怪鱼，认为是南宋十万跳海军民的戾气所化，敬为神异，不敢捕捞。

针线铺

◎ 朱雅娟

　　老百姓居家过日子，谁都离不开针头线脑。就是大家戏谑的游手好闲之人，白天四处闲逛，到晚上也得点着油灯缝缝补补。用一句谚语总结，就是"白天游四方，黑了点灯补裤裆"。

　　秦如海小时候时常被老爹用这句话数落，他白天下了私塾没命地玩儿，等晚上才着急读书写字做功课。除了这句话，老爹还爱说："只要功夫深，铁杵磨成针。"

　　这两句话都跟针有关系，秦如海就琢磨上针了。他偷偷拿了娘的针线盒，又折了几根竹棍，一根绑上丝线弯成弓，其他几根削成箭，再在箭头上安上针，就做成了简易的弓箭。然后他在柴房门板上画个圈，瞄准了，一拉弓，"嗖"一声箭就插在门板上了。那时节的针基本都是铁针，硬度不够，没射几次针不是折了就是弯了。

　　娘要做针线，遍寻针线不着，逮到秦如海就是一顿暴打。老爹跟人谈生意回家来，知道了事情的原委，就带着秦如海去了一家专门制针的小作坊。

　　秦如海看完制作针的过程突然就转性了，读书识字不让人催了，到私塾上学也认真多了。娘很奇怪，问爹怎么回事。老爹沏上一壶茶，娓娓道来。

原来爹让人找来一大块铁，让秦如海背到小作坊去。他亲眼看着工匠把铁块烧红变软，然后放在满是细孔的铁筛子上，用锤子敲打，那些铁块就顺着细孔漏下去，变成粗细均匀的细铁线。

秦如海觉得非常有趣，拍着小手说："这跟娘做漏鱼一样，把锅里熬好的面糊从漏勺浇下去，掉到水里就变成了小鱼鱼。"

爹白了儿子一眼："要这么简单就好了。"

说话间，只见工匠将铁线逐寸剪断，再锉尖铁线的一头，另一头拿锤锤扁，钻个孔，针鼻儿就做好了。然后再一根根精心打磨，针的雏形就出来了。接下来，这些针被放到锅里，用细火慢炒，跟炒菜差不多。炒上一个多时辰，还得把松木灰、豆豉、土放到锅内，埋住针，留几根针头在外面。然后再把锅放到另外一口加了水的大锅里，加上盖，用大火蒸煮。等留在外面的那几根针头可以用手捻碎时，就可以起锅了。为了保证铁针的硬度，还要将针烧红了再放到水里淬火，这个必须要让有经验的工匠来做。要是淬火不当，针要么容易弯，要么容易折。

爷儿俩看完针的加工过程，太阳已经快下山了。回家的路上，秦如海跟爹说："我明白娘为啥打我了，她是想把我这块铁也做成针。"爹乐了。

娘听爹这么一说，笑道："孩子懂事了。"

长大后的秦如海还真的经营起了针线生意，方圆几百里，没有一家货铺的针线能比秦记针线铺全，也没有一家货铺的针线质量能比得过秦记针线铺。除此之外，秦如海还醉心研究针的制作加工过程，想方设法提高针的硬度和韧度。对于线，秦如海也没放松，尤其是引进了片金线和捻金线后，店铺的档次升高了几格。这些线是将金箔粘贴在裱好的竹制纸上，再用玛瑙石将纸金箔在野梨木板上研光，而后将研光好的金箔切成数毫米宽，是为片金线。捻金线则是用本色的蚕丝做芯线，涂上黏合剂，再将片金线捻在芯线的外表上即可。富贵人家将这些金线买去，叫人织成"遍地金"锦缎，做成金衣，真是风头无两。

　　为了表达孝心，秦如海给老娘也做了一件"遍地金"锦缎外衣。老娘很珍惜，很少拿出去穿。有次到郊外踏青，娘终于穿上了这件衣服，没想到却招来了祸事。

　　秦如海见到老娘时，老人家已经在官衙里奄奄一息。原来是娘跟一位女子撞了衫，那女子气就不顺，非逼着老人家脱了外衣。娘不肯，那女子就大打出手。娘还了一下手，那女子就不依不饶，拉着娘去了官府。官府的人见那女子是知州的亲戚，便肆意偏袒，更在那女子的坚持下给娘用了针刑。老人家受不了酷刑，当即昏死。

　　秦如海五内如焚，这针刑所用的针正是他秦记针线铺所出，当初只想着要惩治不贞不洁的女人，故做得坚韧无比，不承想做了伤母的帮凶。秦如海背着老娘回家，一边走一边叹息："木匠打枷木匠扛，真是自作自受。"

　　自此秦如海关了针线铺，做起了养马的营生，据他说这也是老祖宗的老本行。至于官府时常征用马匹是去剿匪还是戍守边疆，那就不是他能操心的事了。

泥中莲

◎ 尚培元

　　王福娘的香房里，娇娇地养着一盆莲花，盆栽的莲花。那盆莲花就放在西窗下，开放时，叶儿碧绿，花儿洁白，馥郁的香气在室内散发。王福娘很是喜欢闻这香气。

　　每日，王福娘都会细心侍弄这盆莲花。拿小巧的瓷壶给莲花浇水，又拿细软的丝帕擦拭蒲扇一样的叶片，极轻，极慢，极柔，似是怕惊吓了这胆小的花儿。有时候，王福娘忽而也会觉得，这莲花，就是自己。这样一想，王福娘就又羞羞地笑了。

　　是个夏日的午后，王福娘小憩过后，又要呵护那盆莲花时，忽而看见，那花儿的细茎上又萌发了一角尖尖的叶片。王福娘朝着那一角小叶轻轻地吹了口气儿，便拿了瓷壶，往那片细叶上缓缓地淋着水丝。

　　恰恰就在这个时候，诗人孙棨进门来了。孙棨是一位风流诗人，喜好流连妓家，与王福娘过从甚密，常到这里清饮雅谈。

　　孙棨见王福娘又在侍弄那盆莲花，笑了笑说："王福娘好兴致啊！"

　　王福娘怜爱地抚摸一下那一角小叶，说："发芽了呢。"

　　孙棨便站在那里，看一眼王福娘，再看一眼莲花，就说："这花儿，好清爽。"

王福娘抿了下嘴，又拿丝帕轻轻地拭着那一角叶片。

孙棨又说："真是花如人，人如花啊！"

王福娘又抿了下嘴，说："人，得梳洗装扮；花儿，也得洗一洗呢。"

说过了，收起瓷壶和丝帕，令侍女布下美酒，便与孙棨对坐清饮，谈诗论词。饮至日落时分，二人都有些薄醉了。

王福娘起身打开了窗子。她嫌室内有些酒气，有些污气。她是怕这些龌龊之气熏染了莲花。

王福娘说："莲花，不应养在这乌烟瘴气里。"

孙棨就说："姐姐就是这茎上之花，洁白，纯净，又如这泥中之莲，出淤泥而不染啊！"

王福娘听了，顿了一下，说："挖苦我呢？"

孙棨说："这花，实实地喜人。"

王福娘顺势便说："既是喜爱这花，妾将这花送与孙郎，如何？"

王福娘说过这话，斜眼瞟着孙棨，似笑非笑的模样。

孙棨听出了弦外之音，就不再答话，独自笑了笑，端起酒杯，轻呷一口，借机掩饰过去了。搁了杯盏，孙棨就说："天色将晚，告辞了。"

孙棨微微摇着身子渐渐地远去了，王福娘忽而觉得很是失落。回房，王福娘犹想，自己也是仗了薄酒遮面，才讲出那样话来，他却连一点儿回应也没有，是自己说得还不够明白吗？于是，王福娘趁着半酣的酒意，写下了一首诗：

日日悲伤未有图，懒将心事话凡夫。

非同覆水应收得，只问仙郎有意无？

王福娘写罢，犹自说着，改日若再来，先让他看清这诗，再把话讲得更透一些。

王福娘是长安城北平康里前曲有名的歌伎，容貌清丽，气韵优雅，善诗词，通音律，常与文人雅士诗酒唱和。在接触过的这些人中，王福娘觉得，诗人孙棨最是谈得来，日久天长，便对他生出一丝情意了。

隔了一日，孙棨又来，王福娘没有侍弄她的那盆莲花，似是正在想着心事。几案上，放着一帧诗笺，孙棨随手拿过，看了，又轻轻地放在那里，也不敢多言多语。

王福娘亲手沏了香茶，神情忧郁地与孙棨坐了慢饮。孙棨心内明镜一般，却不敢说破，就明知故问地说："姐姐如此忧郁，是何缘故呢？"

王福娘以为孙棨不解自己心事，便悲悲戚戚地说："唉，妾亦常思忖，风尘之路岂能长迷不返？怎能沉湎于一时之快，不思虑久后日子呢？"

孙棨说："是要……思虑日后啊。"

王福娘又说："妾钟情一人久矣，不能自拔，如何是好呢？"

孙棨说："这事儿，如何是好呢？"

王福娘忽然就想，这孙棨，是真的愚钝，还是故意搪塞呢？

王福娘将那一帧诗笺递到孙棨手上，低了声音说："妾新作一诗，请诗家雅正。"

孙棨就感觉自己无路可退了，推诿说："姐姐之心已明了，可我一介书生，如何能了却姐姐心事？"

王福娘说："我并非在籍官妓，只是开院接客的青楼女子。孙郎若是有心，只需给鸨母一二百两银子，便可成事。"

孙棨低了头，沉吟无语。

王福娘就有些失望了，停一会儿又说："我自己来赎身，如何呢？"

孙棨仍是无语。良久，孙棨踱到那盆莲花跟前，迟疑说道："这花儿，可在这儿观赏，若搬回去，怕是养不活了。"

这样说着，转身来到几案前，将那帧诗笺反转，在背面又题了一首诗：

韶妙如何有远图，未能相为信非夫。

泥中莲子虽无染，移入家园未得无？

孙棨将写好的诗笺搁在几案上，尴尬地起身，悻悻然去了。王福娘的心，拔凉拔凉的。她拿起诗笺，看了一眼，又看了一眼，慢慢地撕碎了。

过了很长一段日子，孙棨再也没有来饮酒品茶。王福娘知道，他是在故意躲避自己呢。

又过了很长一段日子，王福娘就有些怨恨地说："何必这样躲避呢？"

日子久了，王福娘似乎原谅了孙棨，便说："也没逼你，怎就不来见面了呢？"

日子就这样静静地流淌过去了。

忽然有一天，孙棨又来到平康里，却不见王福娘，便询问，姐妹们说："王福娘？被一绸缎商人赎身娶走了。"

孙棨就在心里恨着那个绸缎商人，似乎，还有些怨恨王福娘。

姐妹们又说："王福娘走时，只带了她的那盆莲花。"

孙棨就有些怅然若失了。

姐妹们又说："王福娘走时，留下一方红纱巾，让交给诗家。"

孙棨接过那方红纱巾，展开，上面写着一首诗：

久赋恩情欲托身，已将心事再三陈。

泥莲既没移栽分，今日分离莫恨人。

孙棨呆呆地站立在那里，很久，很久。

孙棨忽而觉得，城北平康里，很难忘；王福娘，很难忘；那盆莲花，也很难忘。

这些，是孙棨美好的记忆吗？

以后的日子里，孙棨经常逗留在城北平康里，混迹在青楼中，倚红偎翠，寻欢买笑，后在唐僖宗中和四年写成了一部实录式笔记小说。书里描写的尽是长安士子的狭邪生活以及青楼女子的爱恨情仇、艺术追求，还收录有士人和妓女的部分诗作。

孙棨将这部笔记小说取名为《北里志》。

写到王福娘时，孙棨几次掩面痛哭。

银杯子

◎ 戴智生

引　子

我国古代有过八次大移民，皆因战乱地区哀鸿遍野，十室九空，百业待兴。明洪武时期的大移民，背景相似，措施却更加蛮横专制，不得人心。

瓦屑坝

程先翁是后人商议的代称，实名已无从查考。口耳相传，程先翁有两个儿子，祖祖辈辈生活在鄱阳湖边一个叫瓦屑坝的地方。"瓦屑坝"的由来，是因为更上古的时候，这里曾制作房瓦和陶器，留下大量的瓦屑和瓦窑遗迹，连片二十余里。程先翁的祖上是不是瓦匠不得而知，他既捕鱼，也种地，日子安逸。

洪武二十六年，他家发生了根本改变。本来，这次移民与他家并不相干，"按册抽丁"规定：四口之家迁一，六口之家迁二，八口之家迁三。妇人不计，他家应是三口。或许没有向上打点，衙门也要充够人数，程先翁的两个儿子都列入移民黄册，去向待定。

程先翁想不出挽救的办法，整天唉声叹气，内人以泪洗面。临别的前一夜，两个儿子收拾包裹的时候，娘把一对银杯分别交给俩儿收藏，一为留个念想，二为子孙后代相认的物证。

老二是绑着上船的，一根绳穿一串人。码头上，人头攒动，哭声一片，鸟儿惊得在空中盘旋，湖面波浪翻滚。程先翁夫妻搀着儿子的衣摆跟到码头，免不了一路倾诉衷肠。儿子被强押上船前跪地拜别，娘抓住儿子的肩膀号啕大哭，说："儿啊！我老了谁给我送终呀？"

船渐渐离开码头，送行的人又是一阵骚动，呼天抢地。船上的人挤到船沿向岸边挥手，老二背靠船舱，深深地埋下头。

他们乘坐的船经鄱阳湖至湖口，进长江后溯江而上，目的地是黄州府县。

这水路上发生一些事情，容后再表。

他 乡

老大是早一个时辰出发的，比老二稍为宽松，双手没有捆绑，他携着怀有身孕的妻子排在队伍里，差役两边持枪押送。他们这船人经鄱阳湖至湖口，进长江后，顺水而下迁徙安庆。

一路无话。

后面的事情可想而知，移民们无非在陌生的环境安家落户，谋生创业。艰辛是肯定的，随身的家当极其有限，锄头、瓦锅等什物，都得一一置办。

老大很愿意务农，父亲说过，土地是活命的根本。只要勤奋出力气，这里有耕不完的荒地，湖泊也不少，但比不了鄱阳湖一望无际。故土的一草一木总是浮现眼前，他思念故土、思念故土的亲人，且越日久越强烈。

有什么法子呢？

朝廷禁止回迁，出行百里必须申请路引，否则"军以逃军论，民以私渡关津论"。更甚者，官方禁止撰谱，以防移民根据宗谱寻根问祖。

再苦的日子也得过，好在几十年勤俭持家，家也有个样子。无奈人生苦短，老大转眼便老了。他把娘赠送的银杯传给长子，并交代家人，他死后不入土，棺柩就停放在自家的屋侧，等待机会迁回故土掩埋。

其他移民对身后事的安排惊人地相似，如出一辙。可是年复一年，回迁的希望遥遥无期，尸骨经不起长年腐化，棺柩只得入土，是浅埋，回迁的希望不灭。这"厝柩"两步法，在当地形成一个独特的丧葬风俗，沿袭至今。

寻　根

六百多年过去了，物换星移，移民后裔早已开枝散叶。他们对祖居地已毫无概念，只记得"瓦屑坝"这个地名，也有称瓦砌坝、瓦渣坝。

程光华是先翁二十七代世孙，各地悄然兴起寻根热风，他也组织同宗去祖居地问祖，期望遇见另一支族人。

祖上先翁的尊号，就是他们临时商议的。

瓦屑坝现在是一处景点，除了地下瓦屑和瓦窑遗迹外，就是湖边密集的芦苇，风吹草动，也看不出别的名堂。听说县城有"瓦屑坝移民文化馆"，他们决定探个究竟。

偌大的展览厅，图片文字、布景实物，移民的来龙去脉介绍详尽。天底下真有这等巧事，程光华在一个陈列柜里看到一只银杯子，喊来管理员，与自己带去的银杯比较，竟然一模一样。

这是一对鎏金花鸟莲瓣纹银杯，杯身外壁饰一周凸棱，腰线以下略内收，腰线分出两层，各錾九个仰莲瓣，下层瓣内饰花草纹，上层莲瓣内饰鸟兽，杯底同款：足银董记。

程光华一行被请进会议室，文化馆负责人介绍，陈列的银杯捐赠人姓彭，居住武汉，是大学教授，也是移民后裔。

据彭教授说明，银杯的原主人同彭教授祖上一条船，同绑一根绳索上。船进长江后，原主人借口方便，差役解开绳扣，他趁人不备跳入江中，生死未卜。

跳江人无疑是先翁的二儿子，他拜托彭祖，包裹里的东西可以不要，银杯一定要交给他的亲人。彭祖答应了，可惜至死没有机会，他嘱咐后人忠人之事。

负责人还介绍，彭教授除了捐赠银杯外，还捐赠了"彭氏家训"，四字一句，总共十六句的文言，都是做事做人的道理，现打印装框挂在展厅里。

程光华听了这些，心有遗憾，那也是无可奈何的事情。他当即决定，把带去的银杯也捐赠文化馆，也算祖上兄弟六百年后聚首吧，不再分离。

哭 鱼

◎ 刘　泷

阿良被送到铜台庙里来了。

那年阿良年方七岁。

七岁的孩子想家，想山下的铜台沟，想铜台沟那些在一起玩耍的伙伴。

人小，有了心事，就愁眉苦脸。此后几年，烧火，劈柴，提水，诵经，燃灯，打扫庭院，乃至下山化缘，他都愁眉苦脸，就像连阴的天，没有一点儿笑模样。

师父禅照，和阿良相依为命，谆谆开导他，云在青天水在瓶，你是出家人的命，你不要心事重重，要一心向佛，在青灯黄卷里安身立命。

阿良想想家中的七个哥哥和一个妹妹，想想那座一阵风都可以吹倒的茅屋，不由得低下了自己的头颅。那一刻，他觉得自己的脖颈很软，像被人掰断的树枝，径直垂向了地面。

后来，再下山化缘，他哪里都不去了，总是去铜台沟。虽然那里有他的家，但他不回家，也刻意地躲避着爸爸妈妈和家人。他就去一个地方，那是地主朱善荣开办的私塾。朱善荣是个文盲，他出钱请一位落第的举人给家族里的孩子们授课。

阿良闭目端坐在朱家私塾的窗下，风也不怕，雨也不怕，霜也不怕，雪也不怕，骄阳也不怕，寒冷也不怕，谛听着老学究的声音，入定一般。

老学究给学生诵读的《千字文》《弟子规》《百家姓》，他都会背诵。他还学了很多的古诗词，什么"床前明月光"，什么"松下问童子"，滚瓜烂熟，甚至模仿老学究摇头晃脑的腔调，也惟妙惟肖。

总是下山，却化不来一分钱、一粒米，禅照师父对此很是狐疑。于是，就悄悄跟踪阿良下山去了铜台沟。那所私塾是孤零零的一座三间西厢房，门扉紧闭，且糊着厚厚的褐黄色草纸，根本看不到里面的情景。难道，阿良在闭目参禅？

禅照颇愤怒，脱下僧履，挥舞着，照准阿良的后背捶打了几下。他斥责，真不争气，不堪造就！你在这里干什么？偷懒吗？不化缘，没有供养，我们怎么办？铜台庙怎么办？

从此，禅照再不让他下山，把他留在山上，自己去化缘。

那日，禅照回寺，见不到阿良，就漫山遍野寻找。

在山后的小溪旁，见阿良躲在无人处合掌祷告。趋近细看，他的面前竟有几条煮熟的河鱼。

一条较大的河鱼已干硬了，在砂锅里翘着尾巴，仿佛河里的鱼跳到干裂无水的岸上，大睁着眼睛，眼白很多，眼黑很少，无奈地望着天空，犹如八大山人笔下白眼向人的鱼儿，很自负的样子。

禅照师父上前问阿良这是怎么回事。阿良并不害怕，回答说这是自己在河边捉到的几条小鱼，刚刚煮了，正准备吃。

禅照说吃就吃，刚才祷告又是怎么回事？

阿良说，于心不忍，故有此举。

禅照又问，那你是怎么祷告的？

阿良说，愿来世你不为鱼，我不为僧。

阿良哽咽，泪流满面。

禅照脱下僧履，想想，又穿上了。他手捻念珠喃喃地说，日本人烧杀抢掠，民生凋敝，今天下山，又是无缘可化。

阿良用木棍儿夹鱼，递给禅照，说师父您吃。

禅照直摇头，说我不杀生，更不吃鱼。

几天后，禅照回山，对阿良说，你去朱财主家的私塾吧，我和他们说好了。

阿良说我两手空空，没有束脩人家不收啊？

禅照说我把那串楠木念珠给了私塾的先生。

果然，禅照手上那串心心念念的念珠不见了。

阿良眼含热泪，回铜台沟，登堂入室，得以聆听老学究的教诲。

三年后，解放了，土改了，阿良分到了房子，也分到了地。

斯时，禅照还俗，也回了铜台沟。

朱善荣呢，被清算了，一贫如洗。

老学究跟随做国民党军官的儿子去了台湾。

村里办学校，招聘教师。少年阿良经过考试，拿起教鞭，为人师表。

阿良崇尚俭朴，也未婚娶。他把自己的钱私下接济了禅照和朱善荣。

有一年，各地闹饥荒，阿良去乡里开会回来，却在柳条河边看到禅照和朱善荣在煮鱼，手抓着半生不熟的河鱼，狼吞虎咽。

禅照指着砂锅里的半条鱼说，熟了，可香呢，你吃？

阿良摇头说师父，从铜台庙回村那天，我就发愿吃素，再不吃鱼了。

四个轮子和一对翅膀

◎ 姬中宪

我爸把我家电脑桌的轮子装在了不锈钢活动晾衣架的下面，这在我们家历史上根本不算什么，他还闹过更大的笑话呢。

那天我爸收拾房间，从储物间翻出四个轮子，是那种带锁扣的万向轮，他说："怎么这里还放了四个轮子？我给你装上吧。"

我说："不用。"

他说："轮子就得装上才叫轮子，不然扔在箱子里多浪费，你别管了我给你装上。"

我正在看电脑，说："不用不用。——那你先放那儿，等一下我装。"

我爸说："我装。"

我说："我装。"

我爸看了我一会儿，说："那行，我让你装。"

等到下午我也没装。我爸午睡醒来，看到四个轮子还摆在原地，就说："我看你还忙着，还是我装吧。"

等到吃晚饭时他还没下楼，就听到阁楼上一直叮当响。我上去叫他，看他穿了件小背心，蹲在地上，后背全是汗。我说："爸爸，吃饭了。"

他正埋头使劲儿，咬牙切齿地说："轮子尺寸不合适，一点儿都不——好——装!"

我说:"你干吗呢?"

他说:"行了,装好了!"

我爸站起来,从身后牵过一个晾衣架,好像要展示他的作品似的,挺得意的样子。我这才看清楚,说:"你……你怎么把轮子装衣架上了?"

他说:"是啊,不是你叫我装的吗?"

我说:"那是电脑桌上的轮子!"

电脑桌原本就在衣架边上,可能刚才我爸嫌碍事,把它推到了墙角。想这电脑桌一定委屈坏了,眼睁睁看着自己的四只"溜冰鞋"被穿在别人脚上。

我说:"我还以为你知道。"

他说:"我也以为你知道我知道。"

我说:"可是我不知道你不知道。"

他说:"我也不知道你不知道我不知道。"

我爸就是这样一个人,总是充满想象力地做着张冠李戴的事,让人哭笑不得。有一年他把我从非洲买回来的鼓倒过来当了花盆,然后又把我从欧洲买回来的花盆倒过来做了灯罩。而且我爸审美观奇特,有一年他赶在我下班回家前把我在露台上辛苦养护多年的一簇竹子拦腰剪断,我悲愤地问他为什么,他说这样多好看啊,人家高级招待所门口的竹子都是这样一般高的。

我们开始卸轮子。可真难为他了,那轮子是用铁丝捆上去的。难怪我看他整个下午上上下下的,试了各种工具,最后肩膀扛了一圈铁丝上来,我还以为他又要修房顶。早知道这样,当时就该问问他的。

　　说起来，我爸是个"铁丝控"。家里不管什么东西坏了，他都说："没事，我用铁丝捆起来。"好像铁丝可以包治百病。前几天书架上一块活性炭的塑料底架坏了，他用铁丝捆起来；电视机下面一团线盘根错节，长年理不清，他用铁丝捆起来；楼上滴水观音的花盆裂了，他用铁丝捆起来；有一年我家冰箱门坏了，一关上就弹回来，他也用铁丝做了一个挂钩拧在门把手上。我猜如果我给他充分授权，他能把我的整个家用铁丝捆起来，然后他就彻底放心了。

　　我爸年轻时进城做工，那时铁丝是稀缺的贵重物资，是他心中工业化的象征，他因此处处迷信它，觉得有了铁丝，生活才算牢靠。我结婚以后，他试图将这理念传递给我，所以不断地往我家运铁丝。这些年他累计从山东运来了得有一火车皮的铁丝，包括各种型号和规格的。每当我们遇到麻烦，他就拿出一截铁丝，帮我们捆扎好。

　　我爸拧铁丝很有一套，用尖嘴钳子捏住铁丝的交叉点，一圈一圈地拧成麻花，再把两个铁丝头卷进里面，免得刮伤了人。不管什么东西，被他这样拧过后，均牢不可破，可扛七级大风。

　　所以，那四个轮子我们卸了很久才卸下来。

　　晚饭时我们轮流谴责他装错轮子，他讪笑着，说："嘿嘿，我看人家的衣架不也是有轮子的吗？而且那衣架正好也有四只脚。"

　　我说："那饭桌也有四只脚，你还好没装到饭桌上，不然我们现在就可以推着饭桌到厨房里吃饭了。"

　　我妈说："洗衣机也有四只脚，你怎么不装到洗衣机下面？反正现在每次甩干它都跳着甩，有时能跳出半米去。你要再给它装上轮子，它能跑到大街上去。"

我说："那还得给洗衣机上个牌照，不然不能上街。——沙发也有四只脚，你要装在沙发上，以后你腿脚不灵便了，我就可以用沙发推着你去逛公园了。"

我妈说："房子也有四只脚，你要装在房子上，咱这房子就成了房车了，以后出去玩儿咱就开着它，玩儿到哪儿住到哪儿。"

我说："那我要把它推到内环内，推到市中心，那这房子就值钱了。"

我妈说："说到房子——你把房顶修好了吗？房顶上那个洞你堵上了吗？"

我爸总算能插上话了，说："堵上了，今天上午就堵上了！"

我说："什么洞？我家房子什么时候出了个洞？"

我妈说："去年，你忘记了？你爸嫌你这里冬天太冷没有暖气，想给你装壁挂炉，就在阁楼顶上开了个洞，你回家了又不愿意，让他把洞堵上。堵是堵上了，可是堵得不牢靠，雨天还有点儿渗水，所以我叫他重新堵。——你这次怎么堵的？"

我爸说："说起来也真巧，储藏间那个大吊扇——就是从原来旧房子拆下来的四根大翅膀的那个老式吊扇——不是没用了吗？放在那里还占地方，丢掉又舍不得。那个吊扇有个圆形的底座，正好和房顶上的圆洞匹配，我想干吗不一举两得，把风扇装到那个洞里呢？但是阁楼太低，装在里面会削到人，而且现在都用空调了不需要吊扇了，所以我就把吊扇倒过来，装到房顶上去了，还挺好看的。——人家外国人房子上不是也装个大风车吗？"

我都快听傻了，不知道说什么了。还是我妈反应快，一下抓住问题关键，说："不能漏雨是关键，那个洞可要严丝合缝，一点儿都不能漏——你用什么把吊扇固定住的？"

我爸高兴地说："铁丝啊！"

我这时稍微反应过来了一点儿，说："爸爸，你给咱家房子装了对翅膀，你让飞机上的人一低头看到咱家房子情何以堪啊？万一让市政府看到了说咱家违章搭建要强拆怎么办？万一让美国卫星看到了当成军事目标给摧毁了怎么办？还有，你就不怕一起风，咱家房子飞起来？"

我爸和我妈都乐坏了，说："看你说得那么夸张，房子哪能飞起来呢？飞起来倒好了，飞到内环内，飞到市中心……"

我说："那是因为还没起风。"

我刚说完，窗外一声吼，起风了。

我们紧紧地抓住饭桌，好像这样真管用似的。饭桌上的盘子和杯子在抖，饭桌也在抖，地板和我们的腿也在抖，整个房子都在抖，像手机调成振动模式一样地抖。

我们紧紧地抓住饭桌的边沿，好像这样就能抓住一切似的。

"叮——当——"

◎张鲜明

我看见，我睡在自己家的床上。

眼前是方形的黑，这黑，占满了我卧室的整个空间。这个空间，或者说是这个空间里的黑，仿佛是刚刚醒来，或者是即将睡去，木木地站在那里，有点儿呆；继而，露出若有所思的神情；再后来，它好像发现了什么，变得紧张起来，咬了咬嘴唇，鼓起了腮帮子。

隔着卧室的木门，我看见，门外，在靠近卧室门的那个空间里，出现了一根指头。这是一根食指，感觉有一米多长，枯瘦，多节。它弯曲着，以极慢的速度，颤颤巍巍地朝着卧室的门，接近，接近。

我突然警觉起来。

而那根指头似乎觉察到了什么，它犹豫了一下，停在了那里。

我等了很久很久——感觉有一年那么长——也没有等到敲门声，然后就附在床上的那个我身上，睡去了。

"叮——当——"

我猛地一惊，醒了。

那声音，在空气中飘浮着，丝丝缕缕，凉凉的，从我脸上掠过去。这声音（对了，是"这声音"而不再是"那声音"——它已经跟我发生了某种深刻的关系）很脆，像是金属棒敲击瓷器的声音。

这声音，寒光闪闪，像刀子。

门开了。

睡在床上的那个我，此时也醒了。"他"起身，跳下床，朝门口走去。我知道"他"的想法：看看是谁在敲门；同时看看，门，是被谁打开的。

门外，没有人。这一点，我可以证实。

那个我，双手支撑门框，伸出头去，四下看了看。看来看去，还是没有人。而我，却看见门口的空气中出现了一个拇指肚那么大的洞，洞的四周裂开许多白色的口子，就像子弹打在茶色钢化玻璃上。

这声音，竟然如此厉害！

这个地方是不能再待下去了。

快逃！

那个我，也想逃跑。

我仅仅跑了几步，鼻子就碰到一个像橡皮一样的东西上，身体被弹了回来；换个方向跑，结果依然如此。而那个我，结局比我更惨——他跑得比我更用力，跑得跌跌撞撞，所以就被碰得鼻青脸肿。有好几次，我与那个我迎头相撞，于是就扭打在一起。每一次都是我先住手，因为我知道，我们相撞，不是那个我的过错；当然，也不是我的过错。

已经跑不出眼前这黑了。再说了，这样跑下去也不是个办法。我灵机一动，趴在地上，一来是为了喘喘气，休息一下，二来是要想一想出逃的办法。而那个我，却依然在跑着，跑着。

"叮——当——"

"叮——当——"

"叮当——叮当——"

就在我趴到地上的时候，黑暗中又响起了这可怕的声音。不知道这声音是从卧室外面传来的还是从眼前的黑中传来的，只知道这声音正变得狂躁和暴戾，空气中的洞孔也越来越多、越来越大。我亲眼看见，拼命地跑着的那个我，已经被击打得千疮百孔，像筛子一样。

看到那个我被打成这个样子，我赶紧趴在地上装死。这时候，"叮当叮当"的声音，像雨声一样从四面八方袭来，越来越响，越来越响，最后变得像刮风一样。

突然，眼前一亮，我发现自己坐在地上，眼前是一大堆黑色的玻璃状碎片。这是一个废墟。莫非是那叮当声击碎了我卧室里的黑，把我解救了出来？

那个满身洞孔的我，此时像一领草席那样软软地躺在我的怀里，望着我凄然一笑。"我的好兄弟啊！"我一把抱起他，哭了起来。他用满身的洞孔看着我，说了一句："叮当！"

这一次，我看清了："叮当"声是从他身上的洞孔里发出来的。

巫师的眼睛

◎ 九峰云

    蒋老太住在顶楼。她年轻时有一双大眼睛和古灵精怪的气质，足够去当演员，当老师，当外交官都绰绰有余。她干了一辈子电焊工，一个看到太多不公现象的电焊工。她退休不久后就瞎了，她反而松了一口气——再也看不到不公。"不公们"当然也松了口气——又坏了一个监视器。

    可谁也不知道，蒋老太是个巫师。她点上一支烟，念了个咒语，烟也抽完了。

    她把烟头朝窗外一扔，烟头传来实时影像，比高清电影还清晰——601没人；501有个男人趴在地上一动不动，有只狗在"拆家"；401有很多人，围坐在一起，有的抽烟，有的拍桌子，有的哭，有的打《王者荣耀》；301有一个女人，在啃墙壁上的蜡笔印子，印子是一幅饶有童趣的画儿，画的是一个龅牙女人在啃墙壁、啃男人、啃口红、啃一切碰得到嘴的东西；201有一个胖胖的秃顶男人，赤裸躺在躺椅上，喝二锅头，看球赛；101窗帘拉着。烟头掉在101的天井里，熄灭了，影像消失了。

    看不到101里面的情况，蒋老太不甘心，第二天又抽了一支烟，念了一通咒语，朝楼下扔了烟头。——601依然没人；501那个男人还趴在地上原来的位置一动不动，狗在啃他的脚；401没有人，桌上有个洞，一看就是被什么砸出来的，烟灰缸里的烟头都漫出来了，一桌子的烟灰，有一只碎了屏的手机和几滴凝固的血迹；301的龅牙女人打扮得很漂亮，她往被龅牙顶出的嘴唇上画鲜红的口红，画完后给鲜红嘴唇戴上口罩；201的胖男人穿戴整齐戴着假发，在舔301女人鲜红的嘴唇，女人特别享受；101窗帘依然拉着。烟头掉在101的窗台上，只听"刺"一声，烟头灭了，听声音，应该是被水浇灭的。

蒋老太来了精神，她从桌子玻璃台面下抽出一张旧照片——上面是两个小女孩，一个高一些，大眼睛；一个矮一些，小眼睛。她点着照片，念一通咒语，扔出窗外——601还是没人；501男人的骨架还趴在地上原来的位置一动不动，狗吐着舌头抱着沙发腿快活着，喘着粗气；401被清扫一空，一对陌生男女陆续往里搬新家具；301的龅牙女人没涂口红也没戴口罩，她全裸着在炒腰花，201的胖男人没戴假发，全裸着躺在301女人的床上，喝着二锅头看球赛；201没有人，电视机里放着和301一样的球赛，地上有一顶蒙了灰的假发和一堆印着口红的口罩；101窗帘依然拉着。照片掉下来，正巧落到101的窗帘尾端，点燃了窗帘。窗帘被拉开，一个美艳的中年妇女从床上抬起头，惊恐地看着窗帘。她看四下无人，口中念念有词，火立即熄灭。她用意念捡起那张烧得只剩一半的旧照片，看着里头那个矮个儿小女孩，把照片塞入怀里。她警惕地看看周围，窗帘随即被拉上。

楼上的狗一直在叫，四楼新搬来的小夫妻因此报了警。警察撬开501的房门，收走骨骸，带走了狗，便开始挨家挨户询问501死者的情况。他们从顶楼六楼往下调查，最后来到101蒋美娜家。

她忽闪着大眼睛说自己瘫痪已久，出不了门，几乎见不到这里的邻居。警察又问她："601 没有人，房屋好像空关了很久，是否知情？"她说以前她的姐姐住在那里，自从自己瘫痪以后就没见过她。警察好奇地问："她没下来看过你吗？"蒋美娜说："没有，她十年前瞎了吧。也好，我怕她，怕她的眼睛。"

怀抱银杯的女人

◎ 关　山

　　那场大火着起来的时候，镇子上的人四散奔逃，只有她的丈夫向着火里跑，救出了一群孩子。

　　当时她正在外地。回到镇子的时候，只见到一片乌黑变形的废墟。丈夫的照片被悬挂在鲜花丛里。他的身体哪去了？那个浓眉大眼活蹦乱跳的身体，那个自己深爱的人，藏身废墟之中。具体是在哪一堆里呢？是黢黑的还是灰白的，是黄褐色满地流淌的液体，还是淡紫色蒸腾在空中的雾气？她木然地看着这些，当时还不知道自己有孕在身。

　　孩子生下来的时候，镇子上的人轮流来看望，带着小米鸡蛋和小孩子衣物。他们每家都拿出一枚银币，熔炼成水，浇铸成一个银杯。在孩子满月那天赠送给她，上面镂刻着感谢与赞美之辞。

　　她原本在镇子上有一份工作，辞掉了。孩子的爷爷偏瘫，奶奶患有间歇性精神症状。有一些补助款项，还有一些好心人捐赠，家里生计仍旧困难。她在带孩子的空里，做做裁剪，挣点零碎花销。做工精细，只是太慢，一件衣服要好几个月才能做完。一台老式缝纫机，皮带拉着铁轮子，蹬起来咔嚓咔嚓响，经常坏。熨斗也是老式的，一个铁皮罐，放入烧红去烟的炭火。熨衣服经常抹上灰，或是烫得变形。慢慢地就没了生意。

她背着孩子在田边挖野菜。自己吃，也到集上卖。镇子上的人，不和她讲价，悉数买下。清晨，她家的烟囱是最早冒烟的。她挑着空桶到河边汲水，背着孩子到野地里拔菜。

晚上，她家的灯灭得最晚。银杯被供奉在屋内唯一像样的木桌上。前面摆着一碗当天新汲的井水，一只干瘪的苹果，一把有霉斑的花生。女人把桌子擦得锃亮，把银杯擦得更亮，能映照出她的脸来，仍然年轻着。晚上，她会盯着银杯看一大会儿。关了灯，等孩子睡着，她悄声爬起来，走到桌子跟前，两手伸过去，把银杯揽进怀里，头凑上去，嘴里发出含混不清的声音，哭泣，也像是呢喃。

她抱孩子的动作是极轻柔的，仿佛这孩子是一件又脆又薄的玻璃制品。这天，她打了孩子一巴掌。孩子沿着板凳爬上放银杯的木桌，伸手去够。银杯摔到地上，表面凹陷下去一块。她将碎布团成一团，衬在银杯里面，用擀面杖轻轻敲打，试图恢复杯体的圆满，却敲出更多的小坑。孩子在一旁哇哇地哭。她不理不睬。孩子的爷爷在里屋喊，奶奶跑了出来，厉声叫骂。她一声不吭。

镇子上有人去世，她随份子钱，比别人多，有结婚的，生孩子的，也是如此。众人客套一番，赞叹几句，也便习以为常。

老酒家是镇上人们扎堆的去处，人们把酒店的老板也唤作老酒。喜欢借酒助兴或是浇愁的人，脸色酡红，高声叫嚷，有时闹到半夜。这天，有人说到了银杯。

"那是个值钱东西，多沉呀。"

"那个女人怎么样？熬得住吧？"

"听说她晚上搂着银杯睡觉。"

老酒家离她家不太远，喧闹声隐约可闻。她家的窗帘换上加厚层，即使里面亮着灯，也透不出光来。

"黑洞洞的在里面干什么呢?"这天晚上，老酒问众人，脸膛泛着猪肝紫。

他黄绿脸的老婆走出来给大家倒酒，数一数每人喝了几瓶，在账本上仔细记下。她的黄绿脸上常年少有表情，像挂了一根干枯的黄瓜，听到这句，撇了一下嘴，说:"干什么，还能干什么!"

"那个女人抱着银杯，想干什么呢?"

七嘴八舌的声音又起，粗野下流的玩笑跟着起来了。闹腾一番，人们四散而去。

不止一双眼睛盯着她家乌黑的窗户，不止一个女人的嘴和耳朵等着捕获那里的消息，不止一个男人扛着随便一件什么用具寻找随便一个什么理由从那里慢慢走过。

老酒家的夜晚越发热闹，无形。老酒黄绿脸的老婆僵尸般的脸上有了一点活泛。每天计量的酒瓶数量都在增加。这些酒瓶在屋后垛成一个锥体，仿佛墓穴。

孩子爷爷过世那天，镇子上的男人们来了，手里拎着厚薄不一的黄表纸。女人们也来了，挽起衣袖，露出紫红的胳膊，准备帮她家操办白事流水席。她站在门口，一身孝服，脸上并没有挂出人们期待的怯弱悲色，而是凌厉决绝。她重复着客气和感谢，但拒绝人们进入院子，也拒绝收下大部分人手里拎的黄表纸。她身材矮小，却像一扇门板，把门堵了个结实。众人的手僵在空中，讷讷半晌。

有一个男人获准进入小院，是镇子上的一位工作人员，给他们家送来了花圈。男人三十左右，高挑斯文，临走时和女人握了握手。女人给他跪了下去，磕了个头。

过了几天，这个男人又来了，拿着一个牛皮纸信封，给他们家送来救助款。

在老酒家当天晚上的欢宴中，这个小伙子的形象以及如何进入小院的细节被反复描述。有人想到，小伙子手里拿的牛皮纸信封，里面装的不是钱，而是秘密。他和女人说了些话，当然也是秘密。

"男人女人，还能有什么秘密！"老酒黄绿脸的老婆听到这里，尖着嗓子说，将桌子底下的空酒瓶摆弄得巴拉作响。她的脸色愈加阴暗，就要滴出墨绿的脓汁。

"那个银杯，"有人说，"是我们的敬意，干净的银子，体面的银子。"

另一个人说："应该将它重新熔炼，再做成银币，还给我们。"

接着一个人说："这个银杯的价值超过那些银币，还会升值，应该按现值估价之后给我们分。"

有个老人从这里路过，听见他们嚷嚷，走进来。"那场大火，怎么没把你们烧死？"老人恶狠狠地丢下一句，转身就走。几人在背后骂将起来，声音不大。

有一回，一个外庄的媒婆到这里走亲戚，提起她来。

亲戚嘘了一声，说："这事儿你少管。"

媒婆不死心，想到手头上还有一些年纪大的光棍。

亲戚连连摇头，说："你要是来提亲，只怕没走出这里，就让石头给砸断腿。"

"她不愿意再嫁吗？年纪轻轻的，生计又难。"

"不是她愿不愿的事儿，她就不应该嫁，别忘了那个银杯啊！"

这天晚上，在擦拭银杯的时候，她发现杯体不再如往常那般灿亮。她用干净毛巾蘸了水擦，色泽越发暗淡，试着蘸肥皂水、酒精、花生油，颜色由灰黑转而呈现出锈红。她将银杯抱在怀里，感觉它热乎乎的，像是抱着婴儿。她的孩子已经长大，到外地上学去了。孩子的奶奶完全丧失了辨识能力，活在混乱的时空中，正在屋里长一声短一声地叫着。她把银杯抱紧，脸贴上去。突然，感觉它发起烧来，越来越热，直至发烫。她惊叫一声，银杯失手落地，发出吱吱的声响，冒出一股烟。

孩子的奶奶过世之后，老宅的烟囱再也没冒过烟。女人离开镇子，没再回来过。

这年深秋，人们在清理河塘淤泥的时候，当啷一声，铁铲碰到一件硬物，颜色沉暗。捞出来，在浮水里洗了，细看，眼熟。

正是那个银杯。

二宝的幸福生活

◎ 黎　筠

　　从不生病的二宝忽然病倒了，像一头被人抽去筋骨的驴。二宝的那把扫帚也生病了，病恹恹的，发不出任何声响。村里人说："二宝这铁打的，还会生病？"可二宝就是病了，铁打的也有气血不调的时候。

　　生病前的二宝活蹦乱跳的，他手中的扫帚也活蹦乱跳的，每天早上把村里的几条纵横交错的路都扫干净，把头顶上的天空也扫干净了。二宝四五十岁了还单身一人。二宝没有女人，也不喜欢女人，二宝的生命密码里没有那一抹色彩。二宝只有一个喜好——手表。二宝需要时间。手机里有时间，可二宝不会玩手机，二宝也不需要手机。村里好像没有人管理他，只有时间管理着他。

　　那天，二宝的手表被人摔坏了，二宝就病倒了，准确地说是气倒了。二宝没有时间了，没有时间的二宝就像废掉了似的。

　　二宝是村里为数不多的低保户。由于心智不全，二宝又吃上了残障人的补贴。政府对二宝照顾得好着呢，又让他扫村里的街道，每月挣个三四百的。二宝的钱都由哥哥管理着。二宝一直很有生机地活着，和地里的高粱玉米一样活得翠灵灵的；太阳照着，热气腾腾的。他还有什么说的呢？没有女人，比有女人的男

238

子活得还洒脱呢！

二宝一天只用扫一次地。他早上五点起床，站在当院里打一声喷嚏，脸也不洗就扛起扫帚上工了，像一只司晨的公鸡。

每天的半下午，是二宝最惬意的时刻。二宝骑着一辆自行车，戴着明晃晃的手表，一路往村南或村西驶去。二宝骑一会儿看一下手腕上的表，骑一会儿看一下手腕上的表。二宝还要在六点回去吃饭呢，二宝还要在七点看《新闻联播》呢，还要在九点准时睡觉呢——二宝是要早起的人啊！

二宝就这样被时间管理着，像时间的乖孩子。村里那些有手机、随时可以看时间的人，谁不是把时间过得一塌糊涂，像时间的逆子呢？

可是，有人把二宝的手表摔坏了，这就等于把他的时间摔坏了。这个人是二宝的哥哥大宝。

大宝高个子，白净脸，一头鬈发要多时尚有多时尚。他的妻子早早地去世，儿子早早地成家立业，去了遥远的城市。大宝没了其他的负担，就不用出去打工了，在家种种地，再做两碗饭，靠国家给二宝的补助、靠二宝扫地的工资就吃喝无忧了。大宝没有能力续娶，大宝白长了一张白净脸、一头鬈发。没有续娶的他胸腔里就憋满了火，总想拿二宝出气，但好多次都忍住了——他还要靠着二宝呢，或许能靠着二宝续上媳妇呢！

但那一天，大宝终于忍不住了，就咣的一声摔坏了二宝的手表，像摔坏了二宝的眼珠子。二宝小孩子般坐在地上，双脚跳腾着哭道："你为啥管着我的低保？为啥管着我的工资？人都说你欺负我哩！"

大宝就明白了几分，就有了理由甩着一头波浪式的鬈发冲着大街上的男女老少痛骂。他骂得口干舌燥，把做晚饭的时间都误了。

　　那天晚上，二宝饿着肚子躺在床上睡觉；次日，饿着肚子踏着五点钟的点儿起来扫地。二宝把地扫了一遍又一遍，从来没这么仔细过，他一扫帚一扫帚给村里的街道梳洗打扮。村里人后来都说，二宝那天把地扫得明光光的，直让蚂蚁脚底打滑。

　　二宝整整扫了两个钟点的地，把自己累瘫了，就一屁股坐在扫帚上，蛤蟆一样身上没有四两劲儿。

　　几天后，大宝把一块崭新的手表递给二宝说："新的，戴上别提多美气了！"

　　二宝不想美气，二宝要臊大宝，便说："我不要表了，没有表照样扫地、吃饭、放屁。"

　　大宝伸伸脖子把二宝带着火药味儿的话咽了，难受得像咽下一坨子鸟粪。

　　二宝的扫帚一天天地响着，有时也会被村里人骂上几声——谁让二宝搅了人家的好梦！二宝每天早上起床的时候，树上的鸟还没起，天地雾蒙蒙的，像在梦里。

　　没有了手表，时间也没有抛弃二宝。他一次次往随便谁家的院子里探头，问："几点了？"

　　村里人总是真诚地告诉他，现在是早上八点，或下午五点，等等，把时间报告得准确无误，二宝便报之以憨笑。

　　有一次，我回老家时，二宝也问我："现在几点了？"

　　我马上报告道："现在是下午三点。"严肃得像士兵向首长汇报。

二宝问我时间时一只脚着地，一只脚踏在自行车的脚踏上，很酷的样子。我的话音刚落，他就箭一样骑着自行车远去了。

二宝一直过得乐呵呵的，一直幸福地被时间管理着。二宝还有更幸福的事呢，比如，不定时地，大宝会去镇上割块猪头肉给他吃。看着二宝满嘴流油地嚼着，大宝就咂巴咂巴嘴，像自己吃了一样。

你又没有告诉我

◎ 赵　新

作为一个庄稼人，沟里村的赵强老汉耕种锄耪、收割打场，样样都是出类拔萃的好手，样样都在村里冒尖，样样都让人敬重让人羡慕；可是遗憾得很，这个赵强也有自己的短处，他就是从来没有做过饭，因而不会做饭！没娶媳妇之前，娘给他做饭，保证一日三餐吃得热乎，吃得舒心；结婚之后，媳妇给他做饭，保证一日三餐吃得及时，吃得香甜。老汉今年已经55岁，场里地里什么活儿都干过了，风里雨里什么苦都吃过了，可就是没有做过饭！

可是如今，娘已经去世了。

可是今天，老伴儿身体很不舒服，躺在床上起不来了。

可是一男一女两个孩子，都在遥远的城市里打工，也恰好不在身边。

可是这会儿夕阳西下，霞光满天，按习惯是该做晚饭了。

老汉叹了口气，有些惆怅地说："老太太，想吃什么你说话，我到咱们村小吃店里给你买。他们那里有水饺、包子、米饭、烙饼、面条儿……"

女人摆了摆手："他爹，快别提他们了，你说的这几样我都不想吃。"

他说："不提也得提，人家还有各式各样的炒菜，比如炒鸡蛋、木须肉、烧茄子、豆腐炖粉条……"

女人摇了摇头："他们的菜再好再香甜，可我就是不想吃，买了也是白花钱。"

他说："那该怎么着？你总得吃点儿东西呀！你不吃东西，我心里会好受吗？"

想到女人的贤惠和操劳，他的眼里真的浮出了泪花：他这一辈子最满意最高兴最甘甜的事情，就是娶了一个好女人。女人时时刻刻守在他身旁，勤俭持家，善待邻里，把日子过得温温馨馨、甜甜蜜蜜。

女人看见了他眼里的泪花，想了一刻说："他爹，你给我煮几块山药吧，我忽然想吃山药了；那玩意又面又甜，还有营养，还能咬得动不费牙！"

山药就是红薯，红薯就是山药。他很是欢欣鼓舞，因为女人说出了他的心里话，他也想吃山药了，煮山药的活儿还最为简单，谁都会煮，也不要任何技术；况且此时正是深秋时节，家里就有刚刚刨回来的新鲜山药，那山药个头大，红润鲜亮，看见生的就想吃熟的！

他挽了挽袖子说："好好好，老太太，这件事情不难办，我马上就给你煮！"

女人有些不放心："他爹呀，你会煮吗？"

他说："哎呀，你别门缝里瞧人，把我看扁了。煮山药既不是包饺子，又不是擀面条儿，也不是什么技术活儿，没有一点儿技术含量，你就等着吃吧，别瞎操心了。"

女人挥了挥手，说："那好，那就好。你到厨房煮去吧，一定要把山药洗干净，一遍不行洗两遍，两遍不行洗三遍……"

他笑了："三遍不行洗四遍，四遍不行洗五遍；你就放心吧，我这是第一次给你做饭，保证让你吃上又甜又面又香又软和的煮山药！"

遵照女人的嘱咐，他在厨房把生山药洗了三遍。他对手里拿着的又粗又长又光滑又好看的大块山药说："哎呀呀，好好好，好好好，难得你到我们家来了！你长得长，长得粗，长得光滑，长得水灵，我们高兴高兴真高兴，欢迎欢迎再欢迎！"他对手里拿着的比较细小的山药说："哎呀呀，你是怎么搞的呀？你看看人家，人家长得又粗又长，又光堂又顺溜，简直叫人爱不释手；你看看你，你长得又小又瘦，曲里拐弯，疤疤点点，你对得住我吗？对得住我老伴儿吗？告诉你，明年给我长好看点儿，长出息点儿！"

连说带洗，总算把山药洗干净了。

连说带装，总算把山药装到锅里了。

正要在灶膛里点火时，听见女人在喊他。他又大踏步地跑回卧室里，问女人有什么吩咐，有什么交代。女人强撑着身子坐起来，表示这顿饭还是自己来做，这样吃着放心，吃着香甜，吃着踏实。

他听不明白了，问："你说详细点儿，这是为啥？"

女人说："因为我是做饭的，因为你是干活儿的；因为我天天在家里做饭，因为你天天在地里干活儿。"

他笑了："老太太，你这思想太守旧，在地里干活儿的人就不能在家做饭了吗？"

女人说："老头子，问题是你从来没有做过饭，不知道先怎么着，后怎么着。"

他很严肃："哎呀，你叫我做一顿，我不就做过饭了吗？我不就明白应该先怎么着后怎么着了吗？"

女人觉得他说的话也有道理，就不再坚持自己的意见，就又躺在床上，等候着吃饭，等候着吃一顿现成的饭，等候着吃几块软软和和香香甜甜的老头子煮的山药。

老汉很激动，赶紧跑回厨房，把洗干净了的山药倒进锅里，然后烧火。

老汉很骄傲，啊，谁说我没有做过饭，我这不是正在烧火吗？

老汉很兴奋，啊，老伴儿吃了我煮的山药，她的病肯定能够见好！

老汉很幸福，啊，这可不仅仅是一顿饭的事，这是态度，这是品格！

老汉很负责，加了一把火又加一把火！

女人又喊他。他嫌女人麻烦，装作听不见，又加一把火，再加一把火。

女人扶着墙根找到厨房里来了。女人在他肩膀上猛拍一掌："死鬼，好大的干锅味儿呀，你锅里添水了吗？"

他没有放水。他忘了放水。他掀开锅盖一看，锅都烧红了。

他说："老太太，对不起，放水不放水，你又没有告诉我！"

看不见的牛

◎ 于德北

这是我能听到的所有关于这个家庭的种种情况。夫妻二人，丈夫病了，确诊是肝硬化，已经到了代偿期的中晚期，有肝腹水，肚子略略凸起；妻子是个干净利落的人，思维简单，脾气硬，一直想活个样子出来，话里话外就能听明白，她是不"争"馒头争口气，想把家过起来，给屯里屯外的人看看。他们有一个孩子，是男孩儿，在南方打工，多少年没回家了。他们家住放牛沟，其实距离这家三甲医院不远，坐公交四十几分钟就到了，可是家里有急事，妻子却不能回去。

丈夫就在医院附近上班，在生产资料市场帮同村的一个老板看摊儿。他嗜酒，每天都喝，先喝白酒，后喝啤酒，就算是肝区疼痛，肚子鼓胀，他也不肯停歇，仍然喝。

他大高个儿，人长得不孬，衣着时髦，一双皮鞋擦得锃亮。他似乎一点儿也不怕死。在医院住院期间也是，打完针就出去喝酒，喝完酒回来吃方便面，吃完方便面就和妻子吵架。

吵架的原因只有一个——牛。

他们家里养了一头母牛，大概是女主人过于精心，这头牛养得很好，眼大如铃，炯炯有光，一身的毛油洗过一般滑顺。牛贩子几次上门求购，出价最高的时候，接近五万，但女主人没舍得卖。为了防止丢牛，她还打了一个铁链子，每天拴在牛脖子上，以此防备万一。母牛争气，揣了犊子，就在丈夫住院期间，牛犊生了，竟然也是一头母的。所谓母牛生母牛，三年五个头，是喜事儿呢，可丈夫为什么高兴不起来呢？原因只有一个——牛是妻子的同学兼初恋帮衬着买的，讲好三年以后还款，利息是一个牛犊。

在丈夫看来，这是明修栈道，暗度陈仓，说他们没事儿，骗鬼鬼都不信。

他和妻子吵架，吵完架就站在走廊深处打电话，给亲戚或朋友，口气直白又尖厉："我相信？我相信个啥？我不出院！我为啥出院？凭啥出院？让她把牛卖掉！卖掉，一了百了……这医院一天到晚跟吃钱似的，她不卖牛咋办？家里就那六亩地，一年能出几个钱？她不卖牛，她不卖牛，那我就卖命！"

一遍一遍，全是这话。

那妻子也打电话，一边打一边哭。为啥哭？屋漏又逢连阴雨，家里那头母牛生下了牛犊，可是牛犊子病了，上下没个着落。牛是她让公公帮着照料，可公公有脑血栓，除了能喂牛外，其他的，一点儿主意也没有。

她给公公打电话，急得火上房："爸，我已经打听了，你去镇上找张兽医，让他从大牛身上抽点儿血，给小牛打上，兴许就好了。你不能眼看着小牛死啊，它活了，养三个月，那就是钱啊！"

一遍一遍，全是这话。

可是公公听不明白。

她打电话——应该是给丈夫口中的同学兼前男友："你不能去

我们家，他跟黑眼疯似的，油盐不进，你去了，他更得闹翻天了。牛不能卖，我顶个恶名，为了啥？我不信这个家过不起来，我能挣钱，一定能挣钱，我得劝他，让他戒酒，给他治病。我得给他们看看，这个家不是笑话，谁也别想看我的笑话，你帮我找一下张兽医的电话，我给他打电话，我给他发红包，让他救救小牛。"

一遍一遍，全是这话。

那头牛成了矛盾的焦点。

两天了，病房里一刻也不得消停。本来丈夫的病是已经见好的，腹水下去了，各项指标该升的升，该降的降，亮光就在前头。可是，他连连喝酒，刚刚安静一点儿的肝脏又闹腾起来。医生很生气，护士很无奈，可是面对这样一个对自己毫不负责的人，他们又有什么办法呢？

终于又到了新的一天，丈夫的情绪大好，他决定戒酒了，决定积极配合大夫治疗。原因只有一个——牛。小牛死了，张兽医来得太晚了，他到的时候，小牛已经奄奄一息。妻子绝望了，她决定卖牛。丈夫并不知道，她卖牛不是为了给他治病，而是要和他离婚。

他们似乎都有了希望。

可这种希望展示给他们的又是什么呢？

这一天的傍晚，丈夫的父亲、妻子的公公，那个得了脑血栓的老人"挎着筐"来了。他站在疗区门口——疫情期间，没有核酸检测阴性报告，他是进不了病房的——大声冲里边儿喊："牛丢了，牛丢了啊，丧尽天良的盗牛贼把后墙给刨开了，他们割下牛头，把牛偷走了!"

猪油记

◎ 李士民

瘦嫂的一瓦盆猪油被胖婶看见了。

其实，三湾村的人都喜欢吃猪油。一户人家炸了猪油丸子，村里所有的人家都能闻到，于是，大家生怕香味跑远了，比着吸溜鼻子。

沱河一连拐了三个弯儿，三湾村就裹在第三个弯儿里。

三湾村像一个孩子，被沱河揽在怀里。夜晚，三湾村是熟睡的姿势；白天，三湾村是闹腾的样子。

夜晚，三湾村的人能听到沱河水哗啦哗啦的流淌声，能听到沱河里的大鱼哗啦哗啦的翻花声；白天，三湾村的人能听到河谷里山羊的咩咩声，能听到河水里鸭子的嘎嘎声。

听沱河水哗啦哗啦流淌和大鱼哗啦哗啦翻花声的，是瘦嫂。瘦嫂说自己天天吃香的喝辣的，埋在肉堆里，泡在鱼汤里，就是吃不胖。瘦嫂的心事稠，睡不熟。丈夫在外面搞建筑，还折腾成一个小工头儿，按说，这是好事，瘦嫂不愁吃不愁穿，可是，丈夫会不会像哗啦哗啦流淌的沱河水和翻花的大鱼一样自由自在，在外面乱折腾呢？

听河谷里山羊的咩咩声和河水里鸭子的嘎嘎声的，是胖婶。站在院子里，胖婶就能想象出山羊在河谷里悠闲地吃草和鸭子在河水中捉鱼的样子来，甚至还可以想象出羊肉汤和老鸭汤的滋味。胖婶爱吃，能吃。胖婶说自己吸口空气都长肉，喝口凉水都上膘。只是，胖婶的丈夫不去挣钱，天天在村里转悠，有时候打牌有时候唠嗑儿。胖婶连羊屎蛋和鸭子毛也吃不上。

早上，胖婶做好了饭，去门口喘口气，出了院子，打了个哈欠，就瞅见了正在伸懒腰的瘦嫂。胖婶打哈欠的时候，脸变了形，像墙上的葫芦。瘦嫂伸懒腰的时候，身子变了形，像爬墙的葫芦秧。

瘦嫂说："昨儿晚上，沱河里动静可大了，哗啦哗啦的，闹得人睡不着。"胖婶说："我咋没听见呢？都怪我睡得沉，八成是河里的鱼不老实，找女朋友呢。"

晚上，胖婶刷了锅，去瘦嫂家串门儿，进了院子，打了个喷嚏，就看见正在打饱嗝儿的瘦嫂。胖婶打喷嚏的时候，拉扁了鼻子，像《西游记》里的猪八戒。瘦嫂打饱嗝儿的时候，拉长了脸，像动画片里的小狐狸。

胖婶说："喷嚏响，有人请。"瘦嫂说："就怕有人请不来，有人送不走呢。"

胖婶进了屋，就盯紧了饭桌上的两个糖糕。胖婶眼珠儿不转，话却说得快："哪儿弄的糖糕？甜不甜呢？香不香呢？"见瘦嫂吃吃地笑，胖婶接着说："有钱人家就是不一样，放着糖糕吃不下，好吃的吃够了，好看的穿腻了。"

等瘦嫂笑弯腰的时候，胖婶已经捏了一个糖糕在手里。

胖婶眼尖，吃着第二个糖糕，就瞅见了门后的一瓦盆猪油。那是一瓦盆白晃晃、油光光的猪油。胖婶的眼也变得白晃晃、油光光的了。

"耶耶耶，呀呀呀！"胖婶的腔口尖，像是被羊舔了牛踩了猪拱了，当然，羊舔得柔软牛踩得温和猪拱得痒痒。胖婶探过头，用手比画着那个瓦盆："咋就这么大一盆呢？"

瘦嫂笑得肚子疼，还没笑够。

胖婶说："不用猜，是您那口子要回来了，您要用这一盆猪油炒粉条卷油馍炸丸子——男人吃了这几样，有使不完的劲儿呢。"

瘦嫂的脸泛红，摇摇头，摆摆手："俺家那口子吃够了猪油啦，看见猪油就龇牙，闻见猪油就感冒，听见'猪油'就反胃。"

胖婶捏捏自己的胖腮帮："我该揍呢！我欠揍呢！您那口子走南闯北，是吃好东西的山珍海味吃不完，荣华富贵享不尽。我是井底的蛤蟆、小庙的鬼，没见过大世面。我猜着，这盆猪油，你是留着自己炒粉条卷油馍炸丸子——女人吃了这几样，滋润着呢。"

瘦嫂的脸泛青，摇摇头，摆摆手："我呀，吃够了猪油啦，看见猪油就生气，闻见猪油就想吐，听见'猪油'就过敏，天天就想吃青菜萝卜呢。"

胖婶拍拍自己的脑瓜子："我笨呢！我傻呢！您的一张嘴，是吃俏食的。我这一张嘴，是等着挨抽的。您看看，这一瓦盆猪油，在您这里碍眼呢，占地方呢。俺家呢，有新摘的青菜萝卜，俺给您换换，俺给您换换——"

话还没掉地上，胖婶稳稳地端起一瓦盆猪油，像沱河里的一条泥鳅，滑走了。

瘦嫂撵到院子里，甩手，跺脚。

其实，还真被胖婶猜准了，这几天，瘦嫂那口子要回来呢。瘦嫂提前买了猪膘油，炼了满满一瓦盆，准备着呢。没想到，胖婶演了这一出，哎呀，这三十八的，就是精不过四十八的。

第二天晌午，三湾村里猪油飘香。

村里人又开始吸溜鼻子了。

瘦嫂醉了。

黑牛和白驴

◎ 陈广印

　　黑牛养了一头驴，是头白叫驴。黑牛名副其实，人长得奇黑。白驴浑身雪白，没有一根杂毛。黑牛套上白驴拉着个地排车，农闲的时候跑运输，拉砖运瓦，装粮载煤，啥活儿都干。

　　阳谷县火葬场要盖一排房屋，黑牛跟着伙计们拉了五六天砖，还没运完，孩儿他娘突然病了，头晕脑涨，四肢疼痛。黑牛知道，她是坐月子落下的病，这几年没少跟医院打交道，可就是看不好。

　　黑牛听说，寿张镇赵凤金是阳谷县四大名医之首，专看月子病。

　　寿张离定水镇四五十里，路途遥远，走到还得排号。于是，黑牛第二天起五更把驴喂好，匆匆地吃了早饭，就带上干粮、料草，套上白叫驴，扶孩儿他娘坐上车。时至深秋，天有些冷，黑牛又给孩儿他娘围上了一床棉被，顺着聊阳大道直奔寿张。

　　白驴一看是拉砖的老道儿，可车上比头几天轻快多了，一路上"呜哇呜哇"唱着歌儿，四蹄腾空一溜儿小跑。

　　黑牛高兴得龇牙咧嘴，心想：白驴今天表现不错，没用我动鞭子，火葬场就要到了。过了火葬场就剩下一半的路程，黑牛看了看表，正好九点，心想，十一点前准到寿张。

火葬场就在路西边，离大道不到二十米。白驴认为又到了站，拉着黑牛夫妻一溜烟儿飞奔进了火葬场。

黑牛一见白驴下了道，急忙跳下车来，使劲儿拽住缰绳，冲着白驴大骂起来："你个挨千刀的混账东西，谁让你拐弯儿下道的？我让你拉着你主母去看病的，你把她送进火葬场来了，你个黑心烂肺的家伙！"

火葬场看门的老孙头儿一看是拉砖的黑牛，也不由得打起哈哈来："黑牛，你不是给俺拉砖吗？怎么把个大活人送来了？活的俺场里可不敢收。"

黑牛说："老孙，不用你老家伙哑二话，等我收拾了驴再收拾你！"

黑牛抓住驴笼头，照着白驴腚上揍了几鞭把。白驴疼得嗷嗷大叫："以前都是拉到这儿卸了货就回家的，你为啥揍我？"

黑牛也听懂了白驴的话："你个龟孙！以前那是拉砖，现在拉的是大活人，能一样吗？"

黑牛给驴重新戴好嚼子，又往里紧了两扣，自言自语："这回不怕你龟孙犟，再不听话，我勒死你个狗娘养的！"

黑牛拉着驴笼头就往火葬场门外拽，白驴梗着脖子认死不回头。黑牛拼命地勒紧嚼子，白驴嘴里被勒得鲜血淋漓，人和驴较上了劲。

不一会儿，黑牛大汗淋漓，早晨刚换上的新衬衣和中山服也溻透了。黑牛败下阵来，一屁股坐在场门边石头上，擦着汗点着一支烟，对着白驴又骂起来："你个龟孙真不是东西，今天你算是跟我较上劲了。你等着，有朝一日我一刀宰了你，扒了你的皮，抽了你的筋，吃了你的肉，喝了你的血！"

白驴昂叽昂叽大叫起来："你的下场也好不到哪里去，到时候会有千万条火蛇缠绕你吞噬你，末了只剩一把灰！"

黑牛歇足攒够了劲儿，拿起顶棍（修车时顶车用的木棍）照着白驴身上又是一通猛揍。白驴被揍得怒火三千丈，套在车辕里的后腿往后跳起来一阵猛踢，把个排车踢得山响。

黑牛的老婆在车上吓得脸焦黄，骂起黑牛来："你个老东西，和它置什么气！它是个牲口你也是个牲口？它不懂人事你也不懂人事？"

黑牛跟没听见一样，继续打白驴，打累了，又坐在石头上骂起来："你个挨千刀的龟孙，活活的白眼狼！你主母一天三顿喂你，让你吃草嚼料，还专门给你割最爱吃的鲜草，你竟然想踢你主母，谋害主人，真是个白脸大奸臣！就像那戏台上的曹操、严嵩、秦——秦……"黑牛想不起那个奸臣的名字，就狠狠地骂了一句："反正都不是他娘的好东西！"

老孙头儿笑眯眯地端着茶走了过来："伙计，渴了吧？累了吧？喝一杯吧。"

黑牛接过茶来一饮而尽。老孙说："你今天穿得跟干部样，去哪里会亲家、走亲戚？"

黑牛说："我走的什么亲戚！我是给孩儿他娘去寿张看病的。"

老孙头儿说："你的驴往这儿跑顺腿了，别说它不去，就是换成你，也不会拐弯儿。"说完，哈哈大笑。

黑牛的老婆不知什么时候已经下车站在黑牛面前，说："干脆回家吧，不看了！让你这一折腾，我头也不晕了，身上也不疼了。"

黑牛把白驴踢散的驴套重新拾掇好，给驴挂上。

蓦地，他惊得睁大了眼睛张大了嘴，半天没有说出话来，只见白驴的屁股上裂开一道四五指长的血口子，如同小孩张开的嘴巴，暗红色的血液正一滴一滴地往外渗。

"哎呀，我的驴！我的驴！我的白驴兄弟，全怪我呀！"黑牛扑上前抱着白驴的脖子，号啕大哭起来。

"我的白驴兄弟呀，我不是人啊！你跟了我二十多年，出了一辈子力，给我拉粮运粪、拉犁扯耙、拉脚挣钱，我不该打你呀！我没有良心，我才是个白眼狼，我才是个白脸大奸臣啊……"

白驴依偎在黑牛的怀里，呜咽着，眼睛里充满了泪水。

老孙头儿纳闷地又过来咂话："怎么了这是，跟死了老子似的，鼻涕一把泪一把的？"

黑牛抄起顶棍就追老孙头儿："我揍你个老龟孙，咂话也不看看时候。"

老孙头儿吓得抱着头一溜烟儿地跑了。

聊阳大道上，出现了非常滑稽的一幕：黑牛扒了中山服，光着膀子，拉着地排车，车尾拴着白驴。白驴优哉游哉地在后面跟着，还时不时地抻着老长的脖子，昂叽昂叽地大叫两声。

葫　芦

◎ 袁省梅

　　葫芦真是个好东西，锯掉嘴，把里面的籽倒干净，灌上醋也好，灌上酒也好，找一截木头一塞，严严实实的，不怕洒，也不走味。我妈喜欢用葫芦做瓢用。秋上，我爸从菜园子摘下葫芦，晾干，用锯条一拉，分为两半，就是两个葫芦瓢了。葫芦上的脖子细细圆圆的，当作葫芦瓢上的抓手是再好不过了。

　　做了水瓢的多是大葫芦，漂在水缸或者洋铁皮桶的水面上。给锅里添水做饭，给洋瓷盆里舀水洗脸洗衣，就从水缸里捞起葫芦瓢，舀一瓢水，哗地倒到锅里盆里，再随手一扔，葫芦瓢就轻飘飘地在水面漂开了。我和小哥渴了，趴在水缸边，捞起水瓢舀半瓢水，咕咚咕咚喝了。小哥半瓢水不够，再喝半瓢，喝饱了，扔下水瓢，水瓢又端端地漂在水面上了。舀面用的葫芦瓢呢，我妈用的是小一点儿的葫芦。面瓮口没有水缸口大，小小的葫芦瓢抓出来放进去都方便。屋子靠山墙的架子上一溜儿有三四个黑釉的瓦瓮，一个瓮里是头箩面，一个瓮里是红面，一个瓮里呢是玉米面，还有一个瓮里装了半瓮的麦麸。每个面瓮里都放着个小小的葫芦瓢。有亲戚来了，母亲就掀开白面瓮，小心地舀出半瓢白面。要是喂鸡喂猪，就在麦麸瓮里一挖，想要半瓢是半瓢，想要一瓢，腕上一使劲儿，就是满满的一瓢。

这年过了清明，我爸在屋里把葫芦籽泡出嫩芽，栽到菜地边。我爸担心葫芦嫩苗夜里受冻，找来一块塑料布，伞一样罩在苗上。然而没有几天，那嫩苗不知是受冻了还是旱着了，竟然耷拉下了脑袋。

我妈急了，说："水瓢该换了，面瓢也豁牙漏嘴的该换了，今年收不下个葫芦，拿啥舀水舀面啊！"

来串门儿的邻居海海叔说："哟，这算个啥事啊！去年我屋里葫芦还有好几个没剖开哩，一会儿给你拿一个来。"

海海叔是巷里有名的会育苗会栽花种菜的能手。每年热月天，他家菜园子的茄子辣椒南瓜西红柿豆角，都比别人家长得旺，收成也好；菜园子边的一小片花池子，指甲草掉线线花晚饭花鸡冠花，姹紫嫣红。

我爸却回绝了海海叔，对我妈说："你急啥哩啊急，这还早哩！你等到了秋上，我保准给你一麻袋葫芦，你想咋用咋用。"

海海叔悻悻地："啥时候要了你吱一声，茄子北瓜辣椒，啥苗咱都育下了。"

我爸说："行啊，叫小四跟你去拿几棵北瓜苗吧。"

小哥去，我当然也要跟着去。

海海叔高兴地领上我们去他家拿北瓜苗。我爸说是要几棵，海海叔却给了我们一大把。海海叔说："你妈爱吃北瓜，叫你爸多栽些。"然而，当我们把海海叔的北瓜苗给了爸时，爸却没看一眼，就叫我们把苗子给档杆爷送去。爸说："我育的苗比他的好十倍。"

翻地的爸爸看着妈妈说："我就不信我育的苗没有他的好，我就不信我的菜长不过他的。"

我妈坐在碾盘上缠线子，斜了我爸一眼，哧哧地笑，轻声骂："瞧你那憨样。"

好多年后的我想起那天，还清楚地记得那天的太阳很好，明亮，洁净，暖和。坐在阳光下的妈妈，年轻，柔媚，笑起来好看极了。

眼看着天气一天比一天暖和了，我爸的菜地种下的南瓜黄瓜丝瓜，还有墙脚的扁豆角，都努出了细小青嫩的芽了。我爸又育了几棵葫芦苗栽下。怕鸡把嫩苗当青虫啄了，怕猫溜进菜园子把嫩苗踩了，他找来几片瓦，围着青苗一圈搭了个小房子。谁能想到，那几棵葫芦苗先还旺旺地长了几天，我爸天天去看，看了就对我妈说："这下好了，你就净等着收葫芦吧。"然而还没到五月，它们就软塌塌地蔫了。他送给五婶的葫芦苗在五婶家倒长得旺，五月时就拉开了细细的藤；到了六月，藤上开了好多的白花，像天上的白云落到了她家院子，一朵压着一朵。我爸从五婶家回来，就嘀咕："一个葫芦里的籽一个人育的苗呀。"我爸很郁闷。

秋上，五婶家的葫芦摘下了，给妈妈送来两个大葫芦。海海叔也给妈妈送来了两个大葫芦，还有好几个北瓜。

我爸叫我妈把海海叔送的葫芦和北瓜扔了，我爸气恼恼地说："咱不稀罕他的。"

我妈就笑，骂他小娃娃样。我妈说："你跟个东西赌啥气？"

我爸说："我这是跟东西赌气吗？"

我妈说："那你是跟我赌气了？"

我爸说："你心里明镜似的。"

我妈又笑："多少年前的事了，你这心眼儿咋还是那么小！"

我妈到底没有用海海叔的葫芦，也没有吃海海叔的北瓜，她把葫芦和北瓜送给了小姨。剩下的五婶送的两个葫芦，我爸给挂到檐下的墙上，说是等着晒干了，做水瓢面瓢。我妈说："用时小心点儿吧，别接不上茬儿了。"她是担心明年还收不下个葫芦，水瓢面瓢用啥做呢？我爸听见我妈的话，又不服气了："明年我啥也不种了，我就种葫芦，我给你收一屋子葫芦，叫你左手一个瓢右手一个瓢，头辫子上再绑个瓢。"

妈妈指着爸爸跟我和小哥说："瞅瞅你爸憨不憨，瞅瞅你爸憨不憨。"

村里有点儿事

◎ 高　鸿

车快到家了。我问："这一向村里没得啥子新鲜事吧？"

林子喝了一口红牛，顿了顿说："栓子在山上出事了。"

"咋回事？"

"顶上塌方，一死两伤。一块磨盘大的石头砸在栓子身上，等把石头挪开，人早没得气了！"

"这事谁在管？"

"栓子的两个兄弟找的律师，老板找车把人送回来烧埋，另外一次性拿了60万。"

栓子是我小学和初中的同班同学，人憨厚实在，当年与我一起考上县重点高中的。由于家里兄弟多，他就出门揽活儿挣钱帮父母贴补家用。成年后，栓子自己挣钱修了四间大瓦房，娶了媳妇。栓子媳妇分娩那阵子，栓子娘帮栓子伺候媳妇坐月子。栓子娘私下里说："我栓子可怜，伺候媳妇比伺候老先人都难。一顿饭做这样不合口做那样没味道，一天桌子上饭碗都摆满了。稍不顺眼，媳妇张口就骂，骂人没轻没重，生个儿子就像是生了个皇上。"栓子媳妇骂人可是有名的，门口人轻易都不愿招惹她。后来她出了两次门，整天骂栓子没本事，欺负得栓子在家里没法儿待。儿子成年后也不让人省心，整晌整晌打麻将。媳妇手头一缺钱就闹离婚，栓子一直迁就着她。

"栓子媳妇这两年跑得就不在家待，这事她还不知道吧?"我问。

"栓子人拉回来当天她也跟着回来的，挺个大肚子，少说也有六七个月，闹着要分钱，叫栓子的两个兄弟连骂带打赶走了!"

"后来呢?"

"有人指点，她在县医院引了产，还把栓子娘和两个小叔子告上了法庭。"

"咋判的?"

"栓子没有离婚，儿子和媳妇拿了大头，栓子娘只得到一点儿养老钱。"唉，好人不长寿。

回到家，老爸还没有回来，娘说在河对面打纸牌玩儿。我收拾完房间，母亲已煮好了一碗热气腾腾的荷包蛋。娘陪我唠嗑儿，说下湾的朱三的小儿子上个月在县上买了辆三轮车，昨儿个出车翻到了河里，没等把他救上岸就断气了，可怜还没有说媳妇人就死了。

正说呢，老爸回来了，说:"到哪儿都不要喝酒，不要多喝，酒喝多了容易出事。朱三的小儿子喝酒出的事。前几天，班车碰死了一个骑摩托车的人，一点儿都不怪班车司机，是那个骑摩托车的人酒喝多了，自己撞到班车上的，说脸都拧到身子背后去了，当场死亡。"那场景怪吓人的。

晚上陪二老看电视。老爸说:"你大姐家袋料香菇做得多，一天忙得饭都顾不上吃。我前几天还去帮了两天忙，价格也没有以前好。你二姐家的二层楼房主体建成了，房屋开间大费工费料要多花多少钱！当时下屋根子时说话也不听，房子盖大了又不结实。""小姑的糖尿病咋样了？"

"不太好，最近视力不太好，还专门配了副眼镜。"

又说到庄稼活儿，老爸说："下湾的地全部租给一个西安的大老板了，说是种红豆杉，一亩地一年给400块钱，一租10年。咱家有二亩多地。门口这块地，种点儿黄豆，野兔子吃得厉害。红小豆又怕野鸡。这年头，野物一点儿都不怕人，地也种不成了。"我笑而未答。

又扯到丫丫大姨家的事，我问："小伙子人咋样？"

"个头儿不高，两个人长相还配，就是地方远，山东烟台。女子嫁远了跟没得女子有啥区别？"我无言以答。

早上还没起床，孩子大姨的电话就着急地催。我到的时候，主要亲戚都到齐了，大家嗑瓜子、抽烟、喝茶、谝帮子。见了我，亲戚们总有问不完的话。

早餐是炒菜蒸馍红豆稀饭。午饭是按当地习俗八大件子上的，四热四凉，四荤四素。鸡鸭鱼牛羊肉，红烧的、清炖的、油炸的、笼蒸的，一盘一盘地上，最后每一桌上又加了两盘子粉蒸肉和一钵子烩菜。

无酒不成席。上八大件子之前，先摆四盘凉菜，瓜子花生水果糖不占指标。新女婿先给在座的每人敬两满杯，这叫"好事成双"。女子也给每人敬两杯，这叫"酒不单行"。主家也给每人敬四杯，这叫作"四喜发财"。这八盅酒必须自己喝，不准找人代替。之后是自由发挥节目，老虎杠子、猜宝，划拳还是老规矩，魁五不赢人，但有一点：酒不黏主。

这是认亲酒席，原则上是女方承办男方埋单。来的都是重量级亲戚，待女子出嫁那天，是要准备一个大大的红包的。

闲谝时又说到屋场上的寡妇乔玉莲。自从她男人得矽肺病死了之后，上门的人特别多。每次一来人上门说事，她的小叔子就开始骂人。反复搞了好几次，村上都晓得她小叔子想转房，可乔玉莲让小叔子打得吓怕了，打掉的门牙还没来得及补，铁了心思不愿意转房。有一次闹得有些太不像样子，乔玉莲报了案，民警把她小叔子用警车拉走还关了三天，之后安分了许多。俗话说，寡妇门前是非多。小叔子欺负得她在家里没法子待，去县城里租了间房子照顾娃念书。村上可怜娘儿俩，给了两个一级低保名额，她们靠那点儿补助金凑合着过活。

夕阳西下，青山如黛，地里的几只土狗正亲热地跑来跑去。隔河两岸，河水透明，杨柳倒映，蓝顶白墙的小楼房散淡地卧在公路两旁。多么富有诗情画意的小山村，这日子咋就这么难过？

闲散地闷在家里，手头没有活儿干没有挣钱的营生，这才是村子里庄稼人最头痛最窝火的事情。

铡麦秸

◎ 梦　阳

一大早贺仁就去要账，快中午了也没等到老板回来。

他只好沮丧地回去。

虽说时下不兴欠工钱了，可毕竟这都腊月二十了。要是过了祭灶日，黄河故道这一带是不兴再去讨债的。

这一路，他走得磕磕绊绊——吃早饭的时候下雪了，回来的时候路上的雪已被踩实了，他骑的电瓶车老打滑。这真让他烦上加烦，烦着烦着就到了村口。

到了家门口，却见一辆小四轮停在那儿，还有两个汉子蹲在门楼下，都是一脸的焦急。

"你们这是——"

"哦，大哥，铡麦秸的。"他们赶忙缩着身子站了起来。

"没找到活儿?"

"唉，出来没看皇历，没想到这里下雪了。"瘦一点儿的汉子苦笑了一下，"这不，吆喝了一圈也没人应声，车却摇不着了，可能油冻上了。"

看他俩冻得嘴唇发紫，说话都哆哆嗦嗦的，贺仁就对他们说："走，家里暖和一下，给车热热再开吧。"俩汉子激动地搓着快要冻僵了的黑里发紫的手，连连说："大哥，好人啊，好人。"

俩人小心翼翼地跟着进了这个大大的院子，一眼看到了西南角那个大大的没被雪遮严的麦秸垛，无言地对望了一眼。

　　时下由于都用收割机收麦子，麦秸要是直接还田呢，下季容易生蛴螬；又不允许焚烧，因为污染环境；也不能当柴火烧，基本没地锅了。于是，就都拉家来等着卖给人家养蘑菇的或者造纸厂。后来发现，里面有很多麦子，于是就有人在农闲时专门下乡来铡麦秸，不收钱，但是麦秸归他们，麦子归东家。

　　贺仁老婆见他顶着雪花回来了，就想着上前去拍打一下，一看还跟着俩人，就忙笑着招呼他们。

　　一听他们的情况，她忙打开煤气灶就烧热水，还忙着喊贺仁去拽些麦秸让两位兄弟烤火驱寒。

　　拽麦秸的时候，贺仁忽然有了想法。

　　他们一坐下，都忙着让烟，一番推让，就换着抽了。

　　过了一会儿，都感到暖和了，又喝了开水，俩人跺跺脚就站起身来。"今儿个给大哥和嫂子添麻烦了，改天来谢哈。我们也该找活儿去了。"那个瘦点儿的汉子拱了拱手。那个胖点儿的接了话茬儿："找啥啊？这天气，回家吧！"

　　一愣神间，贺仁望了一眼媳妇，又瞟了一眼那个大大的麦秸垛。待汉子快出门了，他才嗫嚅道："要不，咱们的麦秸就——"

　　媳妇正在专心地绣窗帘，邻家儿子婚期快到了，就找了她这位有名的巧手帮忙刺绣呢。隐约听到男人的问话，她下意识地"嗯"了一声。男人蒙了，"嗯"是中还是不中啊？他吭吭哧哧地又问了一遍。女人抬头见俩汉子还没走出院子，就说："不都是你当家吗？想铡就铡呗。"说着，深深地剜了他一眼，仿佛在说：

"你个没出息的，真没眼力见儿。"他脸一红，低声道："这么冷的天，他们也不容易……"媳妇点了一下头。

他忙转身喊住了汉子。

一听有活儿了，他俩就来劲儿了。"老哥，老规矩，麦子归你，麦秸我们拉走，不收钱。中不？"

"中，中，咋个儿都中。"他忙不迭地点头。

说着，他就找了一些破碎衣片蘸油点燃了去帮他们热机器。

摇响了机器，他们就进院子摆放好铡草机突突突地铡起来。

一会儿就弄了不少麦子。

贺仁看看天色，就回了屋里。

媳妇正在和面。

"那个，做饭呢？"

"嗯。"

他有点儿没话找话："我……我没要来钱。"

"看出来了，没事，还有几天呢！"她一点儿生气的意思都没有。

"哦，做啥饭？"

"面条吧。"

"多——"

"你没看和的面多？"她娇嗔了一句。

"啥菜？"

"豆芽、白菜呢。"

"弄点儿肉不？"

"昨天才吃的。你——"

他不接话了，出去又看了一下干得热火朝天的汉子，进屋又说："割点儿肉吧？快弄出两袋子小麦了。"

　　"你呀，就好面子。"媳妇笑道，"去吧。钱在——"

　　"我有。"

　　"你早上不是就拿了一张二十的吗？叫你多拿点儿。"

　　"没花。"

　　"啥？到现在都没吃早饭吗？不是跟你说了吗，路过集市买点儿吃的？你——"说着，她爱怜地砸了他一拳。

　　这时，机器声停了。

　　"割多少？"贺仁说着，已是一脚门里一脚门外。

　　"想割多少就多少，不都是你说了算吗？"爽朗的声音在大大的院子里很是响亮。她就是这样，尽管在家里说一不二，但当着外人，从来都是一副小媳妇模样，用她的话说："外头人（男人），就得能在外头说得起话，抬得起头。"这么给男人面子，男人没理由不对她死心塌地啊！

　　汉子们装好了麦秸，他们也做好了饭。

　　"正好，赶上饭时了，两位兄弟，吃了再走。"他放下麦子，诚心诚意地拽俩人往屋里去。

　　见他这么实在，俩人也不好拒绝。一见饭菜这么好，俩人好意外："大哥大嫂真是大善人，待客一样啊！"媳妇忙说："你哥常说，出门在外，到哪儿都是客。都是你大哥叫做的。"俩人忙对着贺仁比了比大拇指。贺仁脸一下子红了，"嘿嘿"两声望着媳妇，有点儿小得意。

　　饭毕，俩人就要走了，贺仁发现俩人都没戴帽子，就示意媳妇。媳妇立即明白了，忙跑进屋里找了一个半新的棉帽子和一个八成新的围脖递给俩人："把你大哥这个用上，护住头，要不，会头疼的。"瘦汉子接了，眼睛热热的，也不矫情，只说道："过两天再来，给你们弄来俩麦秸墩子，坐着不凉。"

他们两口儿听了，也没放心上。

可是，就过了两天，贺仁要了账刚到家，他俩真来了，还带着一对金黄的麦秸墩子。他们说是用自家的完整麦秸编制的，看得出，工艺精巧，比贺仁在大城市里见的人家出口的工艺品还好看。贺仁媳妇爱惜地往门里两旁一摆，两个墩子仿佛儿女小时候坐在那里乖乖地等着爸爸打工回来过年的模样。

王文化

◎ 刘　夏

　　王文化是我们村的能人，大家都遗憾地说他没托生在城里，要不然至少能当个文化局局长。可惜没那好命。他虽能言善辩，很长时间却只是个卖苍蝇药的。他老爹是个酒鬼，怀里总揣着一个小酒瓶，不时摸出来喝一口过过瘾。当然他更喜欢用大酒瓶喝酒，不过只要被老婆看见，必定会给他摔个稀巴烂。他趁着酒劲儿也打过老婆，但他老婆也不是吃素的，抓起饭笐篱里坚硬的馒头，砸得他头破血流。王文化在酒瓶和硬馒头的缝隙中顽强地生长，很早就开始做各种小生意谋生。

　　农村苍蝇多，寂静的夏日午后，一群群嗡嗡地盘旋着，寻找着满意的落脚之处。苍蝇是一种极具"敢死精神"的飞虫，只要没被打死，就一次次冲锋陷阵。我上学后了解到，苍蝇的这种精神享誉全球，大诗人荷马都对它们印象深刻，用它们来描写战场上的勇士，感叹"在他的胸膛里种进了一个苍蝇的勇气"。

　　那时家家户户都需要苍蝇药，所以王文化每次到镇上赶集都能赚上一笔。话又说回来，集上卖苍蝇药的人很多，却都卖不过王文化，这说明王文化有过人之处。

　　王文化的摊位是集市的黄金摊位，位于镇中心的十字路口，人来人往，买卖机会多。如果集日赶上周末不上学，我就攥着妈妈给的几块钱到集上买好吃的，顺便去王文化的摊位那儿看看，观摩一下他如何兜售苍蝇药。王文化因为赚了些钱，所以早早买了一辆电动三轮车，轻松代步及拉货。他是个干净利落人，中等个子，身材挺拔，面目清秀，衣着得体，颇有几分不俗的气质，像城里人。最重要的是，他一张嘴就显得鹤立鸡群。他不像一般的小商小贩，灰头土脸地高声叫卖，而是拿着一个亮锃锃的充电敞口喇叭，气定神闲地推销。有了喇叭这个助力工具，他说话声音虽然不大，但极具穿透力和吸引力。加上他口齿清晰，出口成章，真有几分文化人的神态。我至今都记得王文化卖苍蝇药的推销语之一：

苍蝇药，药苍蝇
苍蝇这个东西真窝囊
溜溜馒头溜溜饼
叫人吃了就不干净
头上发热身上冷
打得炕沿儿乱蹦蹬
…………

如果这几句推销语不用我们当地的方言念出来，就会失去至少一半的生动性和感染力。但我写下它们时，耳朵里回荡着方言的回响，回荡着王文化那抑扬顿挫而充满感染力的吆喝声。

王文化的推销语有些是固定的，有些是现场发挥一气呵成，但都兼具美感和实用价值。经过王文化富有画面感和同理心的引导，集市上来来往往的人们对苍蝇痛恨至极，甚至把头疼脑热肚子不舒服的病因也都归到苍蝇名下。大家纷纷掏钱买了一堆苍蝇药，每个药包上都印着一只或几只奄奄一息罪该万死的彩色苍蝇。

王文化虽然卖苍蝇药，却表现出了一种洁净之美，仿佛出淤泥而不染的荷花。他站在崭新的三轮车旁，脚前铺着一大块干净的布，上面整整齐齐地堆着一包包的苍蝇药，苍蝇药旁边是一个敞着口的干净帆布包，里面有一些钱，不言自明地引导大家把钱投进里面。只要有一个人开始热情地买，就会引来其他人更热情地买，于是他三轮车上的货常常在临近中午散集之前销售一空。

我觉得王文化身上有一种老师或主持人的知识分子气质，跟他那与苍蝇打交道的真实身份极不相符。也许他就是武侠小说中写的某个流落民间的王室成员，因为没有身份证明，不能参与国家大事，虽每日行走江湖，却无法掩盖其清贵之气。

王文化在卖了几年苍蝇药之后，还卖过老鼠药和蚊子药，总之他是肩负除害虫的重任。但我内心里期待他早日摆脱这些脏东西，去从事与他气质相符的工作。终于有一天，我看到他开始卖时尚衣服了，这让我稍微觉得有些安慰。他依然拿着小喇叭，给顾客耐心细致地解答关于衣服的材质和做工方面的各种问题，根据不同人的身材、肤色、年龄推荐不同的衣服，很专业且有说服力。他能很快在众多卖衣服的摊主中脱颖而出，除了上面所说的原因，还有很关键的一点，就是他率先通过试穿展示的方式售卖。用今天的话说，就是给自家店当模特儿。那时候，集市上还不流行让客人亲自试穿，如果有人对某件衣服的上身效果不确定，他立刻穿上给客人看，客人马上就会心动、掏钱。虽然"卖家秀"和"买家秀"是有差距的，有时这种差距甚至不亚于天上人间，但卖家秀一直到今天仍然有效。这充分说明人活着不单是靠食物，还要靠想象力。男式衣服王文化试穿自然没问题，但女式衣服他也毫不犹豫地试穿。有一次，我看到一个大婶相中了一件半身花裙，他麻利地给自己套上。因为他腰细腿长，裙子被他穿出了非常好的效果，随即顺利卖出。当模特儿不是每个摊主都能胜任的工作，所以王文化的售卖方式没有多少可仿效性。有的摊主硬要尝试，也只会落得个东施效颦的下场，反而影响销售。

　　王文化成了我们村第一批在县城买楼房的有钱人，等我上中学的时候他已经不在村里住了。据说他还在县城新开的商业街买下了一溜儿门面房，雇人经营不同的行当，成了个大富户，娶了一个城里老婆，生了两个儿子继承家业。大家终于替他舒了口气，我们村这个小庙哪能容得下他这个大仙呢？什么人就该待在什么地方，人家王文化只是在我们村落落脚而已。

守　信

◎ 路漫漫

　　乌落兔升是自然规律，鲁家庄的人们合时顺势，日出而作，
日落而息。鲁家庄处在伏牛山南麓，山掩水偎，虽然属偏乡僻
壤，经济落后，但鲁家庄的农人顺应了这日子，苦中有收获、有
闲适、有奔头。

　　那年夏，鲁大德辛勤养的牛下了犊子，夏种后长得欢实，就
赶集去卖牛。天擦黑，鲁大德才踩着落山的火烧云，哼着宛梆小
调，手里掂着半截缰绳回来了。

　　"牛卖了？"

　　"卖了。"

　　"价钱公道？"

　　"那当然，公道着呢。"

　　"钱呢？"

　　"没有。"

　　一家人瞬间愣住了。

　　鲁大德悠然自得地喝着端来的稀饭，气定神闲地解释："永青
山后的老陈，原本是走亲戚路过牛市，闲逛看看，可一眼就瞄中
了咱的犊——毛色油黄，腿粗蹄大，肯定是健壮有劲儿、能犁能
耙的料。他喜欢得不得了，可身上没带钱。我看他诚心想要，就

赊给他了。"

"你认识他？"

"不认识。"

"啥时候给钱？"

"老陈说回家就筹措，三天后送来。"

"你知道他家住在哪儿？"

"说是山后的，具体哪个村就记不准了。"

"咋不记准？"

"这有啥记的？他记住咱鲁家庄就行了。是他往咱家来送牛钱的，他得记准，不然咋送钱？"

"如果人家骗你、不送呢？"

鲁大德已气得翘起了胡子："你们咋是这号人？咋这样胡疑乱猜哩？日子要在守信中过，不守信，还算个啥人？你想想……"

家人截断了鲁大德的话，开始"背书"："你对他真心，他难道就丧良心，回应你狼心？我想不可能。"

"知道就好了。"鲁大德这才消气了。

大家在忐忑不安中挨着时光，等待着老陈的出现，鲁大德却镇定自若地忙着自己的事。第三天头上，鲁大德早饭时布置任务："你们到东地去锄草，顺便把地头的韭菜割几把，将垄里套种的小黄瓜摘一篮。家里的腊肉还有没有？中午收拾几个小菜，包上饺子，把闺女过年时孝敬我的那两瓶杏花村取出来，擦干净，老陈来了喝几杯。"大家将信将疑。

时间瞬息而过，已到中午，狗不叫鸡不跑，庄稼棵里静悄悄，村口小路无人影。大家按捺不住，想到那么多钱，脸都有些变色了。鲁大德不动声色，吩咐把菜炒上、水烧上，饺子暂不下，等着客人。等待的时间最难过，连最懒的槐三家都端碗吃得哧哧溜溜了。鲁大德稳如泰山，用烧开的水沏碗茶，美滋滋地品着小舅子送的龙井。听得别人家咣咣当当刷碗了，村头的狗汪汪地叫得欢，憨娃一溜烟儿跑来："二爷，有个叫老陈的先生找你。"鲁大德磕磕烟锅子，迎出院门，老陈就埋怨着笑哈哈地走来："老鲁呀，你这鲁家庄真偏僻，我跑错俩村才找到。给，一分不少你的。"鲁大德欢喜得眯了眼："咱庄小，地偏，不好找。甭说了，先揣着，咱们喝酒，下饺子。"

门口的朝顺耳尖，听得这边炒锅刺啦响，闻着菜香肉味，趿拉着修补了几回的塑料拖鞋串门儿来了。本庄都是一家子，不用虚伪假装客气，他坐下就给客人敬酒，美美地喝了几杯杏花村，掭筷子吃几口，顺顺气，才来得及问是哪里的客人、干啥哩。喝着吃着，吃着说着，听了个七七八八，朝顺停住筷，深思片刻，叭地把酒杯一放："失敬了，不陪了，我得回家，趁着天早，联系人把那几方石头卖给采石场。家里的玉米留下吃的和种子，余下的也处理了，我得把欠后沟老槐的钱还上。去年打家具，人家赊给我的松木，好着哩！可得以守信回应人家的好心……"趿拉拖鞋的脚步声渐远，这烟火熏染的老屋里猜枚声正酣……

水雅姆妈

◎ 汪菊珍

　　记得是幼时的每天晚饭后，黄昏已经降临，我总是跟着母亲去水雅姆妈家。把手伸进母亲的裤袋，她的手绢和钥匙暖乎乎的。掏出她袋底的一根根烟丝末子，捻几下，扔掉。还没有扔完，就到了水雅姆妈家。

　　水雅姆妈的家在南石洞，走一条石板小路进去。顶头一扇半月形的竹墙门，进去是青石板道地。三间瓦房，中间那间是堂。上了石阶，先是几步宽的檐廊。木头门槛里面是淡红石板，比道地的平整光滑。堂前有道板壁，板壁前是八仙桌和太师椅。靠西墙有张白木小桌，平常吃饭就在这里。

　　一天，我们进去的时候，水雅姆妈在煤油灯下看报纸。她说马上好了，等她一下。窸窸窣窣，她把报纸翻过来，再翻过去，然后才把报纸折叠起来，放在手边。她摘下黑框老花镜，抬头看着我们。水雅姆妈四十多岁，鹅蛋脸，白皮肤，眼睛大而有神。

　　"秀凤，小囡也越来越大，养出山了呢。唉，我只有四个儿子，你这个给我吧。"虽然我不愿意做人家的女儿，但听水雅姆妈偶尔这样说，还是欢喜。

　　"水雅姊，你让我打听的事，给你说下。"水雅姆妈是大队妇女委员，上面的事市面灵，但下面的事常常不清楚，总是让我母亲调查。我母亲是石棉厂厂长，每天接触百来号女人，打听个家长里短，不是难事。

"哎，果然被我料中！这个人越来越大胆。人家结婚，你做主婚人，吃个饭正常。现在好了，不但生日，连死人都去，真正腐化堕落！"水雅姆妈说的是大队书记，姓黄，五十岁上下。上街经过这个书记家，门里面空空如也，只有浓烟熏过的褐色墙壁对着路人。

"水雅姊，不全是这样。我还问过大义桥女人，她说吃饭这事是有，但不是他主动上门去吃，人家先请了他。"我母亲没有文化，只会把听来的事说给水雅姆妈听。

"什么人家请不请的！你自己立场不坚定，才会走到那样远的地方去。对了，先从小村庄开始，然后吃到我们周围。拿人家手短，吃人家嘴软，看他以后怎么处理问题！"水雅姆妈说着这些，情绪激动。

我对这些似懂非懂，只顾着看水雅姆妈。大襟衫，短发，和我母亲一样的打扮。但水雅姆妈的眼睛特别亮，一闪一闪的。看的时间一长，还发现水雅姆妈的眼睛里有东西在晃动，亮晶晶的。我感到好奇，把放在母亲脚边的小凳移过去一点儿，再移过去一点儿。靠近了水雅姆妈，我终于看清楚了，水雅姆妈的眼睛里，有煤油灯的光焰，有她刚刚看过的报纸上的红色大字，还有我仰头张望着她的脸。

我很想把这个发现告诉母亲，但她和水雅姆妈正说着正事，我不能插嘴。——水雅姆妈时常这样那样告诫我，还拿她自己的几个儿子做榜样。是的，每次我们去，总见他们躲在自己房间里。有什么事，就小心翼翼地来问水雅姆妈。水雅姆妈简短回答完，他们便无声无息地退了回去。

于是，我只能看水雅姆妈投射在八仙桌上的影子。水雅姆妈个子适中，但她的影子很大，还有时静止，有时舞动。尤其是她的手，挥动起来映在八仙桌上面的板壁上，很像木偶戏，怎么看也不厌。但是，板壁后面是退堂间，那里黑咕隆咚。我不知道那里有什么，终于害怕起来。

"恩娘，回家去了。恩娘，回家去了。"我轻轻拉着母亲的手，低声叫着。

"总是这样！每次来每次吵，那你跟什么？再吵，下次不用跟来了！"水雅姆妈生气了。

母亲把小凳移到她右边，让我用最舒服的姿势，趴在她膝上。这时，我发现水雅姆妈家的屋顶比我家的高多了，椽子特别挺直，还铺有垫砖。无聊之中，我数水雅姆妈家的椽子。一、二、三……从东到西，二十二根。从西到东又数一遍，也是二十二根。有时，数字对不上，就重新数一遍。那时，我正学数数吧。开始很有兴趣，但睡意终于袭来，我将脸埋入母亲怀里了。

这时，水雅姆妈才开始对我母亲说另外的事。主要是刚刚在报纸上看到的国家大事，后来谈到家常——二儿子有力气，不用担心，先做田里，有机会参军去；大儿子斯文，高中马上就要毕业，工作没有着落。我母亲正要劝解，水雅姆妈却说道："对的，先做田里。和工农兵相结合，这是最正确的。"

回家，不知道已经到了几点。清晰地记得，最早母亲是横着抱住我，后来是背着我，摸黑回家的。而无论是抱还是背，临起身前，母亲总是先用手摸一遍我的脸，然后说："小囡，回家去了。小囡，回家去了。"这是东河沿人的习俗，意思是人睡着时，魂魄中的几分游离了身体，此时，母亲叫着一起回家的，是"另外一个我"。

水雅姆妈可不信这个，因此，当她拿起煤油灯送我们时，我总听到她的一句："秀凤，你怎么也信这套呢？"水雅姆妈有威望，平时母亲对她言听计从，但这会儿并不声响。她拉开水雅姆妈家的竹墙门，走出，转手关上。

时常，水雅姆妈站在门槛里面，高高地举着煤油灯。光线在风里摇晃——一定也在她漆黑的瞳仁里闪耀——但不妨碍照到十来步外的我们。无风的夜晚，她走出门槛，站在台阶上，照着我们。看着我们快到石洞门口了，她这才说一句："娘儿俩走好。"

东河沿已少了行人，而母亲还在念叨："小囡，回家去了。"与母亲的呢喃细语相应和的，是河里小鱼的跳跃声，咕咚，咕咚。

央金拉姆

◎ 王小忠

　　瓦多村的太阳出来得很早。当我们沿着河滩一直走到学校大门口时，太阳已经升上了墙头。学校门口的河岸有点儿高，我们采用的办法和爬青稞架一样，先是众人踩着杰道的肩膀爬上岸，然后用德吉草的围巾，把杰道吊上来。

　　太阳刚出来时，天气冷得出奇。杨老师调走后，央金拉姆给我们当班主任。央金拉姆管理很严格，路上不准我们拿小火炉，更不允许点火把。杨老师当班主任时，我们都有小火炉。小火炉是用油漆罐做的，用钉子在罐身上钉许多小孔，然后拴上细铁丝就做成了。

　　我们去上学时，到村口青稞架边，取一些草秆，点着，放到铁罐里，再放上牛粪，然后提着细铁丝使劲儿抡几下，牛粪就燃着了。我们一边跑，一边抡着小火炉。跑一阵子后，停下来等德吉草，然后继续跑。德吉草有牛绒围巾，但她也会将手放在小火炉上烤一下。

　　央金拉姆禁止我们带小火炉上学，我们就把小火炉藏在校门外的黄鼠洞里。这是我们的秘密，但后来，我们带小火炉的事还是被央金拉姆发现了。

　　那天我们早早地就出发了。当我们在青稞架旁点燃小火炉，正高兴着使劲儿抢起来时，旁边的一堆草也跟着燃了起来。德吉草吓得大哭，安红转身就往家跑去。我和杰道用手捧土，撒到草堆上。幸亏阿克达吉当时正在山坡上煨桑，他看见青稞架旁冒烟，就跑了下来，用铁锹打灭了燃着的草堆。虽然没有酿成大祸，但我们抢小火炉的事就这样被央金拉姆知道了。

央金拉姆拿着戒尺，在教室里走来走去，走到我跟前，突然很凶地说："把手伸出来。"我怕极了。可当我伸出黑乎乎的双手时，央金拉姆却低下头闻了闻，然后皱着眉头，对全班同学说："像是刚从牛屁眼里掏出来的一样，全是牛粪味，臭死了。"全班同学都快笑翻了。德吉草羞得不敢抬头，下课了还趴在桌子上一动不动。后来，央金拉姆给我们的阿爸阿妈都打了电话。再后来，我们就告别了小火炉。

有时我们会期盼央金拉姆的课，其实是想看动画片。不过央金拉姆放动画片的次数很少，大多时候，她会让我们写生字，偶尔也会让我们做游戏。大家不喜欢央金拉姆，不仅仅因为她放动画片的次数太少，还因为她布置的家庭作业太多了。一个生字抄写五行，月亮都出来了还抄不完。特别不想抄写的时候，我就打开窗户，听风扯动门口嘛呢旗的声音。听着听着，我就开始叨念："嘛呢旗呀嘛呢旗，你帮我抄写生字吧。"可嘛呢旗根本不理我，还发出扑啦啦的声音，像是在嘲笑我。

冬天的晚上，阿妈也很忙。我写作业，她就在旁边拣羊毛。阿妈不会讲故事，只会拣羊毛，捻毛线。一团一团洁白的羊毛到处都是，我生气了会将那些羊毛踢几脚。羊毛也欺负我，全缠在我的脚趾上。阿妈见我气急败坏的样子，从我脚趾上取下羊毛，放进袋子里，笑着说："赶紧写吧。你看，月亮都在笑话你呢。"

我透过窗户，抬头一看，月亮在夜空里缓慢地行走，一会儿躲进云层，一会儿又出来了。我又想起央金拉姆的话，同时也想起德吉草羞得不敢抬头的样子，于是就呵呵笑出声来。阿妈以为我病了，连忙摸摸我的头，说："道吉扎西，月亮不会笑话你的，赶快睡吧。"月亮当然不会笑话我，它永远那样笑眯眯的。只有像镰刀一样的时候，它才伤心难过呢。

央金拉姆高兴的时候，会给我们表演节目。她做出趴在井沿的姿势，大声喊："糟啦，糟啦，月亮掉进井里啦！"这时候，全班同学都会跟着喊："糟啦，糟啦，月亮掉进井里啦！"

当大家离开课桌，一窝蜂拥挤到讲台上，抓住她的手，准备捞月亮时，她便抬起头，长叹一口气，说："不用捞了，不用捞了，月亮好好地挂在天上呢！"于是大家又坐到原来的位置上去。

等大家坐稳，不再吵闹的时候，央金拉姆会打开电子白板，放《捞月亮》的动画片。

月亮不见时，大家都很难过。回家的路上，大家都不说话。路过村口青稞架时，看见山坡上白塔四周挂着的经幡，我和杰道就跑过去，沿白塔转三圈，祈求月亮永远挂在天上，圆圆的，笑眯眯的，不要变成镰刀的模样。

月亮又躲进云层里去了。我写几行字，就要抬头看看。

月亮陪伴我们的时间很多，在长长的巷道里，在黑乎乎的牛粪墙上，我们变幻着各种姿势，追逐着，嬉闹着，看着自己奇怪的影子，做着各种各样美丽的梦。

就这样，我们在月亮的陪伴下渐渐成长着。一直到央金拉姆给我们重新戴上红领巾，送到大路口。——我们要去新的学校上学了，我们已经成了四年级的大学生了。

后来的日子里，我常常想，是因为瓦多村太贫困了吗？除了风和默默无语的青稞架，除了山坡上呼啦啦的经幡和巷道里黑乎乎的牛粪墙，就只剩月亮了。月亮是我们永远的伙伴，任何时候，它都在头顶，笑眯眯地看着我们。

阿爸一直在牧场上，好久没有回来看我。我应该去牧场看看阿爸了，但不知道阿妈会不会答应。

对了，还有央金拉姆，她虽然很严厉，但要是知道我想去牧场看阿爸，她一定会帮我的。想到这里，我放下了手头没有完成的作业，开始给央金拉姆写信。

信的开头是这样的：

亲爱的央金拉姆老师，瓦多村虽然有月亮，可它只照亮了青稞架和牛粪墙。您才是我们最美、最圆、最亮的月亮，时刻照耀着我们的心灵……

阿　美

◎ 王小梅

又逢雨天，雷声作响雨来弹。

老屋半掩着的木门外，有好几只鸡崽经过。它们因为来不及躲开突来的大雨，就被雨水淋湿了一些羽毛。它们不停地抖动着翅膀，然后回头啄着羽毛，院子里四处都可以见到它们的泥爪印。

不久之后，天空开始有些明朗。我卷起裤管，赤着脚，踮起脚尖，跳过几处水洼，跑去对面的阿美家。她家的屋檐还滴着雨，雨滴好像断了线的水晶珠帘一样，坠落于玫瑰花的叶面上，再弹落到地面。

阿美的母亲——阿雀姨，正提着一桶水和扫帚，打算清洗家门口的污泥，见到我，便问："阿妹仔，你娘有在屋内？"我不耐烦地大声回答："在睡午觉啦！"阿雀姨不知为什么突然间用手捂住嘴，咯咯地窃笑了起来，然后把水桶和扫帚顺手一放，进了屋，把屋门也给带上了，却忘了我还没进门。任凭我怎么敲门，她一直装作没听见。

不久之后，阿雀姨换了一套红底碎花的旗袍，手上挽着几个礼盒，上我家去了。旗袍把她那臃肿的身体勒出了道道肉痕。

我不知道阿雀姨有什么神秘的事儿要找我老娘商量。

不管她们，我蹑手蹑脚地进了阿雀姨家的客厅。我听见阿美大声朗读着语文课本的内容，心想："她真会装假。她的成绩永远都是班上的最后一名，不过被老师中午罚站到升旗台上时她总是第一名。"

阿美没发现我进来，我便对她大吼了一声："嘿！"她居然没被吓着，想必她早就练出了一身防备着阿雀姨的功夫。她母亲常常趁着她不注意就悄悄地闯进来，查看她到底有没有认真地读书。她常常大声朗读课本，声音远传到家门外。她娘不识字，只要听到她大声朗读课本，就以为她在认真读书，便不会再责罚她了。阿雀姨可是全村最死要面子的人了，要不是阿美作样认真读书，只要有人和阿雀姨提起她家阿美老是考最后一名，她就会拎出鸡毛掸子，当众把阿美从村头打到村尾，吓得阿美直喊："救命呀！"

这一对母女经常上演这种戏码，直到后来他们家因变故而搬出村子。

每次只要我进门告知阿美说她母亲已出门了，她便和我一溜烟儿跑出屋门，露出猴崽小孩的本性，攀爬上围墙，摘阿土伯家后院的土柚子当球一样来砸对方，然后嘻嘻哈哈嘲笑对方满脸的果泥。

但这天阿美却很反常，她似乎有什么心事。后来，她告诉我，她母亲去找我娘是为了商量要和她阿爸离婚搬出去住的事儿，希望我娘可以帮她找到便宜的房子，并借些钱让她们周转。她阿爸除了生意失败之外，还有和茶室的丽娜姨有亲密的交往，常常和丽娜姨住在一起，很少回家。昨晚她母亲和她阿爸又大吵了一架，已经签了离婚协议书。她阿爸说他不想带阿美，阿美必须随她母亲搬出去住，因为女儿将来长大会出嫁。说到此处阿美忍不住号啕大哭，令我不知所措。

不久之后，因债主纷纷上门讨债，阿美全家便逃离了村子，只有我老娘才知道阿美和她娘住在哪里，但老娘一直保持缄默，不跟任何人提起，以免大家口风不紧，让债主又找上了门，闹得她们家鸡犬不宁。

我大姐出嫁的前一晚，老娘突然凝望着窗外阿美家那空空荡荡、无人居住的老房子，道出了阿雀姨家的一切，并且训示大姐："女人哪，一定要操持好家庭，再穷再苦也不能像你阿雀姨一样，说离婚就离婚……婆家才是你后半辈子的依靠。家和万事兴，少年夫妻老来伴儿，不要经常为一点儿小事吵吵闹闹，这样会破坏夫妻之间的感情……"

老娘是个很传统的女性。我在旁边听着这番话，眼珠子一直看着天花板，还不停地翻着白眼，因为我不认同老娘的说法。

第二天一大早，当婆亲的车队开动、鞭炮声响起时，大姐从车窗中丢出了一把扇子，老娘在新娘礼车后面泼了一盆水，这就代表着大姐这一生在娘家当大小姐的日子就此尽了。

当新娘礼车走远以后，老娘告诉我，前些日子，她原本想带着大姐的喜帖和喜饼去送给阿雀姨，但后来得知她的女儿阿美因车祸刚往生，阿雀姨还忙着处理阿美的后事，老娘也就没有和阿雀姨提起我家大姐要出阁的事儿。

那晚，我梦见了阿美和她往生多年的祖母。她们攀坐在她家那间老屋外的围墙上，阿美一直摘着阿土伯家后院的橙子和她祖母分享啃食，后来阿美还依偎在她祖母的怀里，一脸幸福的模样……我突然从梦中惊醒。我觉得，她好像是来告诉我，她在另一个世界里和祖母过得很幸福……

那只鸡蛋

◎ 肖永成

十岁那年，我才正式上学，直接读二年级，还要与我九岁的弟弟一轮一天。轮到我上学时，我还要背着两岁的妹妹一起去。

父亲是生产队队长，他对我上学就像是对社员安排劳动任务一样。我一上学走，就等于他完成了一项工作。至于我上学连书本铅笔都没有的问题，似乎还不在他考虑的范围之内。

没有书，可以借来晚上看；没有本，可以找来烟盒纸或牛皮纸钉一本。但没有笔，就没有办法了。

一次，放学回家的路上，丁金华同学说："拿一个鸡蛋就可以到萧屯大队代销店换一支带橡皮擦的铅笔。"我听了，心中窃喜——我家母鸡下的蛋收存由我管，偷偷拿走一个鸡蛋是不成问题的。

这天，轮到我上学。吃了早饭，大人们都出工了。我悄悄走到窗台上的两个鸡窝边瞅瞅，一只黄母鸡正在下蛋。不一会儿，一只鸡蛋落下，我赶紧拿到手里，鸡蛋还湿湿的、热热的。趁黄母鸡还没"咯嗒咯嗒"叫，我小心地把鸡蛋装进衣兜里，背起妹妹去学校了。

到了学校，我把偷来的那只鸡蛋放到教室前一条小沟边的南瓜叶下面。坐在教室里，我脑子里一直围绕着这只鸡蛋在转圈儿，心想："不能按丁金华说的，去萧屯大队代销店换铅笔，因为那里的售货员与我邻村，认识我爹。要是让爹知道了，我还不得挨一顿苦打呀？"

我决定舍近求远，到几公里外的崔庄供销社去用鸡蛋换铅笔。

上午第四节课是体育课，我跟老师说："妹妹在树底下睡着了，我要背她回家。"老师信以为真，还特意叮嘱我路上不要玩水，直接回家。

我妹妹还不太会说话，看我走的路与平常不一样，就"啊啊"地叫了起来。我一遍遍地哄妹妹说"买糖去，买糖去"，同时把一只手伸进衣兜，用手指来控制着鸡蛋在衣兜里的位置。手指触摸着鸡蛋，我心里就有种踏实的感觉。

我曾两次跟父亲去崔庄卖过鸡蛋，记得是从毛庄往北走。我背着妹妹一直沿着沟边走，小心地走过了一条小河上的石板桥。我累得满头大汗、气喘吁吁时，终于来到了崔庄供销社。可能临近中午，营业员要替换班回家吃饭，柜台里只有一个"大白脸"女营业员正对门口站着。看我吭哧吭哧地背个小孩儿登上高高的台阶，她把脸扭了过去。

我把妹妹放下，妹妹紧紧地抱着我的腿。我小心翼翼地掏出鸡蛋，捧在手里，白白的鸡蛋壳上明显地印上了我手指触摸的印痕。

"我……我想换一支带橡皮擦的铅笔。"

"大白脸"没有接我手里的鸡蛋，她瞟了一眼，又扭过头，说："脏兮兮的，搁哪儿弄个寡蛋呀？还换带橡皮擦的铅笔！出了门扔远远的。"

"不，不是寡蛋，是今儿上午俺的黄母鸡才孵的。"

"大白脸"不再理我，走到柜台的最西头。妹妹看不见柜台里边的人，但她大概听懂了我们的对话，哇的一声哭了。我弯下腰，哄着妹妹，让她看我手中的鸡蛋，说："买糖，买糖。"妹妹不哭了，我又小心地把鸡蛋装进衣袋，背起妹妹往回走。

不知不觉，我又走到小河上的石板桥上。我摸摸兜里的鸡蛋，把妹妹从背上放下，蹲下来，伸手撩一把清清的河水，给妹妹洗了一下脸，然后又洗掉鸡蛋上的手指印，把鸡蛋放在青石板上晾一晾。

"丁零零——"我听到车铃声，抬头一看，一个穿蓝上衣、口袋里别着钢笔、肩背黄挎包、推着自行车的中年男人要过桥。我赶紧一手拿起鸡蛋，一手揽着妹妹往石桥的边上躲让。

"小孩儿，哪庄的？手里拿个鸡蛋干吗呀？"中年男人扶着自行车，在我跟前停了下来。

"萧屯的。我想拿鸡蛋换一支带橡皮擦的铅笔，营业员说是寡蛋，其实是今儿上午俺的黄母鸡才孵的。"我打量那中年男人像个干部，就实话实说了。

中年男人拿过我手中的鸡蛋，仔细看了看，说："是新鲜鸡蛋——咦，我咋看你像萧山水的儿子呀？"

我点点头，心里惶恐起来，妹妹也抓紧了我的手。

"小丫头该饿了吧？给，这是我省下来的白面馍。"中年男人一只手拿着鸡蛋，另一只手从黄挎包里掏出一个圆圆的白面馍递给我。我迟疑着不敢去接。

"接着吧，我认识你爹，萧屯的生产队长，还是劳动模范哩！"

我接过那圆圆的白面馍，放到妹妹的嘴边。妹妹用两只小手按着我拿馍的手，使劲儿咬了一口，一边嚼，一边冲中年男人笑了起来。

　　"孩子，我姓苏，你叫我苏伯伯吧。这个鸡蛋我要了，但我不白要，我拿钢笔跟你换。"

　　说着，中年男人取下上衣口袋里的钢笔，塞到我手里。他用那只大手把我的小手和钢笔紧紧地握在一起，说："好好学习，长大了有出息点儿。来，背着你妹妹上来，坐我的车子，我走大路送你一截儿。"

　　坐在自行车上，我手里紧紧地攥着苏伯伯给我的钢笔，耳边响起苏伯伯一句句鼓励的话语，我眼里含着泪，心中暗暗地下定了决心。

　　"毛毛，毛毛——"刚到村北口，我就听见父亲那大嗓门儿在叫我的小名。

　　苏伯伯停下自行车让我下来，示意我背着妹妹回家。他一边向我挥手，一边掏出那只鸡蛋在空中晃动着……

　　那晃动鸡蛋的弧线和那慈祥的微笑，永远定格在我的脑海里。

你约等于金色花

◎ 王秋珍

　　眼睛下方两厘米处的肌肉组织，呈倒三角形，称为苹果肌，又称笑肌。笑起来时，笑肌可以让脸颊现出如苹果般的曲线。但有的人没有笑肌。

　　我对这段话深信不疑。我支教的新疆温宿三中的木耶赛尔·艾买尔同学，就是个没有笑肌的人。他总是低着头走路，低着头听课，好像地上有一块块磁铁，把他吸住了；又似乎空气里有一个熨斗，把他的笑肌和表情熨得了无痕迹了。

　　一次，我无意中发现，木耶赛尔·艾买尔额前偏左的部位，有一块隐隐的胎记，一元硬币大小。我突然明白了，他一定是不想让别人看到这块胎记。他自卑。

　　我想起自己年少时的自卑，长得既不好看，又长得慢，还不会吞服药。如今，我写下了《走着走着，花就开了》，发表在一家杂志上，我决定，给同学们读读这段文字——

　　"也许，对大人而言，孩子的事情都是小事情；对时光而言，过去的事情都是小事情。我们都曾痛苦地生长，期待人生的峰回路转。其实，我们只需走好眼前的路。走着走着，路就宽了；走着走着，花就开了。"读完，同学们都为我鼓掌。木耶赛尔·艾买尔微微地抬起了头，只是他的表情依然像个木偶。

这次单元作文的主题是"热爱生活，热爱写作"。我讲道："热爱生活，首先从认识自己、热爱自己开始。传说，每个人都有两只口袋，胸前的装优点，背后的装缺点。于是，每个人只看到了自己的优点和别人的缺点。那我们就先从胸前的口袋里清点优点，自我肯定吧。"

我以为同学们听了，会像爆米花一样争先恐后地爆出一大串优点来，不料，同学们能说出的自己的优点却只有两三个。

我让木耶赛尔·艾买尔来说说自己。他低着头，说："我没有优点。"

"你再好好想想。"

"我真的没有优点。我妈说我到这个世上就是来讨债的，是混吃等死的。"

教室里瞬间静了下来，有的同学捂着嘴巴咪咪地笑。

我用手势制止了同学们的笑声，点评道："同学们对自己的优点认识得还不够多，我给大家两个星期的时间重新认识自己，每个人要说出自己至少五个优点。"

我了解到，木耶赛尔·艾买尔的父母离婚了。小学六年，他都是在妈妈的否定中长大的。他妈妈一个人带他，每天打扫街道卫生，清理垃圾，日子过得艰难。

是啊，一个对自己没有一点儿认同感的孩子，如何能拥有笑肌呢？

我倏然明白，他的笑肌不是被胎记剥夺的，而是被全盘的否定剥夺的。我突然有了主意。

"艾买尔，给我一支红笔。""谢谢你，帮了我的忙。"

"艾买尔，请把老师的大衣拿到办公室。""谢谢你，帮了我的忙。"

　　慢慢地，木耶赛尔·艾买尔的头不再一直低着了。有一天，他采了一朵金黄色的野花，插在矿泉水瓶子里，送到我的办公室。

　　两周后的语文课，同学们都说出了自己的五个优点。我期待着木耶赛尔·艾买尔的表现。让人大跌眼镜的是，那个萎靡的声音又响了起来："我没有优点。"

　　我急了，说："前几天，班里的卫生工具掉下来，是你用胶带把卫生工具粘起来的，难道这不是优点吗？你送了老师漂亮的花儿，你就像我们刚刚学过的《金色花》里那个善良可爱的小男孩儿，这不是优点吗？"

　　听到这，木耶赛尔·艾买尔抬起头，一双圆溜溜的眼睛更大了。此时，我想起了非洲的巴贝姆巴族，他们至今保持着一种独特的生活习惯：当族里某个人犯错误时，族长会让其站在村落中央，整个部落的人会将这个犯错误的人团团围住，用赞美的话来教育他。整个赞美的仪式，要持续到所有族人都将正面的评语说完。

　　赞美，虽能让人惭愧，但能给人力量。木耶赛尔·艾买尔没犯错误，但他太需要肯定了。

　　"同学们，我们一起来说说艾买尔的优点吧。"

　　阿比代·肉孜说："他以前不爱说话，现在爱说话了。"

　　努热曼古丽·托合提说："他以前不会背课文，现在会背了。"

　　伊木然·依不拉音说："我没有橡皮，他把他的掰下一半送给我。他很善良。"

萨拉伊丁·麦麦提说："艾买尔每天自己走路上学，他非常独立。"

　　听着听着，木耶赛尔·艾买尔的眼里有了泪水。

　　我让同学们把自己的优点整理到小卡片上，贴到课桌的右侧，每天看着优点，可以激励自己变得更好。木耶赛尔·艾买尔终于写下了自己的优点。他虽然没笑，但我觉得他心里在笑。

　　我买了一张红色的卡片纸，像新疆成熟的沙棘果一样的红色。我给木耶赛尔·艾买尔的妈妈写了一张报喜单，我要和木耶赛尔·艾买尔一起送过去。我写道："前几天，我们刚刚学习了印度诗人泰戈尔的《金色花》。里面有个爱妈妈的小男孩儿，是个善良可爱的小精灵，像金色花一样美好。木耶赛尔·艾买尔约等于金色花，他每一天都在进步，爱说话了，爱背书了，爱帮助别人了。请您送他一个拥抱好吗？"

　　木耶赛尔·艾买尔的妈妈不认识汉字。我就让木耶赛尔·艾买尔用维吾尔语翻译给妈妈听。妈妈听着听着就哭了，把木耶赛尔·艾买尔抱得喘不过气来。

　　木耶赛尔·艾买尔也哭了，然后又笑了。他的脸颊上现出了苹果般的曲线，美得像金色花一样。